サマーランドの冒険（ぼうけん）

上

マイケル・シェイボン
奥村章子［訳］

ハリネズミの本箱

早川書房

サマーランドの冒険（ぼうけん）

〔上〕

SUMMERLAND
by
Michael Chabon
Copyright ©2002 by
Michael Chabon
Translated by
Akiko Okumura
Originally published in the United States and Canada by
Hyperion/ Talk Miramax Books
First published 2003 in Japan by
Hayakawa Publishing, Inc.
This book is published in Japan by
arrangement with
Hyperion/ Talk Miramax Books
through The English Agency (Japan) Ltd.

さし絵：丹地陽子

ソフィーとジークとアイダ＝ローズへ

目次

登場人物

サマーランドの住民たち

子ども

イーサン・フェルド　主人公の十一歳の少年。野球チーム〝ルースターズ〟に入っているが、野球が下手でちょっと気弱。

ジェニファー・T・ライドアウト　元気な女の子。野球が得意。

トール・ウィグナット　自分を人型ロボットだと思いこんでいるおかしな少年。

大人

フェルド氏　イーサンのお父さん。飛行船をつくっている。

ビリー・アンおばあちゃん　ジェニファー・Tのおばあちゃん。

ベアトリス大おばさん、シャンブロー大おばさん　ジェニファー・Tの大おばさん。ビリー・アンおばあちゃんとは三姉妹。

モー大おじさん　ジェニファー・Tの大おじさん。

アルバート・ライドアウト　ジェニファー・Tのお父さん。あまり家にいない。
オラフソン氏　〝ルースターズ〟の監督。

妖精たち
カトベリー　キツネ男。物知り。
薬指ブラウン　元黒人リーグの名ピッチャー。
シンクフォイル　イノシシの牙岬族のフェリシャーの長。三つの世界のホームラン王。
ジョニー・スピークウォーター　予言をするハマグリ。
コヨーテ　別名チェンジャー。世界をほろぼそうとしている。
パッドフット　コヨーテの子分。
でくのぼうジョン　野球好きの巨人。人間の子どもを食べる。
タフィー　心優しいサスクワッチ一族の女。
スパイダー＝ローズ　赤毛の王女。革の人形を持ち歩いている。

一塁（るい）

1章　ワシントン州ハマグリ島の史上最悪の野球選手

「野球なんて大きらいだ」と、イーサンがいった。

イーサンはユニフォームを着てスパイクをはき、父親に連れられて家を出ようとしているところだった。ユニフォームの胸には、まがりくねった真っ赤な字で〝ルースターズ（注1）〟と書いてある。そして、背中には、〝ベーブ・ルースにあこがれる子どもたち〟と。

「野球なんて大きらいだ」野球の大好きな父親をがっかりさせることになるのがわかっていながら、イーサンはまたいった。

ところが、イーサンの父親のフェルド氏はなにもいわずにドアに錠をかけ、取っ手をガチャガチャと動かしてきちんと錠がかかったことを確かめると、イーサンの肩に腕をまわした。イーサンとフェルド氏はぬかるんだ庭を歩いて、家の前にとめてあったスウェーデン製のステーション

（注1）雄鶏の意味

ワゴンに乗り込んだ。神話に登場する魔法の船にあやかって、ふたりはその車をスキーズブラズニルと名づけていたが、普段はスキッドと呼んでいた。スキッドは、半径八百キロのハマグリ島のどこを探しても見あたらないほどあざやかなオレンジ色で、本物のオレンジより色が濃く、道路工事現場の三角コーンや引っ越し屋のトラックの色より派手だった。けれども、かなり古くて、ほかのいろんなつまみにも、スウェーデン語が書いてあるが、イーサンもフェルド氏もスウェーデン語は話せないし、イーサンの父方と母方の先祖を二十代さかのぼっても、スウェーデン語を話せる人はいない。それはともかく、ふたりを乗せてピンク色の小さな家をあとにしたスキッドは、島のほぼ中央に位置する、木がまばらにしか生えていない小高い丘を相変わらずガタガタキーキーと音を立てながら下り、サマーランドをめざして西へ向かった。

「ぼく、このあいだの試合で三つもエラーしたんだ」迎えにきてくれと電話をかけてきたルースターズの一塁手、ジェニファー・T・ライドアウトの家に立ち寄る途中で、イーサンが父親に愚痴をこぼした。愚痴をこぼしたところで、その日行なわれるショップウェイ・エンゼルスとの試合に出なくてすむようになるとは、イーサンも思っていなかった。しかし、まだわからない。うまく話を持っていけば、なんとかなるかもしれない。イーサンの父親は、証拠にもとづく道理の通った話なら耳を傾けてくれるからだ。「ダニー・デジャルダンには、おまえのせいで四点失ったっていわれるし」

「上手な選手だって、ひと試合に三つエラーをすることもあるんだ」フェルド氏は、ハイウェイに入っていきながらそういった。イーサンは、島の両端を結ぶその道をハイウェイだとはみなしていなかった。片道一車線の普通の道で、でこぼこだらけだし、小さなハマグリ島のほかの道と同様に、車はたまにしか通らない。「だれだってエラーはするさ」

フェルド氏は背が高くて、がっしりとしていて、それほど長くはないものの、黒い毛糸がからまったようなもじゃもじゃのあごひげを生やしている。彼はごく最近妻を亡くしたばかりで、これまたごく最近、飛行船を完成させたばかりだった。服装にはまったく無関心で、夏は毎日、洗いざらしのTシャツと継ぎのあたったよれよれのブルージーンズで過ごし、冬はその上に分厚いセーターを着るだけだが、野球の試合を見に行くときは、ルースターズの監督のペリー・オラフソン氏から買ったチームのTシャツを着るのが習慣で、もちろんその日も、〝ルースターズ〟と書かれた超特大サイズのTシャツをほこらしげに着ていた。ルースターズの選手の父親でチームのTシャツを着ているのは、フェルド氏だけだ。

「そもそも、エラーを数えられるのがいやなんだ」と、イーサンはなおも訴えて、うんざりしていることを強調するために、車のダッシュボードにグローブをたたきつけた。グラウンドでついた砂ぼこりがグローブから舞い上がると、これから向かおうとしているマクドゥーガル球場の砂は体に悪いといわんばかりに、わざとらしく咳をした。「どうして野球はエラーを数えるの？　ほかのスポーツはそんなことしないじゃないか。スコアボードにでかでかとエラーの数を書いてみんなに見せるスポーツなんて、ほかにないだろ？　ほかのスポーツには、エラーそのものがないんだ。ファウルとかペナルティーとかはあるけど、ああいうのはたいてい、選手がわざとやるんだよ。でも、野球じゃ、たまたまやっちゃったミスを数えるんだから、たまったもんじゃない」

　フェルド氏はにやりとした。彼は息子のイーサンほどおしゃべりではないが、えんえんとつづく息子の愚痴を聞くのは、少しもいやじゃなかった。死別した妻も、同じようにしょっちゅう愚痴をこぼしていた。イーサンがこんなにおしゃべりなのは父親の前でだけなのだが、フェルド氏はそのことを知らない。

「イーサン」フェルド氏は嘆かわしげに首を振りながら、イーサンの肩に手を置こうとした。そのとたん、スキッドが古い西部劇映画に出てくる馬車のように車体をきしませて、反対車線にはみ出した。フェルド氏の荒っぽい運転のせいで、ふたりがハマグリ島へ引っ越してきてからそう日がたたないうちに、〝あの派手な色の車には気をつけたほうがいい〟という話が島中に広まっていた。「エラーというのは、その、つまり……人生にはつきものなんだよ」フェルド氏は、なんとか息子にわからせようとした。「けど、ファウルやペナルティーはそうじゃない。だから、野球はほかのスポーツより現実的なんだ。父さんなんて、自分はエラーを数えるために生きてるんじゃないかと思うことさえあるんだから」

「でも、父さんはおとなじゃないか」と、イーサンが反論した。「子どもにはそんなの耐えられないよ。父さん——危ない！」

イーサンは、車をとめようとするかのようにダッシュボードに両手を押しつけた。ハイウェイの西行きの車線に、猫ぐらいの大きさの動物がいたのだ――イーサンたちの乗った車のすぐ前に。あと少しでも近づいたら、轢き殺してしまう。なのに、とんがった耳のついた枯れ葉色のその動物は逃げようともせず、オレンジ色のまん丸い大きな目でじっとイーサンを見つめてじっと立っている。

「とまって」と、イーサンが叫んだ。

フェルド氏がブレーキを踏むと、車のタイヤと路面がすれ合う、げっぷのような音がした。車は大きく揺れたのち、エンストを起こしてガクンととまったが、イーサンもフェルド氏も、銃弾をもはね飛ばすほど分厚いスウェーデン製の布に南京錠と同じぐらい頑丈なバックルのついたシートベルトを締めていたので、かすり傷ひとつ負わずにすんだ。けれども、イーサンがひざの上にのせていたグローブはダッシュボードの小物入れの扉に当たって、ふたたびもこもこと砂ぼこりを上げた。ダッシュボードの小物入れのなかからは、シアトルとコロラド・スプリングズ、フィラデルフィア、それにスウェーデンのイェーテボリの古い地図が、二十五セント硬貨の入ったバンドエイドの缶とロドリゴ・ブエンディアの野球カードとともにころがり落ちてきた。

「なんだ？　どうしたんだ？」フェルド氏はきょろきょろとあたりを見まわし、腕でフロントガラスの内側を拭いて目をこらした。道路にはなにもいないし、道路の両側の木立のなかにも動くものは見あたらない。イーサンも、こんなに静かでがらんとしたハイウェイを見るのは、はじめてだった。車のなかはしんと静まり返り、聞こえるのは、車のキーがキーホルダーについているほかの鍵とぶつかる、ガチャガチャという音だけだ。「いったいなにが見えたんだ、イーサン？」

「キツネだよ」イーサンはそう答えたものの、キツネではなかったような気がしはじめた。たしかに顔の形はキツネに似ていたし、しっぽには赤い毛がまじっていたが、少しも、その、なんというか――そう、ずる賢い感じがしなかったのだ。キツネに特有のずる賢い感じが。キツネに似たその動物はサルのように背中を丸め、前足を宙に浮かせてうしろ足で立っていたように見えた。

「いや、キツネだと思ったんだけど、もしかするとキツネザルだったのかもしれない」

「キツネザル？」と、フェルド氏は聞き返し、肩をさすりながら車のエンジンをかけ直した。シートベルトが食いこんで、イーサンも肩がひりひりしていた。「この島にキツネザルなんていないよ」

「知ってる。もしかすると、ブッシュベビー（注2）だったのかも」

「ブッシュベビー？」

「うん。ブッシュベビーがアフリカに住んでて、虫を餌にしてるのも、もちろん知ってる。ブッシュベビーは木の皮をはいで、おいしくって栄養たっぷりな樹液も吸うんだ」イーサンはついこのあいだ、テレビの動物番組でブッシュベビーの特集を見たばかりだった。「動物園から逃げ出

（注2）キツネザルに似た小型のサルでアフリカに生息する

してきたのかもしれないし、だれか、島の人が飼ってるのかも」

「ひょっとするとそうかもしれないが、たぶんキツネだったんだろう」と、フェルド氏が結論を下した。

ふたたび走りだした車は、退役軍人会館と、ハマグリ島を開拓した人たちをたたえる記念碑のわきを通りすぎた。その先には、ハマグリ島に住むほぼ全員の先祖や家族の眠る墓地がある。ただし、イーサンの母親はそこではなく、千六百キロ離れたコロラド・スプリングズの墓地で眠っている。ハマグリ島の墓地のそばを通るとイーサンはかならず母親のことを思い出し、たぶん父親も同じように思い出しているはずだったが、いずれにせよ、ふたりともそこを通るときはいつも黙りこんだ。

「いや、やっぱりブッシュベビーだったんだよ」と、しばらくしてからイーサンがいった。

「イーサン・フェルド、もう一度〝ブッシュベビー〟の名前を口にしたら……」

「ごめん、父さん。怒らないで。でも……」イーサンは深呼吸をして、二、三秒息を止めた。

「ぼくはもう野球をしたくないんだ」

フェルド氏は、ライドアウト家のほうへまがるわき道を探しながら無言で車を運転した。が、ようやく口を開いた。「そんなことをいいだすとは、情けないよ」

父親がはじめて行なった科学的な実験は自分自身をサウスポーに改造するためのもので、ペンシルヴェニア州のフィラデルフィアに住んでいた八歳のときだったという話は、イーサンも何度か聞いて知っていた。左利きの子どもはプロ野球選手になれる確率が高いとなにかの本に書いてあるのを読んだ父親は、祖母の家の裏庭の木に古タイヤを吊るし、ひと夏のあいだ、毎日、タイヤの穴をめがけて左手でボールを投げつづけたそうだ。ボールが百球通るまで、と思って投げているうちに、スピードのあるストレートを完璧にマスターすると、つぎはナックルボールを投げる練習をしたという。ナックルボールとは、花壇の上を飛びまわる蝶のように、ゆらゆらと揺れながらバッターの手元へ近づいていく、回転のかかっていない遅い球のことだ。フェルド氏のナックルボールにはまったく威力がなく、彼が試合でナックルボールを投げようとすると、チームメートが寄ってたかって止めたらしい。やがて、フェルド氏はナックルボールが描くユニークな軌跡に魅せられ、さまざまなものの形や、はやい速度で動く丸い物体のまわりの空気の動きに興味を覚えるようになった。そして、とうとう野球をやめて、空気力学の勉強にのめりこんだ。けれども、投げかたしだいでどんなふうにでも飛んでいく小さなボールをにぎりしめて芝生の球場のまんなかにある小高いマウンドに立ったときのわくわくする気持ちは、これまで一度も忘れたことがなかった。

「父さん？」

「イーサン」フェルド氏の声には、多少のいらだちがこもっていた。「いやならやめればいい。父さんは止めはしないさ。おまえの気持ちはよくわかるよ。だれだって、負けてばかりじゃおもしろくないからな」

今シーズンの開幕以来、ルースターズは七連敗を記録し、そのいちばんの原因がイーサン・フェルドだという点では、チームメートの多くと監督のオラフソン氏の意見が一致していた。観客もほぼ全員が、イーサン・フェルドはハマグリ島の歴史上もっとも下手な野球選手だと思っていた。けれども、イーサンがなぜそんなに野球が下手なのかは、だれにもわからなかった。身長はほかの少年と変わりがなく、ちょっぴり太っているものの、肥満体というほどではないし、頭が悪いわけでもない。それほど不器用なわけでもないし、ハチに襲われたときは、はやく走ることもできる。なのに、ユニフォームを着てマクドゥーガル球場のほこりっぽい灰色の土の上に立ったとたん、動作がにぶくなるのだ。

「けど、今日の試合をすっぽかすわけにはいかないぞ」と、フェルド氏がいった。「みんな、おまえを待ってるんだから」

「わかってる」

「オラフソン監督だっておまえを待ってるんだ」

「ぼくがまた三つエラーするのをだろ?」

そうこうしているうちに、ライドアウト家のほうへまがるわき道の入口に立つ、いまにも倒れそうな郵便受けが見えてきた。これが最後のチャンスだとイーサンは思った。ジェニファー・T・ライドアウトが車に乗りこんできたら、試合をさぼるわけにはいかなくなる。ジェニファー・Tには、イーサンの言い分が証拠にもとづいた道理の通ったものであっても、まったく通用しない。道理が通用しないのは野球も同じだが、とにかく、イーサンには時間がなかった。「野球なんて、バカげてるよ」イーサンは一か八かの賭けに出た。「おまけに、ひどく退屈だし」

「それはちがう」と、フェルド氏は悲しそうな声でいった。「ぜったいにそんなことはない」

「ぼくには退屈なんだ」

「世の中には退屈なものなどなにひとつなく――」フェルド氏がいつものお説教をはじめた。

「わかってるよ」と、イーサンがさえぎった。「退屈だと感じるのは、興味を持とうとしないからなんだよね」それはイーサンの父親の座右の銘のようなもので、耳にたこができるほど聞かされていた。ちなみに、〝人はリャマからだって多くのことを学べる〟というのが、獣医をしていたイーサンの母親の座右の銘だった。一家は以前、コロラド・スプリングズに住んでいたので、イーサンの母親は、かつてロッキー山脈の羊飼いたちが羊を野犬やコヨーテから守るために番をさせていた、勇敢でかつ賢いリャマの治療もしていたのだ。

「そのとおりだ」フェルド氏はみずからがひねり出した格言にうなずきながら、ライドアウト一族が住む林のなかのあばら屋に向かって穴ぼこだらけの長い砂利道に車を走らせた。「人生にも野球にも、もっと興味を示さなきゃ」

「興味を示したってなんにも起こらないんだもの。のろのろとゆっくり進むだけで」

「たしかに」と、フェルド氏が相槌を打った。「けど、昔はすべてがもっとゆっくりしてたんだ。

いまは、ゆっくり進むものなどなにもない。それで、みんな昔より幸せになったか？」

イーサンはなんと答えていいのかわからなかった。イーサンの父親は、みずから設計してみずから製作した、最高時速がたった五十五キロのクジラにそっくりな大きな飛行船で、あてもなくのんびりと空を飛んでいるときがいちばん幸せそうな顔をしている。もし、その自家用飛行船を販売できるようになったら、セールスポイントは、フェルド氏の幸せそうな顔だ。いまのところ、〝驚くべき移動手段〟というのが、フェルド飛行船会社が開発した自家用飛行船の宣伝文句になっている。

フェルド氏は、ジェニファー・Tの家の正面の、砂利のまじったぬかるみのなかに車をとめた。ジェニファー・Tはその家に、ふたごの弟のダリンとダークとビリー・アンおばあちゃん、それに、大おばさんふたりとモー大おじさんとともに住んでいる。ジェニファー・Tの家にいるのは年寄りと子どもだけで、父親の姿はごくたまにしか見かけなかった。母親は、ふたごの弟が生まれてほどなくアラスカへ出稼ぎに行ったっきり、二度と戻ってこなかったそうだ。草ぼうぼうのジェニファー・Tの家の敷地には、ほかにも家が三軒、思い思いのほうを向いて建っているが、イーサンはそこにだれが住んでいるのか知らなかった。ただし、それらの家がライドアウト一族のものであるのはまちがいない。ライドアウト一族は古くからハマグリ島に住んでいたらしい。自分たちはもともと島にいたインディアンの子孫だとライドアウト家の人たちはいうが、ハマグリ島にはじめて白人入植者が渡ってきたのは一八七二年で、それ以前はだれも住んでいなかったと、イーサンは学校で習った。社会科の授業でクラッチ先生がそういったのだが、ジェニファー・Tはかんかんに怒り、鉛筆を歯で真っぷたつに嚙み切ってしまった。それには、イーサンもおおいに驚いた。もちろん、モー大おじさんにも驚かされた。モー・ライドアウトは、イーサンがこれまで見た男性のなかでいちばんの年寄りだった。ジェニファー・Tがいうには、モー大おじさんはセイリッシュ族のインディアンで、若いときは黒人リーグで野球をし、太平洋岸リーグのシアトル・レーニアズでも三年間プレーしたという。

ジェニファー・Tは朽ちかけたポーチに出て待っていたので、フェルド氏がクラクションを鳴らす必要はなかった。ジェニファー・Tは野球の道具を入れた大きなかばんをつかむと、ポーチの階段を一段とばしに下りてきた。家から逃げ出したくてうずうずしていたのだろう。イーサンにもそんなときがあった。母親が死んだときがそうで、家を飛び出してどこかへ行きたいと思っていた。

ジェニファー・Tのユニフォームには、相変わらずしみひとつついていなかった。シャツもズボンもソックスも、彼女のはいつだってほかのだれのより白い（ユニフォームは自分で洗えと、イーサンはいつも父親にガミガミいわれていたが、ジェニファー・Tはきちんと自分で洗っていた）。ジェニファー・Tは黒い髪を長く伸ばしてひとつにたばねているが、野球をするときは、それを帽子のうしろの穴からしっぽのように出している。

ジェニファー・Tは車の後部座席にかばんを投げこむなり、その横に乗りこんだ。そのとたん、

ビリー・アンおばあちゃんが吸っているたばこのにおいと、風船ガムのにおいがした——ジェニファー・Tはメジャーリーガーの嚙みたばこを真似て、粒ガムを嚙んでいるのだ。

「ヘイ」

「ヘイ」

「こんにちは、ジェニファー・T」と、フェルド氏が声をかけた。「さあ、シートベルトを締めて。うちの息子がよりによってなにをいいだしたか、教えてやるから」

こういうことになるのは、イーサンも覚悟していた。

「さっき、ブッシュベビーを見たんだ」イーサンはあわててべらべらしゃべった。「アフリカのブッシュベビーだぞ。最初はキツネだと思ったんだけど、歩きかたがサルにそっくりで——」

「イーサンは野球をやめたがってるんだ」と、フェルド氏が暴露した。

ジェニファー・Tはクチャクチャとガムを嚙みながら、草の汁やスポーツドリンクがしみこんで、おまけに、破れたところにガムテープが貼ってあるぼろぼろのかばんのファスナーを開けた。ジェニファー・Tがかばんのなかから取り出したファーストミットは、牛の足脂だとかいうあやしげなオイルを塗り、形がくずれないようにテニスボールをにぎらせて、包帯でぐるぐる巻きにしてある。そのグローブがつくられたのはジェニファー・Tが生まれるはるか前で、名一塁手だったキース・エルナンデスのサイン入りだ。ジェニファー・Tがそっと包帯をほどくと、堆肥に似た強烈なにおいが車のなかに充満した。

「そんなはずないわ」と彼女はいい、またクチャクチャとガムを噛んだ。「イーサンはぜったいやめないはずよ」

その話はそれで一件落着した。


ハマグリ島は、木々におおわれた小さな島だ。それほど有名な島ではないが、島の名前がそこそこ知られているのは、おもに三つの理由による。まずは名産のハマグリで、ふたつ目は、一九四三年に起きたハマグリ海峡大橋の崩落だ。鋼鉄製の長い橋桁が折れて、ほどけた靴ひものようにだらりと垂れ下がり、それがさらに折れてピュージェット湾の冷たい水のなかに沈む古い映像をテレビで見た人もいるはずだ。もともと、ハマグリ島の島民は島と本土を結ぶ橋がそれほど好きではなかったので、壊れてもまったく悲しまず、本土との行き来には、また以前のようにフェリーを利用した。島民はフェリーのほうが好きだった。橋とちがって、フェリーならコーヒーやクラム・チャウダーを飲めるし、顔見知りと、ニワトリの話や病気になったいとこの話もできる。何度か橋の再建話が持ち上がったが、島と本土を結ぶ橋はないほうがいいと考える人のほうが多かった。それに、ハマグリ島にかぎらず、島というのは謎めいた雰囲気があるものなので、そこをおとずれるよその土地の人たちにとっても、ささやかな冒険気分を味わいながら船で海を渡るほうがいいのかもしれない。

ハマグリ島の名前がそこそこ知られている理由は、おいしいハマグリと（ハマグリがきらいな人にはなんの意味もないだろうが）橋の崩落と、そしてもうひとつ、雨が多いことだ。一般的にこのあたりは雨がよく降るのだが、ハマグリ島はずば抜けて雨が多く、冬であろうと夏であろうと、少なくとも日に一度、二十分は雨が降るといわれている。ただし、そういっているのは、近くのオーカス島やサンファン島や、本土のタコマやシアトルの人たちで、ハマグリ島の島民はまったくそのとおりというわけではないのを知っている。島の西の端では夏に雨が降らないことを——まったく降らないことを——島民ならだれでも知っている。子どもたちが郷土について真っ先に知るのもそのことだ。一種の異常現象なのか、島の西の端の一・六キロ四方では、六、七、八月の三カ月のあいだ、からから日照りがつづく。

ハマグリ島を地図で見ると、西に向かって突進するイノシシのような形をしているのがわかる。イノシシの鼻にあたるところはウエストエンドと呼ばれていて、とがった牙のような形をした岬が伸びている。島民の大半は、夏に雨の降らないそのあたりをイノシシの牙岬、あるいは、たんに牙岬と呼び、それ以外の人はサマーランドと呼んでいる。夏休みには島の子どもたちが遊びに来たり、野球チームやリトルリーグ主催のピクニックやバーベキュー大会が開かれたり、野外結婚式が行なわれたりするが、もっとも大事なのは、そこに野球場があることだ。

その野球場では、一八七二年に島に最初の入植者が渡ってきた直後から野球が行なわれていた。島のなかほどにあるハーリー荒物店の奥の壁には、口ひげを生やしたおっかない風貌の木こりや漁師が古めかしいユニフォームを着て、大きな木の下でバットをかまえている写真が飾ってあって、写真の下には、〝ハマグリ島ナイン、サマーランド、一八八三年〟と書いてある。

ハマグリ島では長いあいだ——何世代もの人間が生まれておとなになり、やがて天寿をまっとうして死んでいったあいだ——野球がさかんに行なわれていた。島中の老若男女がいくつものチームをつくり、リーグも十以上あったという。当時は島の最盛期だった。ハマグリを食べる人がいまよりはるかに多かったからだ。アメリカのごく平均的な労働者が昼食にちょっぴり塩っぱいハマグリを三、四十個食べていたのは、それほど遠い昔の話ではない。ハマグリ・ブームと島民の野球熱は、どちらも数十年つづいた。ところが、赤潮と水質汚染が原因で、いまやハマグリ漁は壊滅状態にあるうえに、ボールを打ったり投げたりつかんだりできる子どもがまったくいないわけではないものの、残念なことに、近ごろの子どもは野球に興味を示さなくなってしまった。いまいちばん人気があるのはバスケットボールで、つぎはマウンテンバイクだ。自分ではなにもしないでテレビのスポーツ中継を見るのが好きだという子どももいる。ついでに、ハマグリ島のリトルリーグに所属するチームを紹介しておこう。リトルリーグに所属しているのは、ショップウェイ・エンゼルスとディック・ヘルシング・リアルティー・レッズ、ビッグフット・タバーン・ビッグフッツ、それにルースターズの四チームだ。すでに話したように、ルースターズは今シーズンの開幕以来、七連敗している。シーズンは長いので、最初の七戦を落としたところでたいしたことではないが、ルースターズの選手はそうとうショックを受けていて、やめたいと思っているのはイーサンだけではなかった。

「いいか、よく聞け」その日の午後、監督のオラフソン氏が試合の前にみんなを集めて話をした。オラフソン監督はとても背が高く、髪は古くなった新聞紙のような色で、いつも暗い表情をしている。シーズンがはじまる前からそうだったので、イーサンも、オラフソン監督が暗い顔をしているのは自分のせいではないとわかっていたが、監督を見るたびに罪悪感にさいなまれた。オラフソン監督の息子のカイルは三塁手だが、ダニー・デジャルダンにつぐ二番手のピッチャーでもある。コントロールはいまいちだが、カイルは子どもとは思えないほど速い球を投げることができるし、いつも機嫌が悪いので、相手チームのメンバーはカイルを恐れている。おそらくそれが――いつも不機嫌で、なんとなくこわいのが――ピッチャーとしてのカイルの最大の武器かもしれない。

「このあいだの試合のあと、落ちこんだ者もいるはずだ」と、オラフソン監督が先をつづけた。「けど、接戦だったじゃないか」イーサンの歯の詰め物には磁力があるのか、オラフソン監督は何度もイーサンのほうを見ようとしたが、イーサンを見ると、このあいだの試合で三つもエラーしたことを思い出してしまうので、水色の悲しげな目をけんめいにほかのところへ向けようとした。それにはイーサンも気づいていて、オラフソン監督に感謝していた。だれにも見られていないとわかって、イーサンはとてもうれしかったのだ――それでも、顔を赤らめていたのだが。

「たしかに、ゼロ勝七敗じゃ落ちこむかもしれんが、それがなんだ？　たんなる数字じゃないか？　数字がおれたちの人間性をあらわしてるわけでもなきゃ、チームの真の実力を示してるわけでもない」

「でも、数字をいっぱい集めたら、人間を数式であらわすことができるんだ」うしろのほうから、低いつぶやき声が聞こえてきた。

オラフソン監督に信頼と期待を寄せて、監督のいうとおりであってほしいと願いつつ話に耳を傾けていたルースターズのメンバーが、とつぜんゲラゲラ笑いだした。話の邪魔をされたことに腹を立てたオラフソン監督は顔をしかめ、いつもいちばんうしろに立っているトール・ウィグナットをにらみつけた。

チームのメンバーはみんな十一歳だが、トールはだれよりも背が高く、島中探しても、トールより背の高い十一歳の子どもはいない。トールは、九歳のときも五歳のときも赤ん坊のときも、島に住んでいる同い年の子どものだれより背が高かった。そして、いまやトールの頭はオラフソン監督のあごのあたりにあって、肩幅は監督より広い。トールはいわゆる早熟児で、ドラム缶のなかで石がぶつかり合っているような低い声でしゃべるうえに、鼻の下や頰にはひげが生えている。黒縁のめがねをかけていて、頭はけっして悪くないのだが、なぜか、自分は人型ロボットTW03なのだという奇妙な考えに取りつかれていた。TW03は有史以来もっとも優秀でもっとも高性能なロボットなのだと、トールは自慢する。けれども、ロボットがみんなそうであるように、彼も人間になりたがっていた。おおよそ想像がつくはずだが、トールが同い年の子どもたちとうまくやっていけないのは、自分は人間ではないと思いこんで、人間になろうとけんめいに

それに、肩幅も広いし腕も太いので強打者のように見えるが、たいていい三球でアウトになっていた。

「トール・ウィグナット」と、オラフソン監督が注意した。「人がしゃべってるときに根拠のない三球でアウトに……バカげた話をするのはやめろといっただろ?」

イノシシの牙岬の地中には活火山があって、夏に雨が降らないのはそのせいだという自説をトールが披露してみんなをうんざりさせたのは、このあいだのゲームの最中だった。トールの体には感度のいいセンサーがついているので、地殻の変動が感知できるらしい。いずれその地下火山が爆発してマクドゥーガル球場が木っ端みじんに吹き飛んでしまうというトールの説は、イーサンのエラーと同じぐらいオラフソン監督を激怒させた。

「ほんとうにそんなことができるのか、トール?」と、オラフソン監督はけわしい口調で迫った。「おれを数式であらわすことができるのか?」

トールはパチパチとまばたきをした。トールはジェニファー・Tのうしろに立っている。ジェニファー・Tは、トールを普通の子どもだとみなしてごく普通に接している、チームでただひとりの、いや、おそらく島でただひとりの人間だ。ジェニファー・Tはトールの家へ行ったこともある。母親はおそろしいほど太っていて、透明のビニールテントのなかでボンベの酸素を吸っているという噂だが、ジェニファー・Tの話では、トールの家にビニールのテントはなかったし、母親も痩せていたらしい。

「できます」と、トールが返事をした。けっして自説をまげようとしないのはロボットの特徴で、それは、つまりその、ロボットがプログラムによって動いているからだとイーサンは思っていた。ジェニファー・Tのつぎにトールと親しいのはイーサンだが、イーサンはトールとごく普通に接していたわけではない。トールのことを普通の子どもだとは思ってなかったからだ。

「その数式を書いた紙でもあるのか、トール？」と、オラフソン監督がしつこく聞いた。この際、ぎゃふんといわせようと思ったようだ。「みんなの前できちんと証明できるのか？」

　トールはばつが悪そうな顔をしてかぶりを振った。

「それなら、いまは野球のことだけ考えるように、おまえの頭のなかの集積回路に命令しろ」

「はい」と、トールが返事をした。

「さて」オラフソン監督は、球場の反対側でチームカラーの赤と青のリストバンドを選手に配っている、ショップウェイ・エンゼルスのガンズ監督をちらっと見た。開幕七試合を全勝したほうびにもらえるんだと、エンゼルスの選手が自慢していたそのリストバンドには、メジャーリーグのアナハイム・エンゼルスの強打者、ロドリゴ・ブエンディアのイラストが描かれている。「きょうの作戦を説明する。きょうは――」

「父さん？」

「静かにしろ、カイル。きょうの作戦は――」

「父さん！」

「カイル、父さんはこれから――」

「質問があるんだ」カイルの両側に立っているダニー・デジャルダンとタッカー・コアーがイーサンを見た。イーサンはドキッとするのと同時に、血の気が引くのを感じた。

「なんだ、カイル？」

「きょうもイーサンを試合に出すの？」

選手たちが不満を感じているのを無視できなくなったオラフソン監督は、困ったような顔をしてしばらく視線を宙にさまよわせていたが、そのうち、ぎょろっと目を動かしてイーサンのほうを向き、舌の先でくちびるをなめた。チームメート全員に見つめられているのはイーサンも気づいていた。「きょうはイーサンが試合に出ませんように」と、みんなが心のなかで祈っているのも知っていた。情けないことに、イーサン自身も、「きょうはフェルドをはずす」とオラフソン監督がいうのを期待していた。そして、そんな自分をふがいなく思っていた。イーサンは、父親がルースターズの超特大サイズのTシャツを着てほかの選手の親たちといっしょに座っている観客席に目をやった。フェルド氏はそれに気づき、「敵をたたきのめせ」といったたぐいのおろかなことを叫ぶかのようにこぶしを突き上げて、期待のこもったおぞましい笑みを浮かべた。イーサンはそれを見るなり顔をそむけた。

「静かにしないか、カイル」と、オラフソン監督が息子を叱った。「さもないと、おまえをベンチに引っこめるぞ」

後攻のエンゼルスの選手は、はやばやと各自の守備位置についた。ルースターズの選手はそれを見て円陣を組み、ピシャッ、ピシャッと音を立てながら手を重ね合って、全員で「行くぞ！」と叫んだ。試合のたびにそうしているのだ。イーサンは、なぜそんなことをするのかわからなかったが、ほかの選手はみんなわかっているようだったので、恥ずかしくて聞けなかった。初日の練習に五分遅れたので、たぶんそのときに監督が説明したのだろう。

トップバッターのジェニファー・Tと、ショートで二番バッターのクリス・ランゲンフェルターをのぞくルースターズの選手は、全員ベンチに座った。イーサンもベンチの端にちょこんと腰かけ、帽子をひざの上にのせて自分の運命が決せられるのを待った。

臆病で意気地のないイーサンにとっては、上々のすべり出しのように思えた。トップバッターのジェニファー・Tがショートの頭上を越えてレフトまで達するみごとなツーベースヒットを飛ばしたにもかかわらず、あとがつづかずに得点できなかったからだ。一方、エンゼルスは一回の裏に二点獲得した。一刻もはやく追いつきたいと思っているオラフソン監督が自分を使うはずないと思うと、イーサンはちょっぴり気が楽になり、ベンチの背にもたれながら頭のうしろで両手を組んで、真っ青な空を見上げた。ハマグリ島のほかの場所では、夏のあいだ空は青ではなく薄い水色で、太陽も、包帯を巻いたようにぼんやりとかすんでいる。けれども、島の西の端のサマーランドの空は雲ひとつなく青く澄みわたり、紺色に近い深みのある色をしている。ひからびた海草のにおいや、深緑色をした海水のにおいがするのは、ここが岬で、三方を海に囲まれているからだ。頬に太陽のぬくもりを感じながら軽く目を閉じると、野球はベンチで観戦するのがいちばんだという思いが、ふとイーサンの頭をよぎった。

「そろそろ準備をしろ」と、うしろで声がした。「もうすぐおまえさんの出番だ」

イーサンが振り向くと、グラウンドと観客席をへだてる低い金網のフェンスの向こうに、キラキラ光る緑色の目をした、色の黒い小柄な男が立っていた。かなりの年寄りで、白い髪を長く伸ばしてうしろでひとつにたばねている。肌は、みがきこんだ野球のグローブに似た色で、鼻がやけに大きく、いかにもいろんなことを知っていそうな顔つきをしている。老人は、イーサンがぼんやりしているのを見てがっかりしたものの、それほど驚いてはいないような、失望とあきらめの入りまじった表情を浮かべていた。イーサンのことを知っているらしい。

「あのじいさんを知ってる？」と、イーサンは小声でトールに聞いた。

「いいや」

「ぼくを見てるんだ」

「たしかにじろじろ見てる」

「すみません」イーサンは老人に声をかけた。「なにかいいました？」

「もうすぐおまえさんの出番だといったんだ」

冗談をいっているのだと、イーサンは決めつけた。というか、たぶんそうにちがいないと思った。以前、ひそかに調べた結果、おとなが一日のうちにイーサンに対して口にする言葉の七十三パーセントは冗談だとわかったのだ。老人の口調はなんとなく意味ありげだったが、イーサンはおとなに冗談をいわれたときのいつもの対抗策として、聞こえなかったふりをした。

四回の表にふたたび打順がまわってくると、ジェニファー・Tは細い金色のバットを釣り竿のように肩にのせ、足もとを見つめながらバッターボックスに入った。彼女が考えをめぐらせているのは、だれの目にも明らかだった――どうやってヒットを打とうかと考えているのは。心の底から野球を愛しているのは、ルースターズの選手のなかで――いや、ハマグリ島の子どものなかで――ジェニファー・Tだけだ。ジェニファー・Tはユニフォームに青い草の汁をつけてスライディングをするのも、カーンと鋭い音を立ててヒットを打つのも大好きだった。そのうえ、打率はいいし、長打も打てるし、ダブルプレーも取れるし、足がはやいので、シングルヒットを三塁打に、三塁打をランニングホームランにすることだってできる。なのに、けっして自慢したり、ほかの選手をけなしたりはしない。ただ、自分のことは〝ジェニファー〟ではなく〝ジェニファー・T〟とみんなに呼ばせ、〝ジェニー〟などとはぜったいに呼ばせなかった。

エンゼルスのピッチャー、ボビー・ブレイドンは、ジェニファー・Tに外角低めの球を投げた。が、腕が長くて、しかも外角の球が大好きなジェニファー・Tが細いバットをひと振りすると、球はまたもやショートの頭上を越えてレフトへころがった。レフトの選手は肩がいいので、ボールを捕るなり二塁へ投げたが、ジェニファー・Tはスライディングを成功させてセーフになった。

「いよいよだぞ」と、老人がいった。「準備をしろ」

イーサンはうるさい老人をにらみつけようと思って振り向いたが、うしろにはだれもいなかった。おやっ、と思っているうちに、ふたたびバットが快音を放ち、ルースターズの選手も応援に来ていた親たちも歓声をあげた。ジェニファー・Tの二塁打がチームの打線に火をつけたらしく、トロイ・ネーデルもヒットを打ってジェニファー・Tをホームに還し、フェルド氏が試合のあとで解説したように、その後、マウンドのボビー・ブレイドンはぼろぼろにくずれた。ルースターズは打者一巡の猛攻撃をしかけ、その回、二度目のバッターボックスに立ったジェニファー・Tはフォアボールを選んだのち、二塁へ盗塁した。カイル・オラフソンがアウトになって四回の表の攻撃はようやく終了したが、ルースターズは七対二と逆転した。

「ウィグナット」オラフソン監督がトールを呼んだ。オラフソン監督は、顔を真っ赤にし、目には異様な光をたたえている。ルースターズが五点もリードするのは開幕以来はじめてなのだから、無理もない。「サードを守れ」

「父さん、サードはぼくじゃないか」と、カイルが抗議した。

「おまえのいうサードとは、三番目という意味か(注3)？　なにが三番目なのか、よくわからんが」と、オラフソン監督がカイルにいった。「とにかく座れ。おまえは交替だ。ウィグナット、はやく行け」オラフソン監督はトールの肩をつかんで三塁へ向かわせようとしたが、ちらっとイーサンを見て手を止めた。「いや、その、さっさと内野守備のソフトウェアをアップロードするんだぞ」

トールはあわてて立ち上がった。「わかりました」

イーサンの心臓が早鐘を打ちだした。ルースターズがこのままリードをつづけたらどうなるんだろう？　さらに得点を重ねたらどうなるんだろう？　監督は、五点リードしているからトールを出しても大丈夫だと思ったようだが、あと何点かリードを広げれば、イーサンを出す気になるのでは？　イーサンは、もし自分が出たら、六点、七点、いや、八点のリードでもあっという間に帳消しになってしまうはずだと確信していた。

観客席のほうに目をやって、父親の顔からしだいに笑みがしぼんでいくのを見るたびに、イーサンはますます憂鬱になり、五回の表にルースターズがさらに二点追加したときには、パニック状態におちいった。オラフソン監督はしょっちゅうこっちを見ているし、五回の表が終わると、攻撃はあと二回しかない。エンゼルスはあらたなピッチャーを送りこんできたが、ジェニファー・Tはレフトよりのセンターの奥深くにライナー性の当たりを飛ばして二塁まで進み、塁に出ていたふたりがそのあいだにホームに帰って、得点は十一対二になった。そのとき、またちらっと観客席に目をやると、先ほどの奇妙な老人がイーサンの父親のとなりに座っているのが見えた。しかも、ほかの観客はみんな試合を見ているのに、その老人だけはイーサンを見つめている。老人はこくりとうなずき、両手のこぶしをくっつけてバットを振るようなしぐさをすると、イーサンのほうを指さしてにやっと笑った。イーサンは目をそらし、ぐるっとグラウンドを見わたして

（注3）サードには三番目という意味もある

から駐車場へと視線を移して、その向こうにある森を眺めた。すると、倒れたシラカバの木の上を走っていく、ふさふさとした赤いしっぽのついた動物の姿がちらっと見えた。

つぎの瞬間、イーサンは自分でもびっくりする行動をとった。トイレへ行きたいと、だれにともなくつぶやきながらとつぜん立ち上がったのだ。そして、迷わず、振り向きもせずに球場を出て、ブッシュベビーとおぼしきその動物の姿が見えた森へ向かった。

マクドゥーガル球場はイノシシの牙岬の付け根にあって、とがった牙の先にあたる二百万平方メートルあまりの土地には、背の高いシラカバの木が生い茂っている。イーサンは父親に教えてもらって、アメリカシラカバという正式な名前を知っていた。かつてインディアンがその木の外側の皮をはいでカヌーをつくり、内側の薄い皮をはいで、それに絵や字を書いていたことから、〝カヌーの木〟とか〝紙の木〟と呼ばれているのも知っていた。冬の雨の日に、島の西の端にある、葉を落としたシラカバが密生するこの森に来れば、気味が悪くて寒気をもよおすはずだ。きょうのようによく晴れた夏の日でも、背の高いシラカバの青々と茂る葉が風に揺られてカサコソと音をたてると、なんとなく神秘的な感じがする。野球場のこみ合った観客席さながらに、すき間なくぎっしりと木が生えたその森は、野球場と駐車場と、ときどき結婚式が行なわれる、旗竿の立つなだらかな芝生の斜面を取り囲み、外野の緑色のフェンスのはるか向こうにまで広がっている。打球がそこへ飛んでいった場合はホームランとみなされ、二度とボールが見つかることはない。

イーサンが駐車場を抜けて、ふさふさとした赤いしっぽが見えた倒木のそばへ行くと、その先には、北に向かって小道が伸びていた。ブッシュベビーは森のなかへ入っていったのだと思って、イーサンはその小道に沿って走った。ところが、しばらく進むと、シラカバの葉のあいだからかすかに射し込む太陽の光がイーサンを押さえつけようとしたのか、それとも、日陰に押しとどめておこうとしたのか、とにかく、そんなにはやくは走れなくなった。そのうち、まったく走れなくなったが、それでも、どこかからかすかに聞こえてくる規則正しい音に耳をすまして歩きつづけた。自分の息の音かもしれないと思ったが、やがて、サマーランドのビーチに打ち寄せる波の音だと気がついた。この道はビーチへつづいているのだ。ホテル・ビーチへ。友だちはよくホテル・ビーチの話をしているが、イーサンもイーサンの父親も、一度しか行ったことがない。このあたりは、ハマグリがたくさんとれたころに夏のリゾート地としてにぎわい、それで、サマーランドと呼ばれるようになったらしい。いまでも、朽ちはてたバンガローや、倒壊したダンスホールや桟橋の橋脚が残っている。

自分のふがいなさを嘆くには絶好の場所のように思えた。二、三時間ビーチに座って、ぼくはどうしてこんなに意気地がないのだろうと自分を責めていれば、そのうちお巡りさんが探しにきてくれて、父さんも、息子が臆病なのを忘れていたことを悔やみ、野球が下手でも許してくれるに決まっている。イーサンがリトルリーグをどんなにきらい、どんなに恐れているか、気づいてくれるはずだ。「おれはなにを考えてたんだろう」と、父さんはいうにちがいない。「いやならやめもいいんだぞ、イーサン。おまえのしたいようにすればいい」と。

ホテル・ビーチが見えてきたときには、沈んでいたイーサンの心がふわっと軽くなり、ブッシュベビーのことなどすっかり忘れてしまっていた。ついに森を抜けてビーチに出たイーサンは、しばらく立ち止まってからふたたび歩きだした。ビーチの砂はけっこうかたくて、歩くとジャリジャリ音がする。イーサンは、父親といっしょに来たときに座ってサンドウィッチを食べた、節だらけの流木の上に腰かけた。ずいぶん前にどこかから流れてきて、ずっとそこにあったようで、すでに枝はぜんぶ折れているが、もとはそうとう大きな木だったのだろう。いつの間にか本土のオリンピック山地のほうから灰色の雲が流れてきて、急に風が冷たくなったかと思うと、すぐそばで話し声がした。イーサンは、木陰づたいに森のなかに戻って、耳をすました。聞こえたのは男の人の声だったが、とげとげしくて冷ややかで、あまり感じのいい声ではなかった。イーサンは、見つからないように身をかがめたまま、朽ちはてたバンガローのほうへ静かに歩いていった。

ダンスホールのわきの空き地に、大きな四輪駆動車がとまっていた。ドアには〝土地整備会社〟と書いてあり、スーツ姿の四人の男が車の前に立って、ボンネットの上に広げた地図を眺めている。雨が降っているわけでもないのに、男たちはスーツの上に黄色いレインコートを着て、革に防水加工をほどこしたぶかぶかの長靴をはいている。長靴のつま先には鋼がついている。なぜだかわからないが、イーサンには、スーツの上にレインコートを着たその四人の男たちが、悪いことをしにそこへ来たように思えてならなかった。

男たちはいい争っているらしく、そのなかのひとりは、地面を指さしてうんざりした様子で両手を上げるなり、車のうしろにまわった。トランクから大きなスコップを取り出したその男は、ほかの三人をにらみつけながらビーチを離れて、倒れたままもう四十年近く放置されているダンスホールのほうへ歩いていく。が、途中で足を止めて、自分の考えが正しいことを証明してくれるものを見つけたぞといわんばかりにふたたび地面を指さすと、スコップを持ち上げて、雑草と黄色い花におおわれた足もとの地面に突き刺した。

　イーサンのすぐそばで、ふとだれかがため息をついた。もっとも恐れていたことが起きたときに思わずもらす、悲しみとあきらめのまじった、長いため息だった。けっして空耳ではなく、そのため息は、まちがいなく右のほうから聞こえてきた。なのに、そばにはだれもいない。イーサンは、腕とうなじに鳥肌がたつのを感じた。風は冷たく、まるでスコップの刃を押し当てられたようで、イーサンの体はブルブルと震えた。そのとき、スコップを持った男が大きな声で叫んで、うなじをさすった。つぎの瞬間、なにかが――小石かなにかが――男のうしろの草の上に落ちるのが見えた。イーサンが顔を上げると、すぐそばのシラカバの木の上に、いたずらっぽい目をした、しっぽの赤い動物の姿が見えた。ブッシュベビーというよりもキツネに似ているが、キツネではない。その動物には、アライグマのように長い指のある手がついていて、その手にパチンコをにぎりしめている。鼻はとんがっているし、ひげは長く、耳も大きいが、得意げな笑みを浮かべた顔は人間にそっくりだ。その動物はイーサンのほうを向いて、乾杯のときにグラスを持ち上げるような感じでパチンコを持ち上げた。が、すぐに笑みを消し、スルスルと木から下りて森のなかへ姿を消した。

イーサンは驚きのあまり思わず声をもらしたらしく、四人の男がいっせいにイーサンのほうを見た。イーサンは凍りつき、心臓は、ドキドキという音が聞こえそうなほどはげしく脈打った。男たちの目はサングラスに隠れて見えないが、口は真一文字に結んでいる。じっとしていてはつかまってしまうと思ったイーサンは、森のほうに向かって駆けだした。ところが、森のなかに入ったとたん、さっき野球場で会った、白い髪をインディアンのようにうしろでたばねた老人とぶつかった。かなりの年寄りだし、おまけに小柄なのに、その老人の体は岩のようにかたく、イーサンはよろめいて尻もちをついた。老人はイーサンを見下ろして、こくりとうなずいた。

「おれの思ったとおりになった」と、老人がいった。

「ぼくは――ぼくの番なの？　ぼくが試合に出るの？」

「もちろんだとも」と、老人がいった。「おまえさんがいやだといわないかぎりはな」

イーサンはとにかく、〝土地整備会社〟の男たちからのがれたかった。

「無理もない」と老人はいったが、イーサンはおびえきっていたので、そのときはまだ、老人に心のなかを見すかされていることに気がつかなかった。「さあ、行こう」

「あの男たちはだれなの？」イーサンは、あとについて歩いていきながら老人にたずねた。老人もスーツを着ていたが、だぶだぶで、生地は、ジェニファー・Tの家の玄関ポーチに置いてある

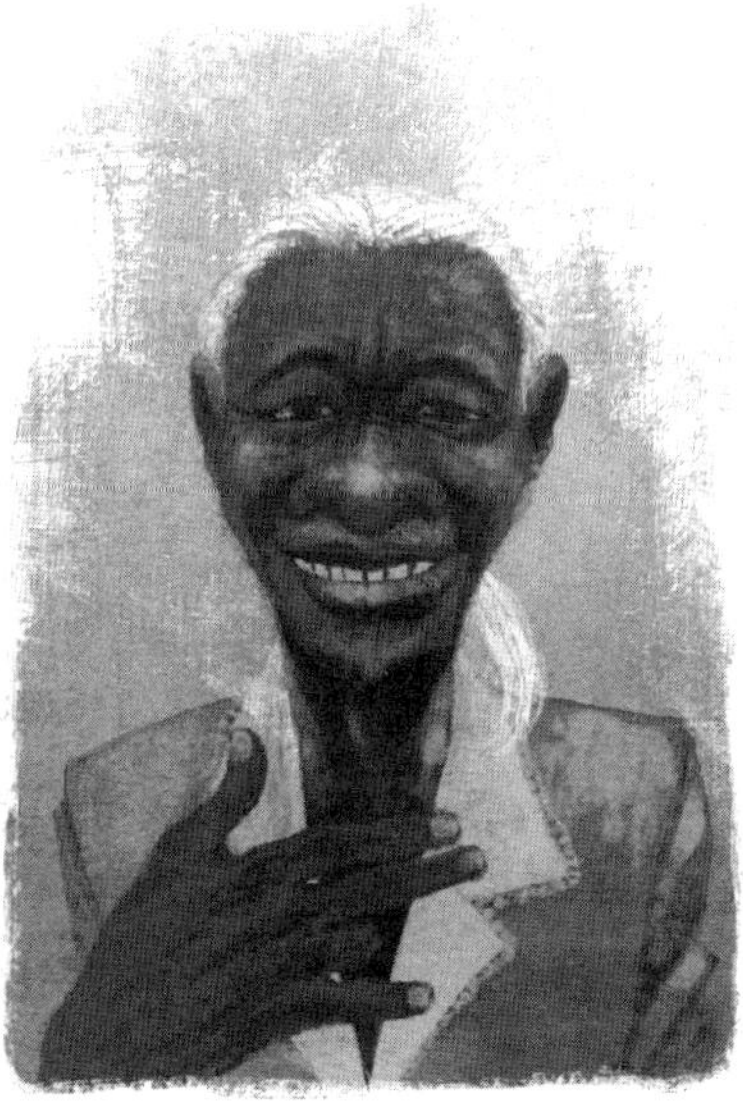

古い椅子の張り地によく似た、けばけばしいオレンジ色のウールだ。

「この世でもっとも邪悪な男たちだよ」と、老人はいった。「ところで、おれの名前はケイロン・ブラウンだ。黒人リーグのホームステッド・グレイズでピッチャーをしてたころは、〝薬指ブラウン〟と呼ばれてたんだが」

「薬指が太いから？」と、イーサンはほんの少し考えてから聞いた。

「ちがう」老人はごつごつした右手をイーサンの目の前にかざした。「薬指がないからだ。信じられないかもしれんが、薬指なんぞなくったって、どんなボールでも投げることができたんだ」

「ぼくを連れてこいって頼まれたの？」駐車場の手前で、イーサンが聞いた。親たちの声援や、相手チームを野次る選手の甲高い声や、選手に活を入れるオラフソン監督の太い声は駐車場まで聞こえてくる。

「じつは、そうなんだ」と、薬指ブラウンがいった。「ずいぶん前にな」


ここまでの出来事もそうとう奇妙だったが、イーサンはそれ以上に奇妙な体験をした。ベンチに戻ってもだれひとりとしてイーサンのほうを見なかったし、それどころか、しばらくいなくなっていたことにも気づいていないようだったのだ。おまけに、イーサンが松材の板を張ったベンチに腰を下ろすやいなや、オラフソン監督がこっちを向いて、死刑宣告にも等しい大きなウインクを投げてよこした。

「さあ、イーサン、おまえの出番だ。しっかりやってこい」

イーサンが球場を抜け出したときはルースターズの勝利が確実だったのに、いつの間にか、そんなのんきなことはいえなくなっていた。エンゼルスが六点追加して十一対八にまで追い上げただけでなく、試合はすでに最終イニングの七回の表を迎えている。けれども、ハマグリ島のリトルリーグには、けがをしているのでないかぎり、どの選手も少なくとも一イニングの攻守どちらかは試合に出場させなければならないという、思いやりとフェアプレー精神にもとづいたルールがあるので、オラフソン監督もルールを破るわけにはいかないのだ。ルースターズはランナーをふたり出しているものの、まだこの回は得点を挙げることができずに、すでにツーアウトを取られている。だめ押しの追加点が入るかどうかは、イーサンのバットにかかっている。

「思いきり振るんだぞ」と、オラフソン監督がいつもの口調でいった。「思いきり振って、どでかいのをかっ飛ばせ」

そんなことはしたくなかった。打順がまわってきても、イーサンはほとんどバットを振ったことがない。フォアボールになるのを祈りつつ、バットを肩にかついでじっと立っているだけだ。フォアボールで一塁に走っていく以外、イーサンにはなにもできない。もちろん、ピッチャーにボールをぶつけられるのもこわいが、イーサンがもっとも恐れているのは空振りだ。空振りほど恥ずかしいことはない。空振りというのは、野球だけでなく日常生活の場でも、ものごとがうまくいかなかったときに使う言葉で、要するに、〝失敗〟と同じ意味だ。リトルリーグでは相手チームのピッチャーが下手な場合が多いので、いい球が三球来るより先に悪い球が四球来るのを待つというイーサンの作戦はけっこう成功した。けれども、自慢できる作戦ではなく、ほかの選手は、「犬が散歩に連れていってもらえるのをじっと待っているように一塁に歩くのを待っている」とイーサンをからかって、〝犬〟というあだ名をつけた。

イーサンは、漫画に出てくる原始人が棒切れを引きずって歩いているのとそっくりな格好で、バットを引きずりながらのろのろとバッターボックスへ向かった。父親がハイウェイでキツネに似た動物を轢きそうになって急ブレーキをかけたときにシートベルトが食いこんだせいで、肩はまだひりひりしていたが、バッターボックスではいつものようにバットを肩にかついだ。ちらっと観客席に目をやると、父親が両手の親指を突き立てた。イーサンはつぎに、途中からマウンドに上がったエンゼルスのペア・デイヴィスを見た。ペア・デイヴィスはイーサンに同情しているのか、わずかに顔をしかめている。が、ため息をつきながら、おもむろに腕を振り上げた。つぎの瞬間、イーサンの手のそばをなにかが飛んでいった。

「ライク、ワン！」と、審判のアーチ・ブローディー氏がうなるようにいった。ブローディー薬局を経営しているブローディー氏は、「ストライクかボールか宣告するときのわしの声は、われながらほれぼれする」と、しょっちゅう自慢している。

「なにをしてるんだよ、犬」と、カイルが叫んだ。「バットを肩から下ろせ」

「打つんだ、犬！」と、ほかのチームメートも叫んだ。

イーサンがピッチャーのペア・デイヴィスのほうに目をやると、またなにか、もやもやっとしたものが見えた。

「ライク、ツー」と、審判のアーチ・ブローディー氏がふたたびうなった。

そのとき、薬指ブラウンのしゃがれた声が聞こえた。

「いい球が来たら打つんだぞ」

その声はすぐ近くから聞こえてきたような気がしたが、観客席を見わたしても、薬指ブラウンの姿はなかった。が、ジェニファー・Tがこっちを見ているのはわかった。

「深呼吸をしなさい」ジェニファー・Tは声を出さずに、くちびるだけ動かしてアドバイスした。

イーサンはそのときはじめて、オラフソン監督に出番だと告げられたときからずっと息をためこんでいたことに気がついた。

　イーサンはいったんバッターボックスを離れて深呼吸をすると、今度こそバットを振ろうと心に決めて、ふたたびバッターボックスに立った。ノーストライクなら待ってもいいが、ツーストライクなら打つしかない。ピッチャーのペア・デイヴィスが体をうしろに傾けて振りかぶるやいなや、イーサンはバットをにぎりしめて肩を上下に揺すった。だが、バットを振る直前に、信じられないことをした。目をつぶったのだ。

「ライク、スリー」審判のブローディー氏がイーサンに三振を宣告した。

「大丈夫よ」守備位置の外野へ歩いていくイーサンに、ジェニファー・Tが声をかけた。「リードは守り抜けるわ。当たらなかったけど、ついにバットを振ったのね」

「ああ」

「いいスウィングだったわ」

「うん」

「振るのがちょっとはやすぎたのよ」

「目をつぶってしまったんだ」と、イーサンがいった。

　ジェニファー・Tは自分の守備位置の一塁で足を止めると、いらだちをあらわにかぶりを振って、ホームベースのほうに目をやった。

「守りにつくときはしっかり目を開けておくのよ。いい？」

オラフソン監督は、いつもイーサンにライトを守らせた。野球が考案されて以来ずっと、守備の苦手な選手はライトへまわされてきた。だが、イーサンの場合は、飛んできたボールをつかむことはおろか、ボールが真正面に飛んできても見えないのだ。ボールが地面に落ちてころころとうしろにころがって、バッターが三塁まで走っていっても、まだボールを見つけられずにいることもあった。おまけに、イーサンがようやくボールを見つけて内野へ投げ返すと、試合を見にきた親たちが全員、「ああ！」とため息をもらし、あきれ顔でピシャッと自分の額をたたいた。イーサンの投げたボールは、外野手の捕ったボールをキャッチャーへ中継しようとしている内野手に届いたためしがない。腕を大きく振って力いっぱい投げるのだが、ぎゅっと目を閉じているためにホームベースのほうへは行かずに、三塁の向こうにある駐車場へ飛んでいくのだ。いつだったか、気持ちよさそうに寝ているラブラドールレトリーバーのお尻に当たったこともあった。

イーサンは、ボールが飛んできませんようにと祈りながらライトへ向かった。まだごわごわしている外野手用の真新しい大きなグローブをはめた手はじっとりと汗をかいているうえに、しびれてもいる。ホテル・ビーチに吹いていたひんやりとした風が球場にも吹いてきて、雲が太陽を隠そうとしていたが、それでもまぶしいので目を細めると、頭が痛くなってきた。先ほどの老人の声が耳の奥でこだましていることにも、イーサンはいらだった。イーサンは、実際になにかを耳にするのと、それがどんなふうに聞こえたか覚えておくのは、脳のなかのべつの部分が受け持っているのではないだろうかとしばらく考えたのち、アフリカにしかいないはずのブッシュベビーがハマグリ島にいる理由について考えた。野球のことはまったく頭になかった。ほかの選手が雑談したりグローブをたたいたり、野次を飛ばしたりはげまし合ったりしているのはわかっていたが、イーサンは自分が別世界にいるような思いを味わっていた。庭で誕生日のパーティーを開いている最中に、椅子にくくりつけてあったひもがほどけてふわふわと空へ舞い上がっていく風船のような、そんな気分だった。

とつぜんボールがイーサンのそばに落ちたかと思うと、あたかも、なにか用があって急いでいるかのように、フェンスのほうへころころところがっていった。

自分がそのボールを捕りに行かなければならなかったことにイーサンが気づいたのは、試合が終わってからだった。結局、エンゼルスは四点追加して十二対十一で勝利をおさめ、ルースターズは八連敗をきっした。イーサンの守っていたライトへボールを打ったエンゼルスのトミー・ブルーフィールドは、ひどく腹を立てていた。トミーはそのヒットで塁に出ていた三人をホームへ還し、自分自身もホームインしたのだが、イーサンがボールを捕りに行かなかったのでエラーが記録され、ランニングホームランとはみなされなかったのだ。イーサンはボールをまったく追いかけなかったのだから。

「バカ」と、トミー・ブルーフィールドがイーサンをののしった。

イーサンは、取り返しのつかないミスをおかしてしまった自分をふがいなく思いながら、父親がこわばった笑みを浮かべて待っている観客席のほうへ重い足を引きずって歩いていった。チームメートに恨まれるのも、取り囲まれてグローブでボコボコに殴られるのも覚悟していた。ユニフォームの袖に縫いつけてあるワッペンをはぎ取られたって、バットをへし折られたってしかたがないと思っていた。ほかのみんなはピザを食べに行くのに、自分だけ誘われなくても当然だと思っていた。なのに、みんなはイーサンのせいで試合に負けたことなどもう忘れてしまったかのように、けげんそうな顔をして空を見上げている。ハマグリ島の西の端の岬の付け根にあるマクドゥーガル球場は、最初の入植者がこの島に来て以来ずっと、夏のあいだは雲ひとつない真っ青な空におおわれていたというのに、なんと、ぽつぽつと雨粒が落ちてきたのだ。

2章　期待の星

　グラウンドに塁が七つもあって、ピッチャーがふたりいて、どこまでもはてしなく外野がつづいているへんてこりんな野球場の夢を見ていたイーサンが翌朝目をさますと、しっぽの赤いキツネザルが胸の上にちょこんと座っていた。キツネザルは毛をきれいにとかして三つ編みにし、青いリボンを結んで、おまけに、パイプを吹かしている。イーサンは叫ぼうとして口を開けたが、声が出なかった。キツネザルはけっこう重くて、釘をいっぱい入れた袋を胸の上にのせているような気がする。だれかが風呂に入れて毛を三つ編みにして、ごていねいにバラの花のにおいのする香水まで振りかけたらしいが、生肉のにおいと泥のにおいのまじったキツネ特有の体臭は消えていなかった。キツネザルは思案顔で、とがった鼻をピクピクと動かし、キラキラ光るオレンジ色の目で心のなかを探るようにイーサンを見つめている。だが、イーサンの心のなかはよく見えなかったようだ。イーサンは父親を呼ぼうと思って、釣り上げられた魚のようにパクパクと口を

開けたり閉じたりした。

「落ちつくんだ、小僧」と、キツネザルがいった。「深呼吸をしろ」そのかすれた小さな声は、古いレコードを蓄音機にかけて聴いているようだった。「大丈夫じゃ。心配いらん」と、キツネザルはイーサンをなだめるようにいった。「さあ、深呼吸をしろ。なにもこわがることはない。この古ギツネは、おまえの毛を一本たりとも抜くつもりはないんじゃから。もっとも、おまえの体には毛が生えておらんが」

「あんたは――いったい――？」イーサンはやっとの思いでそれだけいった。

「わしはキツネ男のカトベリーじゃ。年は七百六十五歳。ここへ来たのは、おまえに不朽の名声と幸運を与えるためじゃよ」かゆくなったのか、キツネ男はまっ白な毛におおわれた胸を黒い爪でボリボリとかいた。「さあ」キツネ男のカトベリーはそういって、パイプの柄をイーサンのほうへ向けた。「深呼吸をしろ」

「座ってるのに……」と、イーサンが訴えた。「ぼくの……胸の……上に」

「おっと！　これはこれは！」カトベリーが飛び上がってくるっと一回転すると、股間と毛むくじゃらのお尻が丸見えになった。カトベリーは服を着ていない。キツネザルだと思っていたうちはイーサンもまったく気にならなかったが、キツネ男だとわかったからには、せめてパンツぐらいはいていてくれないと、目のやり場に困ってしまう。カトベリーは骨ばった長いうしろ足を踏んばって、みごとに着地を決めた。黒い爪のついた器用な手は、まるで人間の手のようだが、足はやはりキツネの足だ。「悪かったな」

　イーサンは体を起こして深呼吸をした。ナイトスタンドの時計を見ると、七時二十三分だった。もうすぐ父親が起こしにくるはずだから、毛むくじゃらで臭いカトベリーと話をしているところを見られてしまう。カトベリーも、イーサンがドアを見つめているのに気がついた。

「おやじのことは気にせんでいい」と、カトベリーがいった。「催眠術のかけかたを仲間に教えてもらったんじゃ。おまえのおやじは、ラッグド・ロック（注4）の音を聞いても目をさましやせん」

「ラッグド・ロック？　それって、どこのこと？」

（注4）崩壊する岩の意味

「ラッグド・ロックは地名じゃない」カトベリーは消えたパイプに火をつけた。そのパイプは骨でできている。もしかすると人間の骨かもしれないと、イーサンは思った。パイプの先の、たばこの葉を詰めるところには、第十六代アメリカ合衆国大統領のエイブラハム・リンカーンにそっくりな、ひげを生やした男の人の顔が彫刻してある。「いよいよそのときが来たんじゃよ。いや、その日が。死んだ者も含めて、眠っている者全員の目をさまさせるときが。ただし、おまえのおやじだけは例外だ。おまえのおやじはラッグド・ロックにも気づかずに、おまえがわしの仲間と話をして、わしがおまえをここへ連れ戻すまで眠りつづけることになる」

　本や映画の登場人物はみんな、なにか信じられないことが起きると、「これは夢にちがいない」という。でも、夢のなかでは、どんなことが起きてもだれも変だとは思わない。「ぼくは夢を見てるんだ」とイーサンが思ったのは、裸のキツネ男があらわれて、たばこの詰まっていないパイプを吹かしながら、「おまえに不朽の名声と幸運を与えるためにここへ来た」などといいだしたからではない。キツネ男の話を聞いても少しも驚かなかったし、おかしいとも思わなかったからだ。

「幸運って、いったいどんな？」と、イーサンが聞いた。なぜだか知らないが、もしかすると野球と関係があるのかもしれないという思いが、ちらっとイーサンの頭をよぎった。

　カトベリーが立ち上がってパイプをくわえると、正真正銘のキツネのように見えた。

「知りたいか？」と、カトベリーがいった。「まあ、こんなチャンスはめったにあるもんじゃない。わしらはおまえに超一流の教育を受けさせようとしとるんじゃよ」

「くわしく教えて！」と、イーサンが頼んだ。

「教えてやるとも。道々にな」カトベリーがフーッと煙を吐く真似をすると、布が焼けるようなにおいがした。カトベリーはベッドから飛び下り、一風変わった、いばるような足どりでゆっくり窓際まで行くと、長い腕を窓のわくに伸ばして、懸垂をするように体を持ち上げた。

「セーターを着ろ」と、カトベリーがいった。「スキャンパリングはめっぽう寒いからな」

「スキャンパリング？」

「スキャンパリングとは、木の枝に沿って移動することじゃ」

「木の枝に沿って移動する？」イーサンは、椅子の背にかけてあったフード付きのトレーナーを手に取った。「どの木の枝の話をしてるの？」

「異なる世界のまんなかに生えとる木じゃよ」と、カトベリーはもどかしそうにいった。「いったい、学校でなにを習っとるんじゃ？」


昔から、キツネ男には知恵があるといわれている。カトベリーはイーサンの家を出るやいなや、世界の真の姿について話しはじめた。カトベリーはその話をするのが大好きだった。

「はてしなく伸びる木とはどんなものか、思い描けるか？」と、カトベリーが聞いた。ふたりは郵便受けのわきを通りすぎて、左にまがった。〝フェルド飛行船株式会社〟と書いてある郵便受けは、フェルド家の敷地と、となりのユンガーマン家の敷地の境界線を示す、ほんの少し西に傾いた金網より背が低い。「はてしなく深いところまで根を伸ばしとる木を思い描けるか？　はてしなく遠いところまで枝を伸ばしとる木を思い描けるか？」

「思い描くだけなら、想像力がなくてもできるんだ」イーサンは、父親がいつも口にしていることをそのままいった。

「わかったようなことをいうんじゃな。だったら、思い描け。その木をよく見りゃ、幹が途中で分かれ、そこから大枝が出て、大枝から普通の枝が出て、普通の枝から小枝が出て、小枝からさらに細い枝が出とるのがわかるはずじゃ。枝は、まがったりよじれたりゆがんだりしながら、四方八方に広がっておる。枝の先っぽには、緑色をした小さな葉っぱがどっさりついてて、まるで、ロケット花火の火花のようじゃ。だが、その葉っぱから小枝、大枝、幹へと視線を戻せば、幹が四つに分かれとることに気づくにちがいない。専門用語では、そこを腋というんじゃが」

「思い描いた」と、イーサンがいった。

「けど、その木は目に見えん。形がないんじゃ。だから、さわることもできん」

「わかった」

「ただし、葉っぱだけは見えるんじゃよ」

「葉っぱだけは見えるんだね」

「このとてつもなくでかい木の葉っぱは、いたるところに生えておって、そこにはさまざまな生き物が住み、死んだりあらたに生まれたりと、いろんな出来事が起きて、いろんな話が語られておる」

イーサンはしばらく考えこんだ。

「じゃあ、ハマグリ島もその葉っぱのようなものなの？」

「葉っぱのようなものじゃない。葉っぱそのものじゃ。とてつもなくでかい木というのも、たんなるたとえ話じゃない。ほんとうの話なんじゃよ、小僧。その木は実際に生えておって、いまもおまえやわしや、ブルガリア人や、ミッキー・マウスの愛犬のプルートーやなんかを支えておる。見えなくてもさわれなくても、ちゃんと存在するんじゃよ」

「ふうん」とイーサンがいった。

「じゃあ、先へ進むぞ。四つに分かれた幹は、数え切れないほどの枝や葉っぱをつけておる。それが四つの世界じゃ」

「うん」

「葉っぱのなかに埋もれた大枝や小枝をつたってべつの枝や葉っぱへ移動する道は無数にある。細い道も太い道も、いろいろとな。道は無数にあるんじゃが、葉っぱから葉っぱへ、あるいは、枝から枝へと移動できる者はそう多くない。そういった生き物はシャドーテールと呼ばれておって、わしもそのひとりなんじゃがな。枝をつたって移動するのをスキャンパリングと呼ぶんじゃが、わしらはいまそれをしておるわけじゃ。体力を消耗するんで、あんまり遠くへは行けんが、すばやく移動できるのが利点じゃ」

　カトベリーは枯れ葉や小石におおわれたなだらかな土手をのぼって、木イチゴの茂みのなかへ入っていった。イーサンはしかたなくあとをついていった。すると、たちまちあたりが真っ暗になった。おまけに、寒くてじめっとしていて、まるで、深い洞窟のなかに入りこんだようだった。凍った松葉のあいだを風が吹き抜けるような、鈴に似た音がかすかに聞こえる。やがてイーサンは、ふしぎなことにかすり傷ひとつ負わず、見覚えのある草地の端にたどり着いた。草地の向こうには、神秘的な雰囲気のただようシラカバの森が広がっている。

「まさか。これはいったい――？　ここは――？」

　イーサンたちが家を出たのは、ほんの数分前だ。イーサンとカトベリーは、たった数分でハマグリ島をつらぬくでこぼこ道の両側に広がる森をいくつも通り抜けたことになる。自分の家からイノシシの牙岬まで歩いて来ようと思ったことなど、イーサンはこれまで一度もなかった。遠すぎるからだ。歩いたことがないのではっきりとはわからないが、おそらく一時間以上かかるはずだ。なのに、彼らは岬にいる。たぶん、ここはイノシシの牙岬だ。太陽の光が降りそそぐ草地も、シラカバの森もある。その向こうに広がる、深緑色をした海のにおいもただよってくる。

「最後にもうひとつ話しておかなきゃならん」と、カトベリーがいった。「道はくねくねまがっておるので――つまり、先ほど話した木の枝はまがっておるので――ちがう枝から出ている二枚の葉っぱがとなり合って生えとる場合もあるんじゃ。わしのように優秀なシャドーテールならひとまたぎで行ったり来たりできるぐらい近いところに生えとる場合も。けど、葉っぱから枝へ、枝から幹へとつたっていけば、その二枚の葉っぱが、じつはべつの枝から生えとるのがわかるはずじゃ。つまり、となり合っておっても、その二枚の葉っぱはちがう世界のものだということじゃ。わかるか、小僧？　要するに、四つの世界も、まがりくねった木の枝みたいにからみ合っとるんじゃよ」

「じゃあ、あんたはべつの世界へもスキャンパリングできるの？」

「いや、べつの世界へ移動するのはリープというんじゃ。いま、それをしたわけじゃよ」と、カトベリーがいった。「ちなみに、わしらがいまいる世界はサマーランズと呼ばれておる」

そこはイーサンの知っているサマーランドとよく似ていたが、なにもかも同じというわけではなかった。草地の反対側にある、金網のフェンスを張りめぐらせて観客席に粗末なパイプ椅子を並べたマクドゥーガル球場が、頑丈で立派な建物に変わっていたのだ。美しい彫刻がほどこされた、ほとんど白に近い淡いクリーム色のその建物がなんなのか、最初、イーサンはわからなかった。それほど大きくはないものの、その四角い建物は、屋根のない長い回廊に囲まれている。インドのタージマハルのようにも見えるし、フロリダにある、塔とバルコニーと回廊のついた古い大きなホテルのようにも見える。それはともかく、その建物の四隅にはたまねぎにそっくりな形をした小さな塔がそびえていて、塔の上では、細長い三角の旗がパタパタと風になびいていた。

「野球場なんだね」と、イーサンがいった。「それにしては、ずいぶん小さいけど」その野球場は、ハンバーガー屋と同じぐらいの大きさだった。

「このあたりに住んでるネイバーズはさほど大柄じゃないんでな」と、カトベリーがいった。

「まあ、そのうちあらわれると思うが」

「それって、人間なの？」とイーサンが聞いた。

「ネイバーズか？　いや、ちがう。連中は人間じゃない。わしと同様、人間とはべつの生き物じゃ」

「ということは、もしかしてエイリアンなの？」イーサンは、カトベリーの正体を知る手がかりを求めてあたりを見まわした。イーサンはそれまでカトベリーのことを、キツネだって努力すれば人間になれる、どこか遠い草原の国からやって来たのだとばかり思っていた。

「エイリアンというのはなんじゃ？」

「別世界の生き物のことだよ。つまり、宇宙の」

「世界は四つしかないと教えてやったばかりじゃないか」と、カトベリーがいった。「ただし、さっきいい忘れたが、わしらはそのうちのひとつを失ってしまったんじゃ。コヨーテが魔法をかけて、行き来できないようにしてしまったんじゃよ。したがって、おまえらが住んどるのは、おまえらのいう〝宇宙〟も含めて、残りの三つの世界のなかのひとつじゃ。わしはおまえらの世界がいちばん好きなんじゃがな。じゃが、いま、わしらはべつの世界へ来た。ネイバーズの住むサマーランズに。さっきもいったように、ネイバーズはさほど大柄じゃない。というか、連中はいわゆる小人なんじゃよ」

「小人？」と、イーサンが聞き返した。「ちょっと待って。頭のなかを整理するから。ネイバーズっていったよね。このあたりにはネイバーズが住んでるんだろ？　もしかして、そのネイバーズというのは妖――」

「そう、妖精じゃ！」と、カトベリーが先を引きついだ。「ただし、それは古い呼び名でな。いまじゃ、連中も自分たちのことをフェリシャーと呼び、ほかの者にもそう呼ばせておる」

「で、彼らは野球をするんだね」

「ああ、何時間でもえんえんと」カトベリーは、気絶するふりをして草の上に倒れこんだ。が、すぐさま草をむしってパイプの火皿に詰めた。

「あそこにある小さい球場で？」

「ああ、あのかみなり鳥球場で」と、カトベリーがいった。「あそこは〝インディアン・リーグの宝〟と呼ばれてたんじゃ。野球がさかんに行なわれておったころはな。だが、いまじゃ、閑古鳥が鳴いておる」

「あれは、その……なんでできてるの？」そうたずねながらも、もしかすると人間の骨かもしれないという思いがふたたびイーサンの頭をよぎった。

「骨じゃ」と、カトベリーがいった。

「クジラの？」

「クジラじゃない」

「セイウチ？」

「セイウチでもない」

「じゃあ、象の骨？」

「このあたりに象がいると思うか？　あの球場は巨人の骨でつくったんじゃ。一七四三年に、この土地を征服しようなぞというおろかな考えを起こした、怪力ジョンの骨で」カトベリーはため息をつき、目をつぶってゆったりとパイプを吹かした。「さあ、座れ。連中はわしらが来たのを知っとるはずじゃ。そのうち姿をあらわすじゃろう」

　イーサンは、カトベリーと並んで草の上に腰を下ろした。太陽は空の真上にのぼり、青々と茂る丈の高い草のあいだからは、ハチの羽音が聞こえてくる。イーサンが覚えているかぎり、こんなにさわやかな夏の日はこれまでなかった。シラカバの森からは、鳥のさえずりも聞こえてくる。カトベリーのパイプのにおいは強烈だが、いやなにおいではない。イーサンは、何年も前の夏にも、真っ青な空のもとでハチの羽音や鳥のさえずりを聞いたことがあるのを、ふと思い出した……あれはたしか……草におおわれた土手の上を走る田舎道のわきに座っていたときで、土手の下にはよどんだ池があった。たぶん、ニューヨーク州のサウス・フォールズバーグにあったおじいちゃんの家へ行ったときだ。母親が何度もおじいちゃんの家の話をしていたのは覚えているが、そこへ行ったときのことはいままで一度も思い出したことがなかった。おじいちゃんの家は、イーサンがたずねてしばらくしてから売り払われたらしい。母親がイーサンのとなりにしゃがみこんで、ほっそりとした手をイーサンの肩にのせ、もう片方の手でどろっとした真っ黒な池の水を指さしたのはいまでも覚えている。なんと、小柄な白人の女性がハチドリのような翼を広げて池の水面を飛んでいたのだ。

「小妖精じゃ」と、カトベリーが愁いを含んだ声でいった。イーサンはこのときはじめて、カトベリーが人の心のなかを見すかせることに気づいた。「小妖精に会えるとは、運がいい。もう、あんまり残ってないからな。みんな、体中にしわが寄って消えてしまったんじゃ」

「しわが寄って消えた？」

とつぜん、左の森のほうから、カーテンか旗が風にはためくのに似た音が聞こえてきた。大きなカラスが、人をあざわらうような声で鳴きながら空へ舞い上がったのだ。イーサンは、カラスがちらっと振り向いてイーサンとカトベリーをにらみつけたのを見た。

「あれは、サマーランズの疫病神じゃよ」キラキラ光るオレンジ色の目でカラスの姿を追いながら、カトベリーがいった。「まったく、コヨーテのいたずらも度が過ぎておる。ああ、見るのもおぞましい」

カトベリーは顔をしかめてパイプをふかした。小妖精のことも、彼らが絶滅しかかっている理由についても、話したくなさそうだった。

いい先生に教えてもらったときと同じで、カトベリーの話を聞いているうちに、イーサンの頭につぎからつぎへと質問がわいてきて、どれからたずねたらいいのかわからなくなった。体中にしわが寄ったら、なぜ消えてしまうんだろう？　それもコヨーテのしわざなんだろうか？「どうちがうの？」と、とりあえず聞いてみた。「小妖精と妖精――じゃなくて、フェリシャーとは？」

カトベリーはいきなり立ち上がった。パイプの火皿から灰が落ちるのが見えたとたん、毛が焦げるにおいがした。

「自分の目で見て、自分の耳で聞け」と、カトベリーはいった。

しばらくすると、フェリシャーたちが、かつての野球チームが移動に使っていたようなバスに乗って姿をあらわした――ただし、空飛ぶバスで。いっせいにシラカバの森から出てきた七台のバスは横一線に並んでいるように見えるが、実際は抜きつ抜かれつしながら飛んでいる。形は古い映画に出てくる長距離バスに似ているが、もう少し丸みをおびている。それに、かなり小さい――旧式のステーションワゴンぐらいのサイズだ。おまけに、鋼鉄製でもアルミ製でもなく、金のワイヤーと縞模様の布と、銀色のふしぎなガラスとハマグリの殻と鳥の羽と、ビー玉や一ペニー硬貨や鉛筆を寄せ集めてつくってある。ずいぶん派手なバスだが、乗客も負けず劣らず元気がいい。バスはイーサンとカトベリーのいる草地めがけて、旋回と宙返りを披露しながら急降下をはじめた。バスは近づいてくるにつれて、イーサンの耳に笑い声と怒鳴り声と叫び声が聞こえた。フェリシャーは、金色のおんぼろバスで陽光の降りそそぐ草地の上を飛びながら、競争しているのだ。

「連中はなんでも競争のネタにしてしまうんじゃ」と、カトベリーがあきれ顔でいった。「負けてばっかりの者もいるのに、やめられんらしい」

やがて、一台のバスが集団から抜け出し、あれよあれよという間に近づいてきて、キーッとタイヤをきしませながら着地した。バスのなかで歓声がわき起こったときには、すでにほかのバスも同じようにタイヤをきしませて着地していた。バスのなかからは六、七十人の小人が先を争うようにして降りてきて、たがいに声をかぎりに叫んだりわめいたりしている。全員がベルトにつけている革の財布をはずしてそれを振りまわすと、たちまち金貨の交換がはじまった。それが終わると、多くの者はうれしげな、あるいは、少なくともレースの結果には満足しているような表情を浮かべ、闖入者をよく見ようと、押し合ったりひじでつつき合ったりしながらカトベリーとイーサンのほうを向いた。

イーサンは小さなフェリシャーたちを見つめ返した。フェリシャーは、博物館の立体模型や古い映画で見たインディアンを小さくしたような感じで、獣の革を染めてビーズで飾りたてた上着とズボンを身につけている。貝殻や鳥の羽や、金の飾りもいっぱいつけている。肌はサクラの木に似た赤みを帯びた茶色で、弓矢を持っている者もいる。絶滅したと思われていた小人のインディアンの部族がハマグリ島の森で生きていたんだという思いが頭をよぎったとたん、フェリシャーたちがまた大きな声で笑った。しかし、どう見ても彼らは人間ではない。全員おとなで、女性は胸がふくらんでいるし、男性は口ひげやあごひげを生やしているが、体は人間の赤ん坊より小さいのだから。おまけに、目はリンゴ酒やビールと同じ淡い金色で、瞳はヤギの瞳のように黒くて細長い。けれども、体の小ささや淡い金色の目より、もっと奇妙なことがあった。フェリシャーたちを見ていると——ただ見ているだけで——イーサンのうなじの毛が逆立ったのだ。太陽がぎらぎらと照りつける暑い夏の日だったのに、イーサンの体は高熱が出たときのようにブルブル震えた。あごも震えて、歯はガチガチと音をたて、スニーカーのなかでつま先が痙攣を起こした。

「そのうち慣れる」と、カトベリーが耳もとでささやいた。

ほかの者たちよりほんの少しだけ背の高いフェリシャーが、前へ歩み出た。そのフェリシャーは鳥の羽をつぎ合わせたズボンをはき、獣の革に角のボタンを縫いつけたシャツの上に、オーケストラの指揮者の燕尾服のように長いしっぽのついた緑色の上着を着ていた。おまけに、赤い野球帽をかぶり、黒い小さなスパイクをはいている。野球帽のひさしは黒くて、正面には、アルファベットのOをななめに傾けた銀色の大きな字がついている。デトロイト・タイガースの強打者だったタイ・カッブを古い写真で見たことのある人は多いと思うが、フェリシャーのスパイクは、タイ・カッブがはいていたような、かなり旧式のものだ。前へ歩み出たフェリシャーはトランプのキングに似た整った顔立ちをしていたが、トランプのキングと同じように、まったく無表情だった。

「十一歳なんだってな」と、イーサンを見上げながらそのフェリシャーがいった。「なんせ、

急なことだったから」

「大丈夫だ、こいつならやれる」使いこまれた古いグローブのようにきしむ、聞き覚えのある声がした。イーサンがうしろを向くと、薬指ブラウンが立っていた。その日の薬指ブラウンはけばけばしいピンク色の三つ揃いを着ていたが、チョッキはピンクではなく、イーサンの父親のステーションワゴンと同じオレンジ色だった。

「ああ、みんな頼りにしてるんだから」と、フェリシャーがいった。「ジョニー・スピークウォーターの予言どおり、ついに連中がやって来たんだ。例の大なたを持って」

「それは知ってる。おまえさんも見ただろ？」と、その薬指ブラウンがイーサンに聞いた。「つま先に鋼のついた長靴をはいた連中が、トラックにスコップを積んで悪さをしに来たのを」

「おれはシンクフォイルだ」と、そのフェリシャーの代表がイーサンに自己紹介をした。「わが部族のリーダーで、一塁を守ってる」

イーサンは、フェリシャーたちがひそひそ話をしているのに気づいた。どうしたのだろうと思って薬指ブラウンを見ると、薬指ブラウンが地面を指さした。それがどういう意味なのか、イーサンにはわからなかった。

「シンクフォイルは偉い男なんだ」と、薬指ブラウンがいった。「王やら部族の長やら、あるいは、そのほかの権力者や有力者に会ったときは、お辞儀をするのが礼儀だろうが。シンクフォイルはイノシシの牙岬族の長で、かつ、三つの世界のホームラン王なんだぞ」

「そんな」知らなかったとはいえ、イーサンはろくにあいさつもしなかったことを恥ずかしく思うのと同時に、ピョコンと頭を下げたぐらいでは自分の無礼な態度の埋め合わせにはならないと思い、ひざまずいて深々とお辞儀をした。もし帽子をかぶっていたなら、脱いでうやうやしいポーズをとっていたはずだ。映画ではそういうシーンをちょくちょく目にするが、実際にそのとおりにやってみたことのある人はあまりいないかもしれない。それはともかく、イーサンのお辞儀のしかたがぎこちなかったからか、フェリシャーたちはゲラゲラと笑った。なかでも、シンクフォイルの笑い声がいちばん大きかった。

「わかればいい」と、シンクフォイルがイーサンにいった。

イーサンは、敬意が充分に伝わったと思うまで待って立ち上がった。

「あなたは全部で何本ホームランを打ったんですか？」と、イーサンがシンクフォイルに聞いた。

シンクフォイルは軽く肩をすくめた。「七万二千九百五十四本だ。七万二千九百五十四本目はゆうべ打ったんだが」そういって、色も大きさもナビスコのクッキーにそっくりなグローブをポンポンとたたいた。「さあ、これを受けてみろ」

赤い縫い目のついた、粒ガムほどの大きさしかないボールがイーサンめがけて飛んできた。ボールは渦を巻くように回転しながら、予想していた以上のはやさで近づいてくる。イーサンは顔の前に両手を伸ばしたが、空気をつかんだだけで、ボールはイーサンの肩に当たったあと、ポトンと草の上に落ちた。フェリシャーたちはみんながっかりして、止めていた息をフーッと吐き出した。シンクフォイルは、ころころところがって自分の足もとに戻ってきたボールにちらっと目をやってからイーサンを見上げると、ため息をつきながらボールを拾ってグローブにおさめた。

「これが期待の星とはな」と、シンクフォイルが薬指ブラウンにぼやいた。このときばかりは、薬指ブラウンもイーサンをかばいはしなかった。「しかしまあ、しょうがないよな。思ってたよりはやく連中がやって来たんだから。十一歳の子どもじゃこころもとないが、いまさらそんなことをいったってはじまらない。ほかを探してる時間はないんだ。こいつにやらせるしかない」

「ぼくはなにをすればいいんですか？」と、イーサンが聞いた。

「なんだと思う？　おまえさんはおれたちを救うんだ。バーチウッドを救うんだ」

「バーチウッド？」

シンクフォイルは、茶色い小さな手でおもむろにあごをさすった。あきれはてたときのジェスチャーらしい。

「ここがバーチウッドだ。この森が。この森の木がなにか知らないのか？　この森に生えてるのがバーチウッド、つまり、シラカバだ。この森はおれたちのすみかだ。おれたちはみんなこの森で暮らしてるんだ」

「それで、あの、その、それをなにから守るんですか？」

シンクフォイルが薬指ブラウンにするどい視線を投げかけた。

「おれたちはあんたに全財産の半分を払ったんだぞ」と、シンクフォイルはにがにがしげにいった。

薬指ブラウンはほこりがついているのに気づいて、とつぜん自分の上着の襟に目をやった。

シンクフォイルがイーサンに向き直った。

「コヨーテからに決まってるじゃないか」と、シンクフォイルがいった。「やつがおれたちを見つけた以上、かならずこぶを切り落とすはずだ。そんなことになったら、バーチウッドはおしまいだ。もちろん、おれたちもおしまいだ」

イーサンは話についていけなくなって、おおいにとまどった。だが、イーサンがいちばんいやなのは、うすのろ扱いされることだ。いつもは、たとえ話についていけなくても、わかったようなふりをしてしばらく聞いていれば、そのうちわかるようになるのだが、シンクフォイルの〝こぶを切り落とす〟とかなんとかいう話はとっても大事なことのようだったので、知ったかぶりはせずにカトベリーに助けを求めた。

「さっき話してたジョニー・スピークウォーターっていうのは何者なの？」と、恥をしのんでカトベリーに聞いた。

「ジョニー・スピークウォーターは、ここ西サマーランズの予言者じゃ」と、カトベリーが教えてくれた。「ジョニーは十年ほど前に、あの悪名高きコヨーテが――別名チェンジャーが――いずれこのシラカバの森へやって来ると予言したんじゃよ。異なる世界のまんなかに生えてる木の話をしてやったじゃろ？　ここではロッジポールと呼ばれておるんじゃが」

それを聞くなり、フェリシャーたちのあいだでどよめきが起きた。

「ロッジポールのことも知らなかったのか？」と、シンクフォイルが叫んだ。

「おれを責めるのはよしてくれよな」と、薬指ブラウンが抗議した。「時間がなかったんだから」

「なんせ、急なことだったから」シンクフォイルがそうくり返すと、ほかのフェリシャーがうなずいた。イーサンは、フェリシャーたちが期待を裏切られたと思っていることに気がついた。無理やり連れてこられたばかりで、まだなにもしていないのに。

「木の枝はときどきこすれ合うことがあるんじゃ」と、カトベリーが根気よく説明した。「おまえも見たことがあるじゃろ？　強い風が吹いたら、となり合った枝はかならずこすれ合う。長いあいだそうやってこすれ合っていた部分は皮がめくれて傷ができ、やがてあらたな皮がその傷をふさぐんじゃが、そのとき、両方の枝がくっついて一本の枝になる。そうやって二本の枝がくっついたところに、こぶができるんじゃ」

「うん、見たことあるよ」と、イーサンがいった。「フロリダで」

「ロッジポールのようにびっしりと枝を張りめぐらせた古い木で、しかも、しょっちゅう強い風に揺さぶられておれば、あっちこっちで枝がくっついて、こぶができる。こぶができるのは、謎めいた場所の場合が多い。たとえば、神の宿る森があったり、魔物のいる池があったりといった具合にな。おまえさんたちのサマーランドもそういった場所のひとつなんじゃ」

「つまり、サマーランドはふたつの世界にまたがってるってことなんだね」イーサンは、自分がそれほど期待はずれではないことをアピールするために、カトベリーにではなくシンクフォイルに向かっていった。「ぼくの住んでる世界にもここにもサマーランドがあるんでしょ？　もしかして、雨が降らないのはそれでなの？」

「ふたつの世界がまじわった場所では、ふしぎなことが起きるんじゃよ」と、カトベリーが先をつづけた。「わけのわからんことがあれこれとな。ほかの場所は、雨が降っても灰色の岩だらけなのに、そこだけは雨が降らなくても草木が青々と茂っておるというのもそのひとつじゃ」

「で、コヨーテはふたつの世界を引き離そうとしてるの？」

カトベリーがうなずいた。

「なぜ？」と、イーサンがさらにたずねた。

「コヨーテは悪いことばかりしておるからな。子分を連れて森のなかを歩きまわり、世界がくっついとる場所を見つけたら、即座に切り離してしまうんじゃ。ただし、ここは目立たん場所なんで、いままで気づかなかったんじゃよ」

「なるほど。わかった」と、イーサンがいった。「だいたいのことはね。でも、つまり、なんといえばいいのか、見てのとおり、ぼくはまだ子どもだろ？　だから、その、剣の使いかたなんて知らないし、馬にだって乗れないけど、それでもいいの？」

長い沈黙がつづいた。もしかすると、フェリシャーたちはイーサンがサマーランズを救う名案をたずさえてここへやって来たのだと思っていたのかもしれない。だが、その期待はくずれ去ってしまったわけだ。とつぜん、草地の端のほうからあざけりに満ちた笑い声が聞こえてきた。全員がいっせいに振り向くと、真っ黒い大きなカラスが――イーサンが先ほどカトベリーといっしょに見たカラスが――飛び立った。フェリシャーの何人かは、かついでいた弓をかまえて矢を放った。矢はヒューッと音を立ててカラスを追ったが、カラスは気にもとめず、暇を持てあまして退屈してるのだといわんばかりの傲慢な態度で悠然と飛んでいる。人をバカにしたような耳ざわりな笑い声は、カラスが遠ざかったあとも吹き流しのように風になびいていた。

「もういい」シンクフォイルは顔をしかめて、ぶっきらぼうな命令口調でそういうと、例の小さなボールをまたイーサンに投げてよこした。今度はボールのほうからイーサンの手のなかに飛びこんできてくれたので、痛い思いはしたものの、どうにかこうにか受け止めることができた。

「あの老いぼれハマグリのところへ行こう」

イーサンたちは草地を横切り、光り輝く野球場のわきを通りすぎてビーチへ向かった。シンクフォイルたちの住むサマーランズのシラカバの森には朽ちはてたバンガローも倒壊したダンスホールも栈橋もなく、シラカバの森の向こうには波に洗われた黒っぽいビーチが広がっていて、ビーチの向こうには深緑色の海がどこまでもつづいている。ビーチのなかほどには、節だらけの灰色の大きな流木が半分砂に埋もれていた。イーサンはかつてホテル・ビーチで半分砂に埋もれた流木の上に父親といっしょに座り、チキン・サンドウィッチを食べて、魔法瓶に入れて持ってきたチキン・スープを飲んだことがある。これは、あのときの流木なんだろうか？　同じものが同時にふたつの世界に存在することは可能なんだろうか？

「どうも、あの節だらけの流木が〝こぶ〟らしい」と、カトベリーがいった。「ふたつの世界はあそこでつながっとるんじゃ」

気がつくと、みんな流木のほうに向かって歩きだしていた。

「けど、さっきはたしか、異なる世界のまんなかに生えてる木は、目に見えなくてさわることもできないっていったよね」と、イーサンが確認した。「その木には形がないって」

「愛は目に見えるか？　さわることができるか？」

「いいや」イーサンは、ひっかけ問題じゃありませんようにと思いながら返事をした。「愛は目に見えないし、さわることもできない」

「おまえのおやじはいつもルースターズのばかでかいTシャツを着て、にこにこしながら観客席で試合を見とるじゃろ？　おまえが四打席連続見のがしの三振をしたって、試合が終われば、お疲れさんといって、手をパンとたたき合わせてくれるじゃろ？」

「まあね」と、イーサンはあいまいに返事をした。

「見えないはずのものが見えたり、さわれないはずのものがさわれたりすることもあるんじゃ」

一行はようやく流木のそばへたどり着いた。十四、五人いたフェリシャーはリーダーのシンクフォイルの合図でいっせいにひざまずき、やけに用心深く流木の下の砂を掘りはじめた。前もって打ち合わせをしたわけでもないのに、みんな、流木の根もとのほうを集中的に掘っている。フェリシャーたちは小さな手を砂のなかにそっと突っ込んでは、ザクザクと砂をかき出しつづけた。かき出された砂はフェリシャーたちの指からこぼれて、平らなビーチの上に複雑な模様を描いている。ヒナギクやクローバーや太陽に似た模様もあった。しばらくすると、フェリシャーの女のひとりが、自分のかき出した濡れた砂が、交差する二本の稲妻を描いたのに気づいて、それを指さしながら大きな声をあげた。ほかのフェリシャーはみんなその女のまわりに集まって、一生けんめい同じ場所を掘りはじめた。ほどなく、穴の深さはフェリシャーの背丈の三倍に、横幅は二倍近くになった。そのとき、また大きな声がして、そのすぐあとに、ゴボッという音がした。イーサンはだれかがげっぷをしたのだと思ったが、フェリシャーたちは歓声をあげて穴のなかから這い出してきた。

　最後の三人は、イーサンがこれまで見たことがないほど大きなハマグリをかかえていた。そのハマグリはスイカと同じぐらいの大きさだったが、フェリシャーたちが細い腕でかかえていたので、もっと大きく見えた。ハマグリの殻の表面はコンクリートのようにでこぼこで、ザラザラしていて、殻のあいだからは緑色の水と茶色い泥がにじみ出している。三人のフェリシャーが砂の上にハマグリを置くと、ほかのフェリシャーがそのまわりに集まった。薬指ブラウンはイーサンの背中を押した。

「そばに行け」と、薬指ブラウンがいった。「ジョニー・スピークウォーターの話をようく聞いてこい」

イーサンはハマグリのそばへ寄った。フェリシャーたちの頭の上をまたげばすぐにハマグリのそばへ行けるのだが、そんな無礼なことはできないので、遠まわりをした。イーサンがフェリシャーたちの輪の最前列に陣取ると、シンクフォイルがハマグリの正面に片ひざをついた。

「おい、ジョニー」シンクフォイルは、楽しみにしていた釣りやキャンプに行く日の朝に友だちを起こすようなやさしい声で、おだやかに話しかけた。「起きてくれよ、ジョニー・スピークウォーター。よし。さあ、殻を開けろ。話があるんだ」

奥のほうでブクッという音がして殻が開きだしたとたん、イーサンの心臓はドキドキと脈打った。殻のあいだから水がふき出したが、すぐに砂にしみこんだ。ハマグリの殻は、ギーギーときしみながら少しずつ開いて、すでに二センチほどのすき間ができている。殻が開くにつれて、くすんだピンク色のヌメヌメとした身が灰色の殻の上でピクピク動いているのが見えた。

「バードルバードル・スラープルスラープル・バードルバードル・スラープ」と、ハマグリがいった。少なくとも、イーサンにはそんなふうに聞こえた。

シンクフォイルはうなずいて、そばに立っていたフェリシャーふたりを指さした。すると、そのうちのひとりが、背中にかついでいた矢筒に似た革の袋から、羊皮紙らしい灰色の巻紙を取り出した。もうひとりのフェリシャーが巻紙の端をつまみ、たがいに反対方向に歩いていって巻紙を広げた。よく見ると、それはフェリシャーたちの上着と同じ革でできていて、シカの革を長方形に切り取ったもののようだったが、イーサンの知らないふしぎな文字が書いてあった。占い盤に似ているが、文字は手書きだ。フェリシャーのふたりはひざまずいて、広げたその巻紙をハマグリに見せた。

シンクフォイルはハマグリの殻の上に手をのせて、その手をそっと動かした。考え事をしているうちに、ひとりでに手が動いたようだった。ハマグリにどういうふうにたずねればいいか、考えているのだろう。神話の本を読んだことのあるイーサンは、予言者にはふしぎな力がそなわっているのを知っていた。予言者は相手の質問にそのまま答えるのではなく、相手がほんとうに知りたがっていることを探ってお告げを下すのだ。お告げを聞いてはじめて、自分がなにを知りたかったか気づく者もいるらしい。イーサンは、もしチャンスがあったらハマグリになにをたずねようかと考えた。

「ジョニー」シンクフォイルがハマグリに声をかけた。「あんたは、そのうちコヨーテが来るといっただろ？　あんたの予言は的中したんだ。で、あんたの忠告どおり、おれたちは戦士を探した。大事な財産を半分使ってな。けど、見てくれよ」シンクフォイルはうんざりした様子でイーサンを指さした。「あれはただのガキだ。あんなガキでは頼りにならん。仕込めばなんとかなるかもしれないと思ったものの、コヨーテはおれたちの予想よりはるかにはやくやって来たんだ。だから、もう一度答えてくれ。おれたちはどうすればいいんだ？　どうすればコヨーテにほろぼされずにすむ？　おれたちはどこへ逃げればいい？」

一瞬、あたりが沈黙に包まれたのち、ハマグリの予言者、ジョニー・スピークウォーターが、沸き立つやかんのようにシューシューブクブクと音をたてた。フェリシャーたちの持つ巻紙はブルブルと震え、すぐ近くから、カラスの耳ざわりな鳴き声が聞こえてきた。やがて、ジョニー・スピークウォーターが、殻のあいだからキラキラ輝く透明な水を勢いよくピューッと吐き出した。水は巻紙まで届き、アルファベットのUのまんなかに十字架を描いた文字にピシャッと当たった。

「おお！」と、フェリシャーたちが叫んだ。シンクフォイルは、棒切れで砂の上にその文字を書いた。

ジョニー・スピークウォーターは、吐き出した水を巻紙に書かれた文字に命中させながら、ひと文字ひと文字、お告げを綴っていった。シンクフォイルはそのたびにその文字を砂の上に書いて、まわりの砂をそっと手で押さえつけた。ジョニー・スピークウォーターは徐々に間隔をせばめて水を吐き出しつづけたが、四十五、六回目でぴたりとやめて、フーッとため息をつくなり、つなぎ目をきしらせながらかたく殻を閉じた。フェリシャーたちは砂の上に書かれた文字のまわりに集まって、声を出してそれを読んだ。読み終えた者はふたたび期待をふくらませて、ひとり、またひとりとイーサンを見た。

「なんて書いてあるの？」と、イーサンが聞いた。「どうして、みんなぼくを見るの？」

薬指ブラウンもそばに寄ってきて、砂の上に書かれた文字を読んだ。読み終えると、髪がうすくなった頭のうしろをさすって、シンクフォイルに手を差し出した。シンクフォイルが棒切れを渡すと、薬指ブラウンは、砂の上のへんてこりんな文字の下に短い文章をふたつ書いた。

「合ってるか？」と、薬指ブラウンがシンクフォイルに聞いた。

シンクフォイルは無言でうなずいた。

「やっぱりおれは正しかったんだ」と、薬指ブラウンがいった。「そうだろ？」

イーサンは身を乗り出して、薬指ブラウンが翻訳したハマグリのお告げを読んだ。

探していたのはフェルドだ
フェルドは彼が必要とするすぐれたものを持っている

イーサンは胸に熱いものがこみ上げてくるのを感じた。フェリシャーたちが探していたのはこのぼくだったんだ——ぼくが戦士なんだ。ぼくは彼らが必要とするものを持ってるんだ。そう思うと、こんなに頼りない自分を見込んでくれたジョニー・スピークウォーターに対する感謝の気持ちがわいてきて、ふたたびジョニー・スピークウォーターに目をやった。が、イーサンはとつぜん引きつった叫び声をあげた。

「カラスだ！　カラスがジョニーをさらっていった！」

フェリシャーたちはお告げを聞いて興奮していたので、そのお告げを下したジョニー・スピークウォーターのことなどすっかり忘れていた。

「あれはワタリガラスだ」と、シンクフォイルがいった。「コヨーテが変身したんだ。賭けてもいい」

ワタリガラスは木の上から様子をうかがっていて、みんなが目をそらしたすきに飛び下りてきたのだ。足でがっちりとハマグリをつかみ、バタバタと羽を動かして逃げていく。ワタリガラスは体が大きくて力もあるが、ハマグリも巨大なのでてこずっているらしく、ときどきガクンと高度を下げたり、ふらついたり傾いたりしている。さらわれていくジョニー・スピークウォーターのピューピューいう声と、あきらめのまじったブツブツゴボゴボというつぶやきも聞こえる。

なんとかしなければ、とイーサンは思った。ジョニー・スピークウォーターが信頼を寄せてくれたことで、責任感が芽生えたのだろうか？　もちろん、罪もないジョニー・スピークウォーターをさらっていったワタリガラスに対して、だれもが感じる怒りを感じていただけなのかもしれない。イーサンは鳥が貝を食べるのをテレビで見たことがあったので、ジョニー・スピークウォーターが岩の上に落とされて、分厚い大きな殻がこなごなに割れる場面が目に浮かんだのかもしれない。くすんだピンク色の、やわらかくてグニャッとしたジョニー・スピークウォーターの身を、ワタリガラスがとがった黄色いくちばしでつついている光景が目に浮かんだのかも。いずれにせよ、イーサンはワタリガラスを追いかけてビーチを駆けだした。「おい！　戻ってこい！　おい！」

重いハマグリをかかえているので、ワタリガラスもそんなにはやくは飛べない。ワタリガラスとの距離がせばまるにつれて、イーサンの怒りはさらにはげしさを増した。バタバタと羽を動かしながら逃げるワタリガラスにイーサンが追いついたのは、森の入口の手前だった。あと数秒遅かったら、森のなかへ逃げこまれていたはずだ。イーサンはジョニー・スピークウォーターの悲しげな声を耳にしながら、なんとしてでも彼を助けて信頼にこたえたいと思った。フェリシャーたちに対しても、自分がバカでも意気地なしでもないことを証明したかった。

ふと、丸くてかたくてひんやりとしたなにかをにぎりしめているのに気づいたイーサンは、手を見つめた。それがフェリシャーのボールだとわかったとたん、空気抵抗が物体の軌道に与える影響のことなどこれっぽっちも考えずに、ワタリガラスめがけて投げた。ボールは弧を描きながらぐんぐん高く上がっていって、ワタリガラスの頭に命中した。ゴツンという音がしたかと思うと、ワタリガラスはけたたましい声をあげて身をよじり、その拍子にジョニー・スピークウォーターを落っことした。つぎの瞬間、石のように重くて煉瓦のようにザラザラしたなにかがイーサンの胸を直撃し、それと同時に、なまあたたかくて塩っぱい水が顔にかかった。イーサンはドサッとその場に倒れたが、意識を失う直前にシンクフォイルの声が聞こえた。

「こいつに決めた」

3章　風の口笛

イーサンは、丘の上に建つピンク色の家の自分の部屋で目をさました。鳥のさえずりが聞こえたし、あたりはほんのり明るかったので、たぶん朝だと思って起き上がり、枕もとのナイトスタンドに置いてあった腕時計を手に取った。その腕時計は、父親が本土のタコマにある〈おかしな世界〉という店で部品を買ってつくってくれたもので、小型のキーボードのようにボタンがいくつも並んでいて、文字盤の代わりに液晶画面がついている。父親は、使いこなせばたぶん便利なおもしろい機能をいっぱいつけ加えてくれたのだが、ややこしいので、イーサンはいつも時間と日付と曜日を見るだけだった。そのとき、その時計の液晶画面には、九日、土曜日の〝7：24AM〟と表示されていた。ということは、イーサンの胸の上に座っていたカトベリーと名乗る変なにおいのするキツネ男にべつの世界へ連れていかれてから、わずか一分しかたっていないことになる。耳をすますと、父親が一階の台所を歩きまわっている、いつもの土曜日の朝の音が聞こえてきた。

もしこれが小説なら、この数時間に起きたことは夢だったのだろうかと、著者はしばらくイーサンに考えさせなければならない。けれども、ここに書いてあるのはすべて実際に起きたことなので、イーサンは、自分がシャドーテールのカトベリーに連れられて普通の人たちは知らないべつの世界へ——小説ではしばしば妖精の国と呼ばれている世界へ——行って戻ってきたのをちゃんとわかっていたし、いまこの本を読んでいる人も、それをおかしいとは思わないはずだ。イーサンは、そこで妖精のリーダーに会ったことも、巨人の骨でつくった野球場を見たことも、たまたま投げたボールが運よくワタリガラスに当たってハマグリの予言者を助けたことも、覚えていた。たあいのない夢物語と本物の冒険の迫力とのちがいも身をもって知った。しかし、それだけではイーサンが納得できず、サマーランズで数時間過ごした証拠が必要だというのであれば、つい先ほどまで頭をのせていた枕の上に目をやりさえすれば、それでよかった。枕の上には一冊の本が置いてあった。

深緑色の革の表紙がついたその本は、いうまでもなくマッチ箱ぐらいの小さいものだった。本の背には、アリと同じぐらい小さい金色の字で〝稲妻と霧の捕らえかた〟と刻んであって、最初のページには、E・ピーヴァインという著者の名前が書いてある。本文の字は小さすぎて読めなかったが、絵を見て野球の本だと——それも、キャッチャーのために書かれた本だと——わかった。野球のポジションはいろいろあるが、イーサンは、いかめしいマスクと鎧のようなプロテク

ターをつけてプレーするキャッチャーにあこがれていた。けれども、野球のルールを知りつくしていなければキャッチャーはつとまらないので、自分には無理だと思っていた。

　イーサンはベッドを抜け出して机の前へ歩いていった。机の引き出しには、集めはじめてすぐにやめた切手や小石や、色つきのゴムバンドで編んだ鍋つかみなどが入っていたが、イーサンはその下から、十一歳の誕生日に父親がくれた虫めがねを取り出した。ちなみに、イーサンの父親はいまでも切手と小石を集めている（それに、ゴムバンドで鍋つかみをつくるのも得意だ）。イーサンはベッドに戻って頭まですっぽり毛布をかぶり、E・ピーヴァインの書いた本を虫めがねを使って読みはじめた。

　その本の序文は、〝野球を愛する者に必要

不可欠なのは〝という書き出しではじまっていた。

スタンドで観戦していようと自分がプレーしていようと、恋愛と同様に、相手に――つまり、野球に――全神経を傾けることだ。バカとうぬぼれ屋のショート以外の者ならだれでも知っているように、キャッチャーの場合は、ほかの選手の二倍の集中力が要求される。

読みすすんでいくと、ピーヴァインはニューヨーク州のトロイと〝枝をすり合わせた〟サマーランズの村で生まれたフェリシャーのひとりだとわかった。ピーヴァインが一八八〇年から一八八二年の夏に、当時、トロイ・トロージャンズに所属していたウィリアム・ユーイングという名前のキャッチャーをこっそり観察して技を盗んだこともわかった。〝芝生のきれいなトロージャン球場へ通いつめ、冷静沈着で身のこなしがじつに優雅で、わたしが知っているなかではもっともすばらしいキャッチャーであるユーイングのうしろで砂ぼこりを浴びながら試合を観戦した夏は、とてつもなく長いわたしの人生におけるもっとも楽しい思い出のひとつだ〟と、ピーヴァインは書いている。体中がしわくちゃになる病気が蔓延して生まれ故郷の部族が壊滅したのち、ピーヴァインは西に向かって放浪の旅をつづけ、アイダホ州のコアダレンからひとっ飛びのスネーク・アイランドという土地に住むフェリシャーのチームでキャッチャーとしてプレーしたらしい。七十二チームからなるフラットヘッド・リーグのスネーク・アイランド・ワパトーズのキャッチャーになって、ハコヤナギや雑草におおわれた原っぱでプレーしていたときだったという――ピーヴァインが、〝野球とは、夏の日のゆったりとした時の流れに気づかせてくれる魔法だ〟と気づいたのは。

「イーサン？」

部屋のドアをノックする音がした。イーサンがピーヴァインの本を枕の下に押し込んでベッドの上に体を起こしたつぎの瞬間、父親がドアを開けてひょこっと顔を突き出した。

「朝ごはんが……」フェルド氏は、おやっ、といいたげな顔をした。「できたぞ」

イーサンは虫めがねを隠し忘れたことに気がついた。左手にしっかりとにぎりしめていたのだ。ベッドの上には、虫めがねを使って見なければならないようなものはなにもない。イーサンは、ベッドの横の窓にぎこちなく虫めがねをかざした。

「クモがいたんだ。ちっちゃなクモが」

「クモが？　どれどれ」父親がそばに来たので、イーサンは虫めがねを渡した。「どこだ？」

イーサンが指さすと、父親がそこへ虫めがねをかざした。けれども、虫めがねの透明なレンズは空気を拡大しただけだった。ところが、ほんの少し虫めがねを動かすと、黄色い歯をむき出しにした顔が見えた。これにはイーサンもびっくりした。灰色の顔と、とがった鼻と、ピクピク動く黒い二枚の羽まで見えたのだ。イーサンは、舌が口をふさいでしまったかのように、まったく声が出なくなった。しかたなく、彼に向かってウインクするその不気味な生き物を恐る恐る眺めながら、父親が〝危ない！〟と叫ぶのを待った。

「クモなんてどこにもいないぞ」フェルド氏はやさしい声でそういった。フェルド氏がかがめた体を起こしたときには、にたっと笑った恐ろしい生き物の姿はもう消えていて、もやのかかったハマグリ島の朝の景色が窓の向こうに見えただけだった。

「風に吹き飛ばされたんだよ」と、イーサンがいった。

イーサンはふたたびベッドを離れ、ホラーコミックの主人公のイラストをプリントしたLLサイズのTシャツとパンツという起き抜けの格好のまま、週に一度のおぞましいホットケーキを食べるために、ずり落ちそうになっているパンツを引っぱり上げながら父親のあとについて台所へ行った。

フェルド氏はホットケーキをのせた皿をイーサンの前に置き、自分の分を持ってテーブルについた。イーサンの父親がつくったホットケーキは皿とほぼ同じ大きさで、それぞれの皿に五、六枚ずつのっている。普段の朝食はシリアルか、そうでなければピーナッツバターを塗ったイングリッシュ・マフィンで、イーサンが自分でつくってひとりで食べていた。父親は毎晩遅くまで作業場で仕事をしているので、しかたがないのだ。フェルド氏が毎晩遅くまで仕事をするのは、夜のほうがいいアイデアが浮かぶからだ。とにかく、本人はそういっている。けれども、イーサンはときどき、お父さんは太陽がきらいなだけじゃないかと思うことがあった。そんなわけで、イーサンが学校へ出かけるときも、休みの日に森へ散歩に行ったり自転車でトールやジェニファー

・Tと遊びに行くときも、フェルド氏はたいてい寝ていた。けれども、土曜日の朝は、前の晩に何時まで仕事をしていても──実際は、ほとんど夜通し仕事をしているようだが──きちんと起きて、ホットケーキをつくってくれる。イーサンの母親はホットケーキをつくるのが上手で──母親はホットケーキのことをフランネルケーキ（注5）と呼んでいたのだが──フェルド家の土曜日の朝食は昔からホットケーキと決まっていた。残念ながら、フェルド氏のつくるホットケーキは本人でさえぞっとするほどまずく、フランネルケーキというべつの呼び名を思い出そうものなら、なんだか布を食べているような気がして、ますます食欲がなくなった。

「どれどれ、きょうはうまくできたかな」フェルド氏はそういいながら、ホットケーキの山に瓶入りのメープルシロップをかけた。

「ベーキング・パウダーは忘れずに入れた？」と、イーサンは身震いしながら聞いた。イーサンの目の前にはまだ、虫めがねのレンズの向こうに見えた恐ろしい生き物のとがった鼻と、にたっと笑った醜い灰色の顔がちらついていた。「たまごも入れた？」

フェルド氏は、ホットケーキをメープルシロップでベチョベチョにしながらうなずいた。べつに話し合って決めたわけではないが、フェルド氏のつくったホットケーキを食べるときには、飲みこみやすくするために大量のシロップをかけるというルールがあった。

「バニラ・エッセンスも？」と、イーサンが聞いた。イーサンのホットケーキも、すでにシロッ

（注5）フランネルとは表面を毛羽立たせたやわらかい布のこと

プでベチョベチョになっていた。ただし、イーサンがかけたのはメープルシロップではなく、トウモロコシでつくったシロップだった。毛皮の帽子をかぶった男たちがカエデの木に先のとがったスチール製の長い管を差し込んで、そこから樹液をとっているのを映画で見て以来、カエデの木がかわいそうで、メープルシロップを食べられなくなったのだ。

　フェルド氏はまたうなずくと、黄土色の生地の上にメープルシロップの茶色い縞模様がついたホットケーキを大きめに切り、期待に顔を輝かせて口のなかに入れた。イーサンも、あわててひと切れ食べた。イーサンとフェルド氏は、見つめ合ってゆっくりとホットケーキを嚙んだ。そして、ふたりとも皿に視線を落とした。

「母さんがつくりかたを書いておいてくれたら、こんなことにはならなかったのに」と、しばらくしてからフェルド氏がいった。

　ふたりは黙って残りのホットケーキを食べた。台所は静かで、聞こえるのは、フォークが皿に当たる音と、コンロの上にかけてある電気時計のブーンという低いうなりと、古い冷蔵庫からポタポタと水が落ちる音だけだ。イーサンにとって、それらの音は退屈な日常のバックグラウンド・ミュージックだった。その小さな家に住んでいるのはイーサンと父親だけで、イーサンの父親は、いつの日か世界中に交通革命をもたらす自家用飛行船の改良のために日に十六時間以上仕事をしているので、イーサンはなるべく迷惑をかけないように気をつけていた。もっとも、イーサンは父親だけでなく、ほかの人にも迷惑をかけないように気をつけていたし、世の中にも迷惑をかけないようにしていた。イーサンと父親は、二言三言しか言葉を交わさない日もあった。島に知り合いはあまりいないので、だれかを家に招待することもないし、ふたりがだれかの家に招待されることもない。母親がいなくなってからも、土曜日の朝にホットケーキを食べる習慣は守っていたが、父親のつくったまずいホットケーキをろくに話もせずに食べたって楽しいはずがなく、なぜこんなことをつづけているのか、イーサンにはよくわからなかった。

そのうち、イーサンは電気時計の低いうなりをうるさく感じるようになった。それと同時に、シロップでベチョベチョになったホットケーキのように重くのしかかってくる沈黙に耐えられなくなったので、椅子を引いて勢いよく立ち上がった。

「父さん？」と、父親に声をかけた。ホットケーキは、なんとかほとんど平らげていた。「父さん？」

フェルド氏は片目をつぶっていねむりをしながら、口いっぱいにほおばったホットケーキをクチャクチャと嚙んでいた。ふさふさとした黒い髪は、もつれたままピンと突っ立っていて、睡眠不足のせいで、目の下にはくまができている。

フェルド氏はしゃんと背筋を伸ばし、ズルズルとコーヒーをすすって顔をしかめた。自分でいれたコーヒーも、自分でつくったホットケーキと同じぐらいまずかったのだ。

「なんだ？」

「ぼくはいいキャッチャーになれると思う？」

フェルド氏はパッチリと目を開けて、驚きを隠しきれずに聞き返した。「キャッチャーって……野球のキャッチャーのことか？」

「うん。ぼく、ウィリアム・ユーイングみたいなキャッチャーになりたいんだ」

「ウィリアム・ユーイング？」と、フェルド氏がまた聞き返した。「彼は大昔のキャッチャーだぞ」そういいながらも、顔には笑みが浮かんでいた。「いやいや、それはとてもいいことだと思うよ、イーサン」

「ぼくは、ただ、その……ぼくたちは――いや、ぼくは――なにかちがったことにトライしたほうがいいんじゃないかと思って」

「ホットケーキはやめてワッフルをつくるとか？」フェルド氏は皿を向こうへ押しやりながら舌を出して、突っ立った髪をなでつけた。「行こう。たしか、作業場に古いキャッチャーミットがあったはずだ」

丘の上に建つその家は、もともとオオカワという名前の日本人のものだった。オオカワ一家は、ハマグリをとったりニワトリを飼ったり、島の中心部に向かってハイウェイ沿いに四、五百メートルつづく広い畑でイチゴを栽培したりして暮らしていた。ところが、日本がアメリカに戦争をしかけてハワイの真珠湾を攻撃したために、オオカワ一家は当時ハマグリ島に住んでいた日本人の四家族とともに無理やりスクールバスで本土へ連れていかれて、ワシントン州の東の端のスポーケン市のはずれにある強制収容所へ入れられた。オオカワ農場はユンガーマン家が買い取ったものの、その後、ユンガーマン家は農場を捨てて島を出ていった。ハマグリ島自体、見捨てられたも同然の土地だが、結局、もとの持ち主であるオオカワ一家も戻ってこなかったので、オオカワ農場はあるじがいないまま長いあいだ放置されていた。イチゴ畑はいまでもある。荒れはてて雑草が生い茂っているが、雑草のあいだにとげのあるイチゴの茎が伸びていて、夏には茂みの陰に、それはそれは美しい真っ赤な実をつける。

　イーサンと父親がハマグリ島へ来てここで暮らしはじめたときは、この家にまつわる悲しい歴史のことなどなにも知らなかった。この家を選んだのは、イーサンの父親が、昔はそこでイチゴを箱詰めしていた、ガラスとコンクリートブロックでつくられた広い作業場をすっかり気に入ったからだ。作業場には大きな扉がついていて、アルミとガラスの板を張った天井は高く、飛行船づくりに必要な機械や道具や部品はもちろんのこと、いろんなものを詰めたダンボール箱を置いておくスペースもたっぷりある。

「たぶんダンボール箱のなかだ」と、フェルド氏がいった。「捨ててはいないはずだから」

　イーサンは、父親がもともとジンの瓶が一ダース入っていたダンボール箱のなかをかきまわしているのをそばで見ていた。その箱は、ハマグリ島へ引っ越すときに荷物を詰めたものではない。引っ越すときに荷物を詰めた箱にはメイフラワー号の絵がついていて、MAYFLOWERという文字がスタンプで押してあった。家には、そのメイフラワー引っ越し会社の丈夫な箱が、テープをはがしもしないまま、あちこちに積み上げてある。イーサンはなるべくメイフラワー社の箱を見ないようにしていた。引っ越しのときの自分のはしゃぎぶりを思い出したくないからだ。母親に永遠の別れを告げるのはつらかったが、イーサンはコロラド・スプリングズを離れることができてうれしかった。最初はイーサンもピンク色の小さな家をきれいだと思ったし、かつてはイチゴの箱詰めをしていた作業場で飛行船が少しずつ完成していく光景を思い浮かべると、わくわくした。イーサンと父親はハマグリ島へ引っ越してきた夏に、ときどきジェニファー・Tの父親のアルバートに手伝ってもらって作業場を大々的に改造した。ハマグリ島は気候がいいし、引っ越してしばらくのあいだは用事がいっぱいあって忙しかったので、イーサンは、以前のようにまたなにもかもうまくいくようになると信じて疑わなかった。

オオカワ一家のことは、ある日、アルバートから聞いた。オオカワ家の息子は背が高くて運動神経がばつぐんで、どんな打球でもかならず捕ってすぐに送球する、ハマグリ島史上もっとも優秀なショートだったそうだ。オオカワ家の息子は、下半身を鍛えるためにイチゴ畑の畝のあいだを全速力でのぼり下りしていたらしいが、一度もイチゴをつぶしたり茎を踏んづけたりしたことはなかったという。強制収容所へ送られたあと、彼はアメリカ合衆国への忠誠心を表明するために軍隊に入り、フランスでドイツ軍と戦って命を落とした。アルバート・ライドアウトは、作業場の床にセメントを塗っているときに、咳のような笑い声をたてながらなにげなくその話をしたのだが、イーサンはそれ以来、荒れ放題になったイチゴ畑のほうへ目をやるたびに、引っ越してきた当初とくらべて空の色がずいぶんくすんで、オオカワ農場の上に重くのしかかってきているように感じはじめた。家のなかに重苦しい沈黙がただよいだしたのもそのころだった。

「じつは、ソフトボール用のミットなんだ」と、フェルド氏がいった。「大学時代はソフトボールのキャッチャーをしてたんだよ……おい、聞いてるのか？」フェルド氏はすでに顕微鏡の接眼レンズと、カナダのコインがいっぱい詰まったピーナッツの缶と、ほこりまみれになったジョン・レノンのカセットテープを箱のなかから取り出していた。作業場に置いてあるほかの箱と同じように、その箱も破れたりへこんだりしていて、何度もテープを貼ったりはがしたりしたあとがついている。フェルド氏は、結婚するまでの自分の人生のすべてがそこに詰まっているといったり、ただのがらくただといったりしながら、しょっちゅう箱のなかをかきまわしていたが、目あてのものが出てきたためしがなく、いつも思いがけないものを見つけて驚いていた。だから、イーサンの知るかぎり、探していたものが見つかったのは今回がはじめてだった。

「ワォ。あったぞ」フェルド氏はそういって、自分がかつて使っていたキャッチャーミットをうっとりと眺めた。

そのキャッチャーミットはイーサンがこれまで見たなかでいちばん大きく、色は、イーサンの父親が冬の雨の日の午後にときどき飲むアイリッシュ・ビールと同じこげ茶色だった。革も内側の詰め物も分厚いので、ころころしていて、ふたつ折りにはなっていない。イーサンは、小さな肘かけ椅子の、パンパンにふくらんだ革のクッションを連想した。

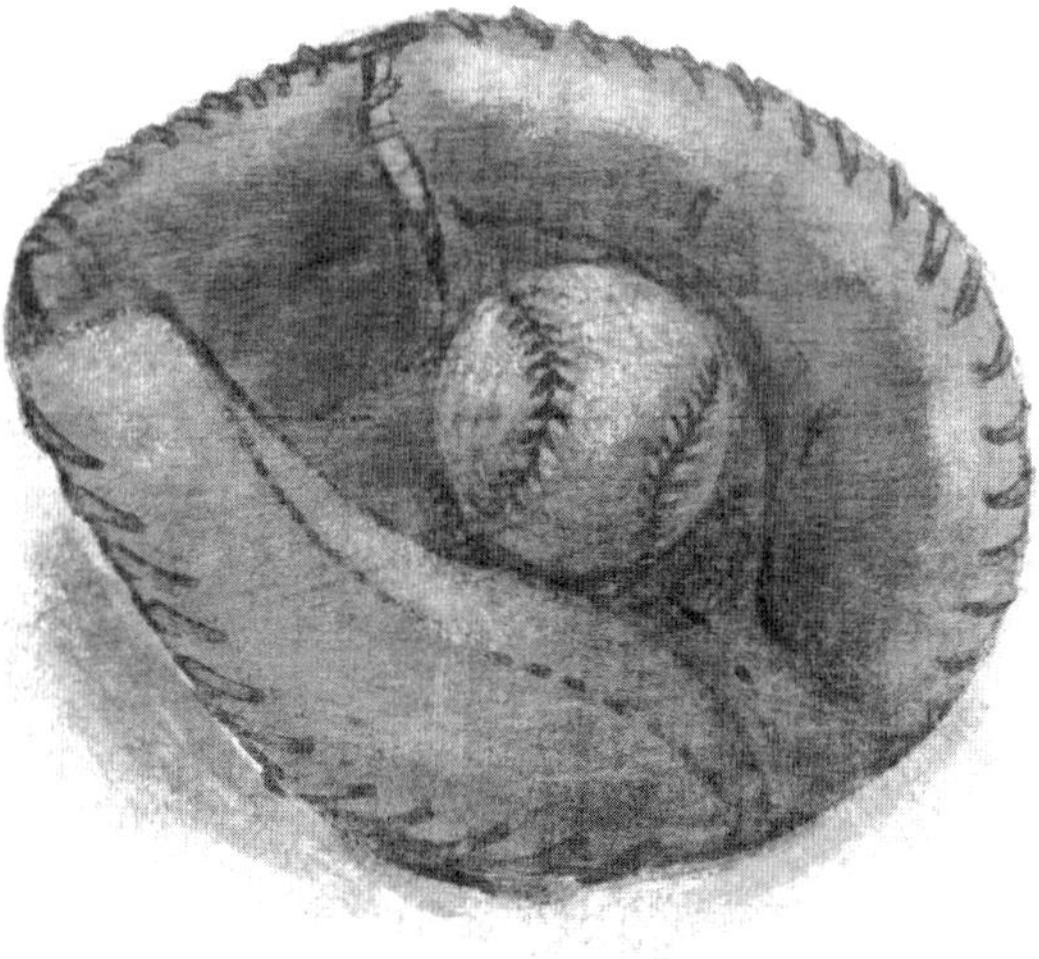

「ほら」と、フェルド氏がいった。

イーサンが両手を差し出して父親からキャッチャーミットを受け取ると、手のひらの上でミットが開いて、ボールがころがり出てきた。そのとたんに潮と野の花のにおいがあたりに広がり、イーサンは急にサマーランズのにおいを思い出した。ミットからころがり出てきたボールは、床に落ちる寸前にイーサンがつかんで、パンツのお尻のポケットに突っ込んだ。

「はめてみろ」と、フェルド氏がうながした。

イーサンはミットのなかに手を入れた。ミットのなかは湿っていたが、夏の暑い日に足の指のあいだにひんやりとした砂がはさまったときのように、妙に心地よかった。イーサンが自分のグローブをはめるときはいつもすんなりいかず、薬指と小指を同じところに突っ込んだり、人差し指が手の甲にある穴から外にはみ出して痛い思いをしたりするのだが、父親が使っていたその古いキャッチャーミットには、スルッと指が入った。イーサンはキャッチャーミットをはめた左手を高く上げ、ミットを閉じたり開いたりして手になじませた。外野手用のグローブとくらべるとかなりずっしりしているが、バランスが取れているので、それほど重い気はしない。イーサンは、シンクフォイルとシンクフォイルの仲間のフェリシャーたちの姿をはじめて見たときのように、全身に震えが走るのを感じた。

「どうだ？」と、フェルド氏が聞いた。

「悪くない」と、イーサンが返事をした。「ぴったりだ」

「きょう球場へ行ったら、来週からでもピッチャーの球を受けさせてやってくれと、オラフソン監督に頼んでみよう。基本的なことは、それまでに父さんが教えてやる。ジェニファー・Tもよろこんで練習相手をしてくれるはずだ。まずは、しゃがんだままひざをついてボールを投げる練習をして、それから――」フェルド氏は話の途中で言葉を切って、顔を赤らめた。こんなにべらべらしゃべることはめったにないし、少しはしゃぎすぎではないかと、不安になったのだ。フェルド氏はもじゃもじゃの髪をなでつけた。「いや、もちろん、おまえしだいだが」

「教えて、父さん」と、イーサンが頼んだ。「ぼく、練習したいんだ」

　父親がかつてのように、大昔にホームベースにスライディングしたときに欠けたという下の前歯をのぞかせてにっこり笑うのは、じつに数年ぶりだった。

「いいとも！」と、フェルド氏はうれしそうにいった。

イーサンはちらっと腕時計を見た。液晶画面の数字がチカチカと点滅しているのは、わけのわからないボタンをうっかり押してしまったからかもしれない。父親に見せると、父親が顔をしかめた。

「それはおまえの脈拍数だ」時計のボタンをいくつか押しながら、フェルド氏がいった。「ずいぶん脈がはやくなってるみたいだぞ。よし、これでいい。もう十一時になってる。そろそろ行かないとな」

「試合は十二時半からだよ」と、イーサンが念を押した。

「わかってる」と、フェルド氏がいった。「ただ、きょうはヴィクトリア・ジーンで行こうと思って」

妻を亡くして三カ月ほどたったある冬の日の朝、フェルド氏は勤めていたエルロン航空をやめてコロラド・スプリングズの郊外にあった家を売りに出し、家が売れたらピュージェット湾に浮かぶ島に移り住んで飛行船づくりをはじめるつもりでいることを、イーサンに打ち明けた。飛行船をつくるのはフェルド氏の長年の夢で、彼は長い歳月をついやして飛行船のことをあれこれと調べ、いろんな飛行船を見に行ったり、飛行船の波乱に満ちた歴史を学んだりしていた。最初はいくつもある趣味のひとつだった。ところが、妻を亡くしたあとで、飛行船の夢を見るようになったのだ。いく晩もつづけて、同じ夢を。夢のなかでは、えんじ色のチェック柄のサマードレスを着て、ドレスと同じ生地のリボンで髪をたばねた妻が、太陽の光がさんさんと降りそそぐ四角い草地に立って手を振っていた。妻の姿ははっきり見えたし、幸せそうに笑っているのもわかったが、なぜか妻は遠いところにいた。大きな山脈といくつもの森がふたりをへだてていたのだ。そこで、フェルド氏は飛行船をつくり――そこいらへんにあったものをよせ集めて適当に組み立てて、ボタンひとつで横長の銀色の袋をふくらませて――北へ向かって飛び立った。上昇するにつれて山はどんどん小さくなって、そのうち平べったい茶色い点に、そして、森は淡い緑色のしみに変わり、気がつくと、地図の上を――全米自動車協会発行の、縮尺何万分の一かの地図の上を――飛んでいた。フェルド氏が目指しているのは、海のなかにぽつんと浮かぶ、突進するイノシシにそっくりな形をした茶色い小さな島だった。彼の美しい妻は、その小さな島の青々とした草地に立って、にこにこしながら手を振っていた。実際に地図を引っぱり出してきてハマグリ島を見つけたのはイーサンで、それからひと月とたたないうちに、ダンボール箱を山積みにしたメイフラワー引っ越し会社の大きなトラックが、ピンク色の家とイチゴの箱詰め作業場のあいだにとまった。それからしばらくすると、フェルド氏のつくった自家用飛行船の記念すべき第一号のヴィクトリア・ジーンが悠然と空を飛ぶ光景が、島の名物になった。ファイバーグラス製のクリーム色のゴンドラは形も大きさも小型クルーザー並みなので、なんの問題もなく普通のガレージにしまっておけた。超極細の合成樹脂繊維でつくった銀色に輝く楕円形のガス袋もボタンひとつでふくらむし、十分もあれば完全になかのヘリウムを抜くことができる。ヘリウムを抜いたガス袋をたためば、寝袋と同じように袋に入れてしまっておける。丈夫で熱に強くて、しかもしなやかなその合成樹脂繊維、ピコファイバーのガス袋はフェルド氏の自慢のタネで、彼はそのガス袋をつくる技術だけで十七個の特許を取得していた。

ミツビシ製のボート用のエンジンを大幅に改良したヴィクトリア・ジーンのエンジンのブーンという低いうなりをまっ先に耳にしたのは、芝生の状態をチェックするためにマクドゥーガル球場へいちばん乗りした審判のアーチ・ブローディー氏だった。ちょうど、小さなブラシでプレートの上の砂を払っていたときだったので、ブローディー氏は体を起こし、目を細めて空を見上げた。思ったとおり、フェルド親子が飛行船に乗って飛んで来たのだ。あらためて言うことでもないが、それにしても、よそからこの島へ移り住んでくるのは変わり者ばかりだ。飛行船がかなりの速度で近づいてくると、ゴンドラの屋根がパカッと開いて、並んで乗っているフェルド親子の姿が見えた。飛行船はまっすぐ岬へ向かって飛んでくる。めったに笑わないブローディー氏の顔に笑みがこぼれた。フェルド氏がテスト飛行で島の上空を飛んでいるのはブローディー氏も何度か見ていたが、あんなふざけた乗り物を車の代わりに使うことができるとは思っていなかった。

「たまげたな」オラフソン監督がブローディー氏のそばに来た。これからルースターズ対ディック・ヘルシング・リアルティー・レッズの試合があるので、すでに子どもたちや親が球場に姿をあらわしはじめていたが、子どもたちは、近づいてくるヴィクトリア・ジーンをよく見ようと、かばんを投げ捨てて外野へ走っていった。

「わしなら、きょうはあんなものに乗りはしないがな」と、ブローディー氏がいつものしかめっ面でいった。「空を見ろよ」

ブローディー氏のいうとおりだった。この岬の魅力のひとつで、島民にも恩恵をもたらしてきた百年以上つづいた連続日照り記録が、驚いたことに、なぜか破られそうな空模様なのだ。ここサマーランドの上空にかかっている雲は島のどこよりも厚く、まるで嵐が、自分たちを長年寄せつけようとしなかったこの土地に対する積もり積もった恨みを一気に晴らそうとしているかのようだ。サマーランドではきのうから断続的に雨が降り、いったん上がったものの、いまも雲が低く垂れこめて、また降りだしそうな気配だ。じつをいうと、ブローディー氏はその日、生きている者も死んでしまった者も含めて、ハマグリ島の審判がだれひとりとして経験したことのないある重要な任務をはたしに球場へ来たのだった——雨による試合の中止を宣告しに。

「雨が降るのはあれのせいだ」ブローディー氏とオラフソン監督のうしろで、つぶやくような低い声がした。「いったい、あのキラキラ光る袋はなんでできてるんだ？」

みんながいっせいに振り向いた。だが、ブローディー氏はすでに憂鬱な気分になっていた。声の主を知っていたからだ。ハマグリ島の住民ならだれでも知っている。

「あの男がこの島の空の調子を狂わせたんだ」アルバート・ライドアウトは、いつもの自信たっぷりな口調で、でたらめな新しい自説を披露した。アルバートはおとといの夕方、頬に七針縫った醜い傷あとをつけて島へ戻ってきた。彼がどこから戻ってきたかはみんな知っているが、この先どこへ行くつもりでいるのかはだれも知らない。

「どうしてわかるの？」と、ジェニファー・Tが父親に嚙みついた。「フェルド氏みたいに、マサチューセッツ工科大学で航空工学を勉強したの？　だったら、ベルヌーイの定理を説明してくれない？」

　アルバートはジェニファー・Tをにらみつけ、青あざとあばただらけの顔を引きつらせて、殴りかかろうとするかのように手を上げた。ジェニファー・Tはたじろぐ様子もなく、無表情のまままじっと立っている。

「殴りなさいよ」と、ジェニファー・Tが挑発した。「そしたら、永遠にこの島から追い出されることになるんだから。保安官代理も、これ以上、甘い顔はできないっていってたわ」

　アルバートは振り上げた手をゆっくりと下ろして、なりゆきを見守っていたほかの親たちを見まわした。みんな、アルバートが娘のジェニファー・Tを殴るとは思っていなかったようだが、アルバート・ライドアウトが乱暴な男だということは、頰の真新しい傷跡が証明している。親たちは全員アルバートと幼なじみで、アルバートがかわいいやんちゃ坊主だったことも、大きくまがる遅いカーブを得意とする技巧派のピッチャーだったことも、そのころからいろいろと問題を起こしてはいたものの、審判のブローディー氏が経営する薬局の歴代の店員のなかではいちばんの働き者だったことも知っていた。ブローディー氏も、アルバートが薬剤師になって店を継いで

くれたらいいのにという夢をいだいたことさえあった。当時のことを思い出すたびにブローディー氏は目頭が熱くなったが、めったに笑わない彼はめったに涙を流さなかった。

「保安官代理なんて、こわくもなんともないさ」と、アルバートはやっとの思いでいい返した。「もちろん、おまえみてえなガキもだ」

けれども、ジェニファー・Tはその言葉を聞いていなかった。手を伸ばして飛びはねている子どもたちに向かってフェルド氏が飛行船の係留ロープを投げたのを見るなり、彼女は全速力でグラウンドへ駆けだした。ほかの人たちはジェニファー・Tがなにをしようとしているのかわからず、止めもせずにポカンと口を開けて見ていると、彼女は飛行船の係留ロープを右足に巻きつけてよじのぼりはじめた。

　ヴィクトリア・ジーンはジェニファー・Tの重みでわずかに傾いたが、フェルド式縦揺れ防止装置（特許出願中）のおかげで、すぐに安定を取り戻した。ジェニファー・Tは右足に巻きつけた係留ロープを命綱代わりにして腕力をたよりによじのぼり、ゴンドラの縁に取りつけられたピカピカ光るクローム製の手すりをつかんだ。フェルド氏とイーサンは、ジェニファー・Tをゴンドラのなかへ引っぱり上げた。ふたりともびっくりしていたので、危ないじゃないかと注意するのはもちろんのこと、あいさつをするのさえ忘れていた。

「ヘイ」と、ようやくイーサンがいった。「お父さんが来てるの？」

　ジェニファー・Tはイーサンを無視してフェルド氏を見た。

「操縦させてほしいんだけど」と、ジェニファー・Tがフェルド氏に頼んだ。

　フェルド氏がちらっと地上に目をやると、真っ赤な顔をしたアルバート・ライドアウトが腕を組んでにらみつけているのが見えた。フェルド氏はジェニファー・Tに向かってうなずくと、操縦席をゆずった。ジェニファー・Tは、フェルド氏に教わったことを思い出しながら両手で舵をにぎった。

「ピクニックテーブルの横へ下りるつもりだったんだ」と、フェルド氏がいった。「ジェニファー・T？」

　ジェニファー・Tは返事をしない。彼女が係留ロープをキャビンに上げてしまったために、ヴィクトリア・ジーンはシアトルのある南東へ向かっている。シアトルの先には、カスケード山脈の深い谷も見える。イーサンは、ジェニファー・Tが以前に何度も見たことのあるおかしな目つきをしているのに気づいた。父親がひょっこり戻ってきたときはいつも、そういう目つきをするのだ。

「どうしても下りなきゃだめ？」と、ようやくジェニファー・Tが聞いた。「このまま飛んでちゃだめ？」

その日の試合はなんとも妙だった。

試合がはじまるなり雨が降りだして、たいした降りではなかったものの、後攻のルースターズは霧のようなこまかい雨に濡れながら守りについた。レッズのピッチャーのアンディー・ディーンスタークは初回ではやくも乱れ、フォアボールで立てつづけに三人歩かせたのち、押し出しでルースターズに先制点を与えた。雨がはげしくなるにつれてアンディーはますます調子をくずし、五回で試合が中断したときには、オラフソン監督率いるルースターズが七対一でリードしていた。選手も、試合を見に来ていた親も、上着をかぶったり小型トラックの荷台に積んであった防水シートをかぶったりして百年ぶりの雨をよけ、空模様と審判のアーチ・ブローディー氏の胸のうちをさぐりながら退屈な三十分を過ごした。オラフソン監督はまだイーサンを試合に出していなかった。イーサンがそのことをうれしく思わなかったのは、今回がはじめてだった。ただし、うれしくない理由はイーサン自身もよくわからなかった。オラフソン監督は、イーサンがキャッチャーになりたがっているというフェルド氏の話をうっすらと笑みを浮かべて聞いたあとで、「考えてみる」と返事をした。〝人は野球を通じて信じることを学ぶ〟とピーヴァインは書いているが、きょうが草木の青々と茂るのどかな夏の日だと思うことができないのと同様に、イーサンはオラフソン監督の言葉を信じることができなかった。空に灰色の雲が垂れこめてしとしとと雨の降る天気と同様に、イーサンの気持ちも暗く沈んでいた。けれども、なぜか試合に出たかった。

「ちょっと古い記録を思い出してたんだけど」と、トールがいった。トールはジェニファー・Tとイーサンのあいだに座って、ふたりが濡れないようにビニールシートをかざしていた。もう二十分近くそうしているのに、少しも腕がだるそうではない。イーサンはときどき、トールはほんとうにロボットなんじゃないだろうかと思うことがあった。「このあたりで最後に降水が記録されたのは一八二二年なんだ」

「あら、そう」と、ジェニファー・Tが気のない返事をした。「で、この雨は、岬の下に巨大な火山があるっていうあなたの説と関係あるの？」

「べつにないけど」と、トールがいった。

「たぶん、あなたがいま感じてるのが、わたしたち人間が〝うんざりする〟と呼んでる感情よ」ジェニファー・Tはビニールシートの外に出て立ち上がり、「やんで！」と、空に向かって叫んだ。「わたしは野球がしたいの！」

けれども雨はやまず、そのうち、その日の朝にピーヴァインの本を読んだことによってイーサンの心に芽生えた野球に対する興味も、しとしとと降りつづく雨にかき消されてしまった。イーサンが審判のブローディー氏を見ると、ブローディー氏はちらっと時計に目をやって残念そうに頬をふくらませ、ゆっくりと息を吐き出した。ブローディー氏は試合の中止を宣告しようとしているのだ。お願いだからはやく宣告して、とイーサンはひそかに祈った。

ジェニファー・Tがとつぜんシラカバの森のほうを見た。「あれはなに？」

「えっ？」とイーサンは聞き返したが、口笛のようなその音はイーサンにも聞こえていた。まるで、大勢の人が口笛で同じメロディーを吹いているような音だ。遠くから聞こえてくるが、はっきりと聞き取れるし、悲しげで、ちょっぴり不気味で、それでいてとても美しいその音は、船の汽笛を思い出させた。イーサンとジェニファー・Tはたがいに顔を見合わせたあとで、ベンチに座っているチームメートを見た。チームメートはみんな、芝生に指を突っ込んでグラウンドの濡れ具合を調べているブローディー氏を見つめている。イーサンとジェニファー・T以外に、口笛に似たふしぎな音を耳にした者はいないようだ。ジェニファー・Tはピクピクと鼻を動かしている。

「ねえ、これは……」ジェニファー・Tはいいかけて途中でやめた。なにかのにおいがしたのだが、彼女にはなんのにおいかわからなかった。

「風が出てきた」と、アルバート・ライドアウトがつぶやいた。「東のほうから吹いてくる」

たしかに、東の海峡のほうからマツの木のにおいのするひんやりとした風が吹いてきて、サマーランドの上空に垂れこめていた灰色の雲を払いのけている。やがて、数日ぶりにギラギラ輝く太陽が顔を出してあたりを照らすと、芝生から蒸気が立ちのぼった。

「プレーボール！」と、ブローディー氏が高らかに宣言した。

「フェルド」と、オラフソン監督がイーサンに声をかけた。「出番だ。レフトを守れ」すぐさまグラウンドへ駆けだしたイーサンを、監督が呼び止めた。「月曜日の練習のときにキャッチャーマスクをかぶってみるか？　やれるかどうか、ためしてみよう」

「わかりました」とイーサンは返事をして、外野へ走っていった。たとえレフトへ打球が飛んできてもうまく捕れるような気がしてふと空を見上げると、最後まで残っていた雲のかけらが、ヒューッという音をたてて吹いてくるそよ風に飛ばされて西の空へ消えていくのが見えた。さっき聞こえた口笛を吹いていたのはフェリシャーたちだ、とイーサンは気がついた。フェリシャーたちはすぐ近くにいる。イーサンのプレーを見に来たのだ。イーサンがピーヴァインの本を読んで学んだことを実戦に生かすかどうか、確かめに来たのだ。イーサンのプレーを見るために、雨雲を吹き飛ばしたのだ。

イーサンに打順がまわってきたのは最終イニングの七回の裏で、試合は八対七でレッズがリードしていた。試合の中断はレッズに幸いしたようで、同点打を打たれたピッチャーのカイル・オラフソンは、太陽が目に入ってまぶしかったのだといいわけをした。イーサンはバットの山の前へ歩いていって、真っ赤な金属バットに手を伸ばした。はじめて練習に参加した日にオラフソン監督からそのバットをすすめられたので、イーサンは毎回それを使っていた。チームメートはみんなイーサンを見ている。一塁にはジェニファー・Tが、二塁にはタッカー・コアーが出ていたが、ルースターズはすでにツーアウトを取られていた。イーサンは、つぎのバッターにつなぎさえすればいいのだ。もし、ボールを外野にころがすことができれば、足のはやいタッカーがホームに戻ってきて、延長戦に持ちこめる。レッズのだれかがエラーをする可能性もないとはいえず、その場合は、ジェニファー・Tもホームに戻れるかもしれない。そうなれば、ルースターズが勝って、イーサンはヒーローになれる。イーサンは真っ赤な金属バットから手を離して背筋を伸ばし、ちらっとシラカバの森に目をやって深呼吸をした。自分が決勝打を決める場面なんて想像したこともなかったので、さすがに緊張した。

　イーサンはふたたび身をかがめて、ジェニファー・Tがときどき使う木のバットを手に取った。それはジェニファー・Tの父親のアルバートが使っていたもので、その前は、ジェニファー・Tの大おじさんにあたるモー・ライドアウトが使っていたらしい。色はこげ茶で、あちこちに黒いしみがついていて、ミッキー・コクランのサインが焼きつけてある。ミッキー・コクランはたしかデトロイト・タイガースのキャッチャーだったはずだと思ったものの、イーサンはなぜ自分がそんなことを知っているのか、わからなかった。

「ほんとうにそれでいいのか、フェルド？」ジェニファー・Tがいつもそうしているように、イーサンがルイヴィル・スラッガーと呼ばれている古い木のバットを肩にかついでバッターボックスへ向かおうとすると、オラフソン監督が念を押した。

「おーい、イーサン」フェルド氏も観客席から声をかけた。不安げな声だったが、イーサンは気にしないことにした。

　イーサンはバッターボックスに立ち、何度か素振りをしたあとで、レッズがあらたにマウンドに送ったニッキー・マーテンを見た。ニッキーはへぼピッチャーで、はっきりいって、イーサンと同様にチームのお荷物だった。

「深呼吸」と、ジェニファー・Tが一塁からイーサンに声をかけた。イーサンはいわれたとおり深呼吸をした。「目をしっかり開いて」と、ジェニファー・Tがつけたした。

　イーサンはいわれたとおり目をしっかり開いた。ニッキーが振りかぶってぎこちなく腕を前に突き出すと、ずんぐりとした手からボールが離れて、ゆっくりと、しかも、まっすぐ飛んでくるのがはっきり見えた。イーサンがバットのグリップをぎゅっとにぎりしめたとたん、手に大きな衝撃を感じ、球場にカーンという快音が響きわたった。つぎの瞬間には、野球のボールらしきものがニッキー・マーテンの頭上を越えてショートを、そして、さらにはレフトをめざして飛んでいった。

「走れ！」と、フェルド氏が観客席から叫んだ。

「走れ！」チームメートも、チームメートの親も、オラフソン監督も、それに、審判のアーチ・ブローディーまでもが叫んだ。

イーサンは一塁へ走っていった。イーサンには、二塁へ向かうジェニファー・Tのウッウッという声も、グローブがビシッときしむ音も聞こえた。やがて、またビシッという音が聞こえた。ボールがグローブに当たる音と、ベースを踏む音だ。けれども、どっちの音が先だったのかはわからない。なにも見えなかったのは、目をつぶっていたからだが、目を開けていたところで、はじめてヒットを打った感動的な光景が網膜を占領して、ほかのものを映す場所はなかった。

「アウト！」と、ブローディー氏が叫び、ルースターズのベンチからの抗議を予測して、「わしの目は節穴じゃないぞ」と、いい添えた。

アウト？　ぼくが？　目を開けたとたん、イーサンは自分がぽつんと一塁に立っていることに気がついた。レッズの選手はすでにベンチに引き上げて、チームメートと手のひらを打ち合わせて喜んでいる。

「ナイスヒットだったな！」

フェルド氏が両手を広げて駆け寄ってきた。フェルド氏はイーサンを抱きしめようとしたが、イーサンはそれを拒んだ。

「ヒットじゃなかったんだ」と、イーサンがつぶやいた。

「なにをいうんだ。れっきとしたヒットじゃないか」と、フェルド氏がイーサンの思いちがいを正した。「文句のつけようのないクリーンヒットだ。ジェニファー・Tが二塁へ向かう途中でつまずきさえしなければ、セーフだったんだが」

「ジェニファー・Tがつまずいたの？」と、イーサンが聞いた。「アウトになったのはジェニファー・Tなの？」フェルド氏がうなずいた。「ぼくじゃなかったの？」

フェルド氏がイーサンの質問に答えようとすると、ホームベースのほうからいい争う声が聞こえてきた。ジェニファー・Tにアウトを宣告したことに対して、アルバート・ライドアウトがブローディー氏に文句をいっているのだ。

「あんたはコウモリといっしょで、目が見えねえんだよ、ブローディー！」と、アルバートがわめいた。「昔っから、手探りで薬局のなかをふらふら歩いてたからな。ぜんそくの子どもにうっかり猫いらずを渡さずにすんでるのがふしぎだよ！　目ん玉が片方でもついてりゃ、うちの娘が楽々セーフなのがわかるはずなのに、なんでアウトだなんていうんだ？」

「彼女はつまずいたんだ、アルバート」ブローディー氏の声はアルバートの声より小さかった。いや、小さいといっても、ほんの少しだけだ。ふたりは鼻を突き合わせるようにして立っているのに。

「でたらめをいうな！」と、アルバートが食ってかかった。「この大うそつき！　あんたは目が見えなくて、おまけに頭がいかれてるんだ！」

アルバートの声は大きくなる一方だ。上着は肩からずり落ちているし、どろどろでよれよれのズボンはチャックが開いている。怒りのあまり、体が膨張してしまったのかもしれない。ブローディー氏があとずさると、アルバートが前に出ようとしたが、よろめいて倒れそうになった。酔っぱらっているのだろう。ほかの親たちがそばに来ると、アルバートは乱暴な言葉を浴びせながら、バットを腕いっぱいにかかえて放り投げた。アルバートはそのとたんに倒れこみ、バットはごろごろと地面にころがった。

「おい！」すぐに立ち上がったアルバートは、イーサンに気づいて声をかけた。「イーサン・フェルド！　さっきのはヒットだったんだ！　正真正銘のな！　おまえはこの飲んだくれに教えてもらわなきゃ、自分が生まれてはじめて打ったヒットがフィルダーズチョイス（注6）なんかじゃなかったってことがわからないのか？」

ルースターズの選手もレッズの選手も、イーサンを見た。酔っぱらってくだらないことを大声でわめいているアルバート・ライドアウトと〝犬〟のあいだにどのような関係があるのか、ふしぎに思っているらしい。

イーサンは耐えられなくなった。ヒーローになんてなりたくなかった。アルバート・ライドアウトの質問にどう答えていいのかもわからなかった。イーサンはまだ子どもだ。審判に文句をいうことなどできないし、ワタリガラスやコヨーテや、顔が灰色で黒い羽をぴくぴく動かす恐ろしい生き物をやっつけることもできない。だから、その場から逃げ出した。ときどき結婚式が行な

（注6）捕った人が他の走者をアウトにしようとして一塁に投げなかったためにセーフになること

われる、白いペンキがところどころはげ落ちた東屋の向こうのピクニック・グラウンドめざして、全速力で走った。走りながら、二度と野球はしないと心に誓った。父親がどんなに野球が好きで、息子にどんなに期待していても、そんなことはどうでもよかった。野球が好きになれない人間だっているのだ。地面に落ちていた濡れた木の枝に足を取られてイーサンがべたっとうつぶせに倒れたのは、東屋の横を走っていたときだった。イーサンには、チームメートの笑い声が聞こえる気がした。そのまま這って先へ進むと、ピクニック・テーブルが見えた。以前、ピクニック・テーブルの下に隠れたことがあるので、そこにもぐりこめばだれにも見つからないのはわかっていた。

しばらくピクニック・テーブルの下に隠れていると、砂利を踏むザクッ、ザクッという音が聞こえてきた。テーブルとベンチのあいだからこっそりのぞくと、こっちへ歩いてくる父親の姿が見えた。風はやんで、もう口笛の音も聞こえなくなっていた。そして、ふたたび雨が降りだした。父親はイーサンが隠れているテーブルのすぐそばで足を止めて、なにもいわずにじっと立っていたが、イーサンもテーブルの下から出ていこうとはしなかった。イーサンには、靴下をはいてサンダルをつっかけている父親がひどくおろかに思えた。

「なに？」ついに、イーサンのほうから声をかけた。

「戻ろう、イーサン。みんなでアルバートを落ちつかせたんだ。もう大丈夫だ」

「それで？」

「いや、じつは、おまえならジェニファー・Tをなぐさめてやれるんじゃないかと思って、呼びに来たんだ。ジェニファー・Tはひとりでどこかへ行ってしまったんだよ。父親がとつぜん戻ってきて、おまけにあんな騒ぎを起こしたから、とまどったんだろう。それとも、アウトになった自分に腹を立ててるのかもな。だから、できれば――」

「失礼ですが、フェルドさんですか？　ブルース・フェルドさんですか？」

イーサンがテーブルの下から頭を突き出すと、車が一台とまっているのが見えた。その向こうに、髪の長い若い男が立っていた。その男はフランネルのシャツと半ズボンという格好で、真新しいハイキングブーツをはいていたが、手には革のブリーフケースを下げている。耳のうしろにとかしつけた髪は、白っぽいブロンドだ。縁の白いスキー用のサングラスをかけているが、楕円形の黒いレンズは、光の当たり具合によって虹色に光った。

「そうですが」と、フェルド氏が返事をした。

「いや、これはどうも。ヒッヒッヒ。はじめまして。ぼくはロビンです。ロビン・パッドフット。ブライアン&ストーム飛行船開発会社の社員です。わが社は、これまでになかったあらたなタイプの飛行船の開発に取り組んでまして」

やった、とイーサンは心のなかで叫んだ。イーサンの父親は、ロビン・パッドフットのような人物がたずねて来るのを待っていたのだ。お金と情熱を持ち合わせた、髪の長いちょっぴり変わった人物がブリーフケースを持ってやって来るのを。それにイーサンは、〝これまでになかったあらたなタイプの飛行船〟をつくりたいと父親が話しているのを聞いた覚えがあった。

「ご用件は?」と、フェルド氏はいらだった様子でたずねた。

「いま、向こうであなたの飛行船を見てきたんです。いや、じつにすばらしい飛行船だ。あなたが以前にお書きになった、ピコファイバーのガス袋に関する論文も読ませてもらいました。それで、どうしてもあなたの画期的な発明の成果を見たくて、はるばるやって来たんです。ヒッヒッヒ。島に着いて、美しい景色を眺めながら車を走らせていたときにふと空を見上げると、なんと、驚いたことに……」

「申しわけないが、息子と話をしてる最中なんです、パッドフットさん」

「でも、いや、そうでしたか。わかりました」ロビン・パッドフットはとまどいを顔にあらわした。イーサンは、パッドフットの髪がブロンドではなく白いことに気がついた。若いのに髪が真っ白になった人の話を本で読んだことがあるが、ロビン・パッドフットの髪が白いのも、人にはいえないようなつらい体験をしたからにちがいない。「ちょっと、あの、すみません。名刺を渡しておきますので、時間のあるときに電話かeメールをください」

フェルド氏は名刺を受け取って、見もせずにポケットへ突っこんだ。ロビン・パッドフットは、一瞬、顔に怒りをたぎらせた。いまにも殴りかかってきそうなほどこわい顔をしたのだが、すぐにもとの表情に戻ったのを見て、目の錯覚だったのかもしれないとイーサンは思った。

「父さん?」パッドフットがブリーフケースを振りながらぶらぶらと歩いていくのを見て、イーサンが父親に話しかけた。

「気にしなくてもいい」と、フェルド氏はいって、ピクニック・テーブルのわきの砂利の上にしゃがみこんだ。「さあ、出てこい。ジェニファー・Tを探しに行こう。おまえなら、彼女がどこへ行ったかわかるはずだ」

イーサンはしばらく考えたあとで、テーブルの下から這い出した。あたりは薄暗くて、しとしとと雨が降っている。

「うん」と、イーサンは返事をした。「たぶんわかると思う」


ジェニファー・Tはこれまで、同年代の子どものだれよりも多くの時間をサマーランド・ホテルの跡地で過ごしていた。彼女の家から、畑と森と、マクドゥーガル球場の駐車場を抜けてホテル・ビーチまで歩いてくると、三十七分かかる。ちゃんとした道がないのだ。昔から道はなかったらしい。それも、ジェニファー・Tがこの場所に心をひかれる理由のひとつだった。モー大おじさんの話では、昔はいろんなものが蒸気船でここのホテルへ運ばれてきたという。食料も、タオルもシーツも、お金持ちの客も郵便も楽団も、七月四日の独立記念日に打ち上げる花火も。夏にはいまでも若者がやって来るが、どんよりと曇った冬のホテル・ビーチはひっそりとしている。ギラギラと太陽が照りつけてまったく雨の降らない夏とは対照的に、冬は、雨と霧とみぞれと雹の日々がつづく。だから、建物にも、ビーチにころがっている数多くの流木にも、海草とキノコとナメクジをかけ合わせたような、緑色のふしぎなカビが生えるのだ。ジェニファー・Tがじめっとした肌寒い冬の日の午後にホテル・ビーチへ来たときはたいてい、岬中を探してもほかに人はひとりもいなかった。

ホテル・ビーチにまつわるふしぎな話はいっぱいある。ジェニファー・Tにとっては、人がいなくてひっそりしていることに加えて、それも魅力のひとつだった。島の東の端のキワニス・ビーチに住む少年が日暮れ前に朽ちはてたバンガローのひとつに上がりこみ、出てきたときには完全に気が触れていたという話も聞いた。その少年はバンガローのなかでなにかを見たらしいが、なにを見たのかたずねても答えなかったそうだ。満月の夜には死人がよみがえって音楽を奏でるとか、幽霊がジルバを踊るとかいう話も聞いた。だれかに頬をさわられた、腕をつねられた、お尻を蹴飛ばされたという話も、スカートがめくれたとか、髪の毛がぐちゃぐちゃにもつれてしまったとかいう話も聞いた。もちろん、信じていたわけではないが、ジェニファー・Tはそういった怪談めいた話を生み出すホテル・ビーチの神秘的な雰囲気が好きだった。ジェニファー・Tはおそらくイーサン以上に神秘的な出来事に興味があって、もしそうでなかったら、この物語には登場していないだろう。ただし、実際に神秘的な体験をするには、生まれてくるのが少なくとも百年遅かったとジェニファー・T自身は悔やんでいた。昔はハマグリ島にもしゃべる動物がいたし、シラカバの森をすみかにする小人のインディアンも、ピュージェット湾の底をすみかにするインディアンもいたという。けれども、この島はもうおとぎ話の世界ではなくなってしまった。

いまだにおとぎ話の世界の名残をとどめているのは、サマーランドの野球場とホテル・ビーチだけだ。

そういうわけで、父親のアルバートがチームメートの前でバカな真似をするのを見て、いたたまれなくなったジェニファー・Tは、ホテル・ビーチへ逃げてきた。けれども、彼女はビーチに着くなり、とんでもないことが起きてビーチから神秘的な雰囲気がすっかり消えてしまっていることに気づいた。

ビーチのわきの空き地には、ブルドーザーとパワーショベルがとまっていた。空き地を埋めつくすほどの台数だったが、プレハブの事務所の横に、きちんと三列に並んでいる。道がないのにどうやってここまで運んできたのだろうと、ジェニファー・Tはふしぎに思った。ヘリコプターで運んだのだろうか？　事務所の壁には、〝土地整備会社〟と書いた白い大きな看板がかかっていて、看板の下のほうには〝立ち入り禁止〟と書いてある。〝立ち入り禁止〟、〝進入禁止〟、〝通り抜け禁止〟、〝私有地につき立ち入りを禁ずる〟などと書かれた看板はほかにもあちこちに立っていて、〝キノコ狩りはご遠慮ください〟と書いた看板まであった。そこに建っていたはずのバンガローは――七つあった色あせたブルーのバンガローは――すべて取り壊されていた。残っているのは、地面にあいた四角い穴だけだ。大勢の子どもたちが要塞や海賊船や監獄に見立てて遊んだ、石でつくられたホテルのポーチも、くだいてどこかへ運び去られたらしく――どうやって運んだのかはわからないが――かけらひとつ落ちていない。おまけに、木も切り倒されている！　何百本ものシラカバの長く伸びた幹が、箱詰めにされた巨大な鉛筆のように整然と積み上げてある。端に赤いビニールの旗をくくりつけられたそれらの木も、サマーランド・ホテルのポーチやバンガローや、ここに出没した多くの幽霊と同様に、やがて完全に姿を消すのだろう。木がごそっと切り倒されたために見通しがよくなって、その日は、灰色のにぶい光を放つ岬の入り江まで見わたせた。

ジェニファー・Tは、お気に入りの大きな流木の上に腰かけた。悲しみが胸のなかで風船のように少しずつふくらんで、肺やのどを圧迫した。彼女は泣きたい気持ちを押さえこんだ。泣きたくはなかった。泣くのはきらいだ。けれども、目を閉じると、ズボンのチャックを開けたまま腕を振りまわして走ってきて、つばを飛ばしながら乱暴な言葉を吐く父親の姿がよみがえった。服がすれ合う音と、荒い息の音と、草を踏みつける音が聞こえたかと思うと、ホテル・ビーチと野球場のあいだの、まだ木が切り倒されていない森のなかからイーサン・フェルドが姿をあらわした。

「ヘイ」と、イーサンが声をかけた。

「ヘイ」泣いていなくてよかった、とジェニファー・Tは思った。イーサン・フェルドにだけは同情されたくない。「あれからどうなった？　警察が来たの？」

「さあ、知らないんだ。父さんがいうには――どうしたんだよ、これは？」

イーサンはようやくホテル・ビーチの変わりように気がついて、ブルドーザーやパワーショベルや、バンガローが建っていたところに残された四角い穴を見つめた。そのあとで、なぜか空を見上げた。ジェニファー・Tも空を見上げた。急にむくむくとわいてきて空をおおいつくそうとする真っ黒な雲を、ずたずたに切り裂かれた青空がけんめいに押し返そうとしている。

「六月だっていうのに、サマーランドに雨が降るなんて、変だと思わない?」と、ジェニファー・Tがいった。

「うん」と、イーサンが答えた。「おかしいよ」ほんとうは、なにかほかのことをいいたかった。

「まったく、ほんとうに……おかしなことだらけだ」

イーサンは、流木の上に座っているジェニファー・Tのとなりに腰かけた。イーサンのスパイクはまだ新しいが、ジェニファー・Tのスパイクは、彼女のこれまでの人生を物語るかのようにしみや傷や汚れがついていて、ひもはぼろぼろになっている。

「わたし、あいつが大きらいなの」と、ジェニファー・Tがいった。

「うん」イーサンはつづける言葉を考えているようだったが、なにも考えつかずにいるのはジェニファー・Tにも察しがついた。雨がピチャピチャとふたりを濡らし、砂に小さな穴をあけているというのに、イーサンは流木の上にじっと座って、大きくて不格好な時計のベルトをもてあそんでいた。「でも、きみのお父さんは、その、ぼくにも父さんにも親切にしてくれたんだよ」

そのとき、ジェニファー・Tの胸のなかの風船が割れた。彼女が父親を憎んでいるのはたしかだが、その一方で、なんとか父親を好きになろうと努力してもいた。機嫌のいいときは父親がびっくりするほどやさしいのを彼女は知っていたが、それを知っているのは自分だけだと思っていた。ジェニファー・Tは、イーサンに気づかれないように声を殺して泣こうとした。イーサンは、ユニフォームのポケットから携帯用のティッシュペーパーを取り出した。ペカンの実とナスと犬とトマトとスペルト小麦のアレルギーなので、つねにティッシュペーパーを持ち歩いているのだ。ジェニファー・Tは、スペルト小麦というのがどんな小麦なのか知らないのだが。

　イーサンはビニールの袋をカサコソいわせながらティッシュペーパーを一枚つまんで、ジェニファー・Tに渡した。

「ひとつ聞いてもいい？」と、イーサンがいった。

「アルバートのこと？」

「ちがう」

「じゃあ、いいわ」

「きみは、その、あの、小人ってほんとうにいると思う？　わかるだろ、ぼくのいってること」

「小人って、つまり……」そんなことをたずねられるとは思っていなかったので、ジェニファー・Tは面食らった。「……妖精のこと？　小人とかお手伝い妖精のこと？」

　イーサンがうなずいた。

「ほんとうにいるとは思わないわ」ジェニファー・Tはそう答えたが、彼女がうそをついているのは明らかだった。ジェニファー・Tは、スイスやスウェーデンにかつて妖精がいたという話も、ハマグリ島の森に、生まれたての赤ん坊より小さいインディアンの部族が住んでいたという話も信じていた。しかし、妖精がいたのは大昔の話だ。「あなたは、ほんとうにいると思ってるの？」

「うん」と、イーサンがいった。「見たんだ」

「エルフを見たの？」

「ぼくが見たのは小人じゃない。小妖精だ。見たのは二歳ぐらいのときなんだけど、じつは……べつの妖精も見たんだ。このあたりに住んでるんだよ」

並んで流木の上に座っていたジェニファー・Tは、イーサンの顔をよく見ようと思って、ほんの少し体を離した。イーサンは真剣な顔をしている。西のほうからひんやりとした風が吹いてきたので、汗をかいていたジェニファー・Tの腕に鳥肌が立った。それと同時に、さっき野球場で耳にした口笛のような音も、ふたたび森のなかからかすかに聞こえてきた。

「まさか」と、ジェニファー・Tがいった。

「そいつのいうことはほんとうだ」うしろでだれかの声がした。ジェニファー・Tが飛び上がりながら振り向くと、背はそれほど高くないものの、がっしりとした体つきの黒人の男が立っていた。男は、フリルのついたシャツの上に濃い紫色のベルベットのスーツを着て、シャツの袖口には野球のボールをかたどったカフスボタンをつけている。うしろでひとつにたばねた髪もあごひげもまっ白で、耳の縁にも白いうぶ毛が生えている。「信じてやれ。うそをつくようなやつじゃないのはおまえさんも知ってるはずじゃないか」

　ジェニファー・Tは、その男のつやつやとした黒い顔も、大きな緑色の目も、薬指のない右手も、どこかで見たような気がした。彼女が大事にしている古い本に載っていた、あまり写りのよくない白茶けた写真で見たのだ。黒人リーグの歴史を記した、『白いのはボールだけ』という本に載っていた写真で。

「ケイロン・〝薬指〟・ブラウンですよね」と、ジェニファー・Tがいった。

「おまえさんはジェニファー・セオドラ・ライドアウトだな」

「ミドルネームはセオドラだったの？」と、イーサンが聞いた。

「そんなこと、どうでもいいでしょ」と、ジェニファー・Tがぴしゃりといった。

「Tにはなんの意味もないっていってたじゃないか」

「あなたはほんとうにケイロン・ブラウンなんですか？」

　薬指ブラウンがうなずいた。

「でも、もう百歳ぐらいのはずだけど」

「ああ、百九歳だ」と、薬指ブラウンはぶっきらぼうに答え、目に妙な光を浮かべてまじまじとジェニファー・Tを見つめた。「ジェニファー・T・ライドアウトか」薬指ブラウンが顔をしかめて、かぶりを振った。「おれも年をとったものだな」そういいながら、胸ポケットから小さなノートを出してなにか書いた。「なぜだか知らんが、うかつにもおまえさんを見落としてたみたいだ。おまえさんはピッチャーか？」

ジェニファー・Tはかぶりを振った。ジェニファー・Tの父親はピッチャーをしていて、本人の話では、カンザスシティー・ロイヤルズにスカウトされたものの、十九歳のときに予期せぬ腕の故障にみまわれて人生を狂わされてしまったのだそうだ。そして、いつもジェニファー・Tに、〝そのうち球のうならせかたを教えてやる〟といっている。ジェニファー・Tは野球が大好きだったので、本来なら父親の申し出をよろこぶべきなのだが、ぜんぜんうれしくなかった。父親とキャッチボールなんかしたくなかった。父親が〝球をうならせる〟などという下品な言葉を使うのもいやだった。

「ピッチャーになんてなりたくないわよ」と、ジェニファー・Tが強い口調でいった。

「ピッチャー向きだと思うんだが」

「さっき、見落としてたといったけど、どういう意味なの？」と、イーサンが聞いた。「それに、あの、そもそもあんたは何者なの？　いや、その、黒人リーグの選手だったのはわかったけど……」

「この人は、黒人リーグの生涯最多勝利記録保持者よ」と、ジェニファー・Tが教えてくれた。

「わたしが持ってる本には三百四十二勝と書いてあったり、べつの本には三百六十勝と書いてあったりするんだけど」

「ほんとうは三百七十八勝だ」と、薬指ブラウンがいった。「それはさておき、おまえさんのさっきの質問に答えてやるよ、イーサン・フェルド。おれはここ四十年以上、ずっと旅をしてるんだ。あっちこっちと旅をして、人材を探してるんだよ。才能のある人間を求めて、アイダホにもネヴァダにも行った」薬指ブラウンは一瞬イーサンを見つめた。「それに、コロラドにも」そういいながら、ポケットからなにかを取り出した。しみだらけで、ところどころすり切れた、古い野球のボールだった。薬指ブラウンは、「ほら」といって、それをジェニファー・Tに差し出した。「このボールでしばらく練習して様子を見るといい」ジェニファー・Tはボールを受け取った。そのボールは隕石のようにかたくて、薬指ブラウンの歯のように黄ばんでいたが、ポケットに入れてあったのであたたかかった。「おれはそれでジョー・ディマジオから三回三振を奪ったんだ。サンフランシスコのいまはなきシールズ・スタジアムで行なわれた、一九三四年の親善試合で」

「それで、いまはスカウトをしてるんだね？」と、イーサンが聞いた。「どこのチームの？」

「ここしばらくは、きのうおまえさんが会った小人たちに頼まれて人材を探してたんだ。あのイノシシの牙岬族に頼まれて。ただし、おれが探してるのは野球選手じゃない。野球だけがうまくったってだめなんだ」

「じゃあ、どんな人を探してるんですか？」と、ジェニファー・Tが聞いた。

「おれが探してるのはヒーローだ」薬指ブラウンはそういうなり、ふたたび胸ポケットに手を入れて財布を取り出すと、イーサンとジェニファー・Tに一枚ずつ名刺を渡した。

ペリオン・スカウト会社
ケイロン・ブラウン　オーナー社長
人材発掘、契約交渉、トレーニング
創業七十億年

「じゃあ、ヒーロー・スカウトなんだね」と、イーサンがいった。この一時間で〝ヒーロー〟という言葉が頭に浮かんだのはこれが二度目だったので、最初のときほどとまどいはなかった。

「でも、もしかすると、わたしたちにつきまとうただの変なじいさんかもよ」

そうはいったものの、ほんの少し飛び出した大きな目と、薬指のない右手を見たときから、ジェニファー・Tはこの男があの伝説上の人物にまちがいないと確信していた。ずいぶん昔につぶれてしまったホームステッド・グレイズという名前の黒人リーグ・チームのエース、薬指ブラウンにまちがいないと。

「あんたは、ここがどうしてこんなことになったか知ってるの？」と、イーサンが薬指ブラウンに聞いた。「なにか建てるの？」

「なにか建てる？」気づいてなかったのか、薬指ブラウンは体の向きを変えてホテル・ビーチの変わりようを眺めた。年のせいなのか、冷たい風がしみたのか、それとも泣いているのか、大きな目は白い幕を張ったように、にごっている。やがて、薬指ブラウンは、指が四本しかない右手でおもむろに頭のうしろをかきながらため息をついた。「連中はこの世に終わりをもたらそうとしてるんだ」

イーサンは、ジェニファー・Tには理解できない言葉を、ささやくような小さな声でつぶやいた。「ラッグド・ロックが近づいてきてるんだね」

「そのとおりだ」と、薬指ブラウンがいった。「連中は、木の枝が重なり合った神秘的な場所をひとつひとつ破壊しようとしてるんだ」

「コロラドにも行ったっていってたけど、ぼくをスカウトしに来たの？」イーサンは立ち上がって森のほうへ歩きだした。「ぼくがコロラド・スプリングズに住んでたときに」

「いや、もっと前だ」

「ぼくの父さんに飛行船をつくらせたのはフェリシャーたちなの？　父さんが飛行船に乗って飛んでたら、母さんがこの島で手を振ってたっていう夢を見させたのも？」

「ああ」

ジェニファー・Tは、森のなかから人の声が聞こえてくるのに気づいた。大勢いるようだったが、フェルド氏の声だけはわかった。

「そんなことをしたのは、ぼくをここに来させるためだったの？」と、イーサンが聞いた。「ぼくは、この世に終わりがくるのを防ぐためになにかしなきゃいけないの？」

「いや、なにもしなくったっていいかもしれん。おれのこの千里眼がおとろえて、ついにその威力を失ったのなら」薬指ブラウンはそういいながら、しわだらけの震える手で左目の下をこすった。イーサンのほうを向いたときは、ついさっきまで雲のように彼の目をおおっていた白い幕が消えていた。薬指ブラウンは、その目を足音が聞こえてくる森のほうへ向けた。「けど、まだおとろえてないんなら、この世に終わりがくる日をもう少し先に延ばすのはおまえさんだ」

ジェニファー・Tが、イーサンと薬指ブラウンになんの話をしているのかたずねようとしていると、森のなかからフェルド氏が姿をあらわした。オラフソン監督と、ジェニファー・Tが覚えているかぎり彼女の父親を三回逮捕した保安官代理のブランレー氏もいっしょだった。

「イーサン？　ジェニファー・T？　ふたりとも大丈夫か？」フェルド氏はふたりのそばへ来る途中で落ち葉に足をすべらせて、ふらっとよろめいたが、保安官代理のブランレー氏がさっと手を伸ばして支えた。「こんなところでなにをしてるんだ？」

「べつに」と、イーサンがいった。「ちょっと、ここで――」イーサンは、薬指ブラウンを紹介しようと思って手を差しのべた。ところが、薬指ブラウンはすでにいなくなっていた。いつの間にか消えたのだ。あんな年寄りがブルドーザーのうしろまで走って隠れに行けるだろうかと、ジェニファー・Tは首をかしげた。たとえ走れたとしても、なぜ隠れる必要があるのだろう？　こそこそ隠れるような人ではないはずなのに。

「その……」イーサンはポカンとした表情を浮かべていった。「ふたりで話をしてただけだよ」

「行こう」フェルド氏は片方の腕でイーサンの肩を抱き、もう片方の腕をジェニファー・Tの肩にまわした。「うちに帰ろう」

フェルド氏の体のぬくもりが伝わってくるとジェニファー・Tの体が震えだし、彼女はそのときはじめて、雨に濡れたせいで体が冷えきっていることに気づいた。フェルド氏はふたりを連れて野球場のほうへ引き返しかけたが、途中でふと足を止めた。そして、ブルドーザーやパワーショベルや、切り倒して積み上げてあるシラカバの木や、でこぼこだらけのがらんとした空き地に目をやった。百年前には、高い塔のある大きなホテルが建っていた場所に。

「いったいどういうことなんだ？」と、フェルド氏がつぶやいた。

「連中は、最後まで残った小さなろうそくを一本一本消してまわってるんだ」と、イーサンが答えた。イーサン自身も、自分の言葉に驚いているようだった。

4章　ミドルランド

イーサンがキャッチャーになる決心をしたことによって、ジェニファー・Tは思いがけず自分のピッチャーとしての才能を見いだした。レッズとの試合の翌朝、ふたりはハマグリ島中学のグラウンドで落ち合った。マクドゥーガル球場より学校のほうがどちらの家からも近いからだ。イーサンはキャッチャーの心得を書いたピーヴァインの本をフード付きのトレーナーのポケットに入れ、父親のお古のキャッチャーミットを持ってやって来た。ジェニファー・Tは、どこかで見つけたピッチャー用のグローブと、薬指ブラウンにもらったボールを持って来た。ジェニファー・Tが大きく振りかぶって投げると、そのボールは、まるで蒸気の力で押し出されたかのように、シューッという音を立てながらイーサンのキャッチャーミットめがけて飛んできた。

「痛っ！」ジェニファー・Tの一球目がキャッチャーミットの下のほうに当たったとたん、イーサンの腕から肩にかけて激痛が走った。イーサンはあまりの痛さに、ちゃんとボールをつかんだのかどうかさえわからなかった。「ヘイ。なかなかやるじゃないか」

「まあね」ジェニファー・Tは、めずらしいものでも見るような目つきで自分の左手を眺めている。

「いまの球はすっごくはやかったよ」

「ほんと？」

「ほんとだよ」

ジェニファー・Tがうなずいた。「オーケー」ジェニファー・Tがグローブを振って合図したので、イーサンは中腰になってボールを投げ返した。ほんの少しボールが浮いたが、それほど高くはなかったので、ジェニファー・Tはなんなくキャッチした。そして、しばらくボールをこねまわしてから、もう一度グローブのなかに押しこんだ。「じゃあ、サインを出して」と、ジェニファー・Tがいった。

「スライダーは投げられる？」

「やってみるわ」と、ジェニファー・Tがいった。「スライダーのにぎり方は知ってるの。《ビデオ野球教室》を見て覚えたから」ジェニファー・Tは一塁にランナーが出ている場面を想定して、ちらっと一塁のほうを見てからイーサンに向き直った。イーサンは地面に向かって指を二本突き出して、アルファベットのVを逆さにしたサインを送った。それがスライダーのサインだ。

ジェニファー・Tはうしろでひとつにたばねた黒い髪を揺らしながらうなずくと、大きな黒い目を細め、まばたきを止めて神経を集中した。ふたたび背すじをのばしてジェニファー・Tは、右足を上げて胸に引きつけてから大きく踏み出し、それと同時に、左足のかかとを上げて足をピンと伸ばしながら全身を前に倒して、その不安定な姿勢のままほんの一瞬動きを止めた。つぎの瞬間、彼女はすばやく手首を振って、指先が外に開いた。ボールはイーサンめがけてまっすぐ飛んできて、ホームベースの手前でガクンと沈んだ。イーサンはあわててキャッチャーミットを下げて、なんとかボールをすくい取った。もしバッターがいたら、球筋を予測してバットを振ったところで、そのときにはもうボールがバットの下を通りすぎていたはずだ。

「すごい」と叫んだイーサンは、急に責任感に似た気持ちが芽生え、ジェニファー・Tをはげまして自信を持たせてやりたくなった。ジェニファー・Tが女だからでも、友だちだからでも、母親がいないうえに父親がしょっちゅう刑務所に入っているからでもない。自分はキャッチャーで、ジェニファー・Tはピッチャーで、ピッチャーに気分よく投げさせてやるのがキャッチャーの役目だからだ。「あんなに沈むとは思ってなかったよ」

「でも、ちゃんと取ってくれたじゃない」と、ジェニファー・Tがいった。「それに、目も開けたままだったし」

イーサンは胸がジーンと熱くなったが、感激にひたっているわけにはいかなかった。外野の右側の木イチゴの茂みのほうから、パチンコ玉が飛んできたのだ。キックベースやソフトボールをしているときもよくそういうことがあるので、ライトを守る者はみんな気をつけているのだが、その日のいたずらの主はカトベリーだった。カトベリーは体を揺すりながら、片足を引きずって歩いてくる。体の毛はどろどろに汚れて、頬とのどについた三カ所の切り傷からは血が出ている。とがった鼻と耳の端についている白っぽいほこりのようなものは霜だ。しかも、カトベリーの目からは、このあいだのいたずらっぽい光が消えていた。

「おい、小僧」カトベリーはかすれた小さな声でいった。「わしはのどがかわいとるんじゃ。カラカラにな。のどがカラカラで、おまけに寒い」カトベリーはブルッと身震いして体に両腕を巻きつけ、耳から霜を払い落とした。「大急ぎでスキャンパリングしてきたせいじゃよ」

イーサンは、中身が半分しか入っていないスクイーズボトルをナップサックから出してカトベリーに渡すと、トレーナーを脱いで肩にかけてやった。ジェニファー・Tはグローブをはめた手をだらりとわきに垂らし、ポカンと口を開けてマウンドに突っ立っている。カトベリーはスクイーズボトルを逆さにして一気に飲みほすと、血まみれの腕で口を拭いた。

「ありがとうよ」と、カトベリーが礼をいった。「おまえにこんなことを頼むのもこれが最後かもしれん。もう一度いっしょに来てくれ。おまえの助けが必要なんじゃ」

「ぼくはなにをすればいいの？」と、イーサンが聞いた。「戦うことなんてできないよ。それに、野球も下手だし。キャッチャーの練習だって、きょうはじめたばかりなんだから」

カトベリーはがっかりした様子でグラウンドにしゃがみこんで両手に顔をうずめ、とがった鼻をさすりながら、「わかっとる」といった。「それは、わしもやつらに話した。けど、しかたないんじゃ。ぐずぐずしてると手遅れになる」カトベリーが差し出した小さな手をイーサンがつかんで、立ち上がらせてやった。「はやいとこ向こうへ行かんとな。あの娘もいっしょにだ。気の毒じゃが、見られたからには連れていくしかない」

カトベリーが急に姿をあらわしたので、イーサンはジェニファー・Tのことをすっかり忘れていた。ジェニファー・Tはまだマウンドにいたが、少しでもカトベリーから遠ざかりたいのか、プレートの向こうにあとずさっている。口の両端を吊り上げてぎこちないつくり笑いを浮かべているが、大きく見開いた目は宙をさまよっている。こわがっているのだ。

「大丈夫だよ」イーサンは、ついさっき芽生えたばかりのキャッチャーとしての責任感のこもった声でいった。「この人はぼくの知り合いなんだ。きのう話そうと思ったんだけど――」

「きのう話してた小人ね」と、ジェニファー・Tがくぐもった声でいった。

「――きみが信じてくれなかったから」

「いや、彼女は信じとる」と、カトベリーがいった。「行こう、お嬢さん。自分の目で確かめるといい」

三人は暗がりのなかを抜けてサマーランズへ向かった。影はきのうイーサンが通ったときより濃くて、サマーランドとサマーランズの境目を通り抜けたときには、帽子のつばと髪に霜が張りついた。影はところどころにあるだけだったが、それでも暗くて深かった。イーサンはふと、小学校一年生の冬に見た皆既日食を思い出した。コロラド・スプリングズに住んでいたときで、太陽が月の裏側にすっぽり隠れると、とつぜん夜になったかのようにあたりが闇に包まれた。足にけがをしていたにもかかわらず、カトベリーはオレンジ色の目を光らせてきょろきょろとあたりを見まわしながらすばやく歩いた。そして、ときどき足を止め、小さく手を振ってイーサンとジェニファー・Tにも立ち止まらせると、長い耳をピクピクさせながらじっとその場にたたずんで、キツネ男にしか聞こえない音に耳をすました。イーサンはたずねたいことがいっぱいあったが、カトベリーはなにも教えてくれなかったし、イーサンの質問に耳を貸そうともしなかった。けがをした理由も、シラカバの森でなにが起きているのかも話してくれなかった。

「おまえたちが目にする影の三分の二はにせ物じゃ」と、カトベリーは低い声でぽつりといった。

「それだけは覚えておけ」

イーサンとジェニファー・Tはあたりを見まわした。影は煙のようによじれ、カーテンのようにひらひらと揺れ、シラカバの枝からもだらんと垂れ下がっている。けれども、ふたたび目をやったときには完全に静止していた。ジェニファー・Tがイーサンに体を寄せてきたので、ふたりはぴたりと肩を寄せ合いながらカトベリーのあとについて静まり返った森を歩きつづけた。頭上の灰色の空をカラスがゆっくり旋回している。空からは雨粒も落ちてくる。やがて森がとぎれて、見通しのいい場所に出た。そこは、イーサンがシンクフォイルをはじめとするフェリシャーたちに会って、世界の終わりが近づいてきていることを知った場所だった。

「遅すぎた！」と、カトベリーがいった。「間に合わなかった！」

そこには灰色の煙がたちこめて、シューシューと音をたてながら蒸気がふき出していた。草は踏みしだかれて、まわりのシラカバの森はそっくり消えていた。だれかが木を切り倒してどこかへ運び去ったらしい。残っているのは切り株と、払い落とされた枝の山だけだ。巨人の骨でつくった小さくてきれいな野球場も塔が倒れ、観客席はくずれ落ちて瓦礫に埋もれている。野球場のすぐそばの草地はでこぼこだらけになっていて、奇妙な乗り物がひっくり返っていた。鉄の車体はねじまがり、革のタイヤには何本も釘が打ちこまれている。そして、そのまわりには小さな死体が無数にころがっていた。おそらく子どもだ。いや、肌は灰色だが、フェリシャーかもしれない。

散乱する瓦礫と死体のなかで、動いているものといえば、立ちのぼる蒸気だけだ。いや——

「ねえ、あれはなに？」と、イーサンが聞いた。

このあいだフェリシャーたちといっしょにジョニー・スピークウォーターの予言を聞きに行ったビーチでは、最後の戦いがくり広げられていた。ひとりのフェリシャーが大きな流木の上に立ち、そのまわりを、羽の生えた十二、三匹の生き物が取り囲んでいる。遠くてはっきりとは見えなかったが、イーサンにはそれが、ベッドの横の窓からにたっと笑いかけていたあの不気味な生き物だとわかった。

カトベリーが叫ぶようにいった。「シンクフォイルじゃ！　羽黒小鬼がシンクフォイルに襲いかかろうとしてるんじゃ！」

「羽黒小鬼？」

「コヨーテが――チェンジャーが――フェリシャーを羽黒小鬼に変えたんじゃよ」と、カトベリーがいった。「連中は羽黒小鬼に変えられてしまった自分を憎み、それ以上に、以前の自分を憎んでおる。さあ、シンクフォイルを助けてやれ！」

「どうやって助ければいいの？」と、イーサンがふたたびカトベリーに聞いた。「お願い、教えて」

　カトベリーは黒い鼻の先をうごめかし、大きく見開いた目に思いがけず芽生えた希望の光を宿して、イーサンを見た。

「自分の心に聞け！」と、カトベリーがいった。「わしはおまえを見込んで連れて来たんじゃ！　かの有名なギリシャの英雄アキレスやイギリスのアーサー王や、ハイチ独立の英雄トゥーサン、それに、リトル・ビッグホーンの戦いでカスター将軍を破ったクレージー・ホースをスカウトしたわしが！　おまえはまだ子どもじゃが、その気になればできるはずじゃ！」

　それを聞いたとたん、マッチ箱の黒くてザラザラしたところにマッチ棒の先をこすりつけたかのように、イーサンの使命感に火がついた。イーサンは、心のなかがしだいに明るく、そして、熱くなっていくのを感じながらあたりを見まわして、小走りにビーチへ向かった。

「イーサン！」と、ジェニファー・Tが呼び止めた。

イーサンが振り向いた。ジェニファー・Tはカトベリーのうしろに立っている。ジェニファー・Tは状況を把握できずにぼんやりとイーサンを見つめていたが、引きつった笑みは消えていた。

「なにをするつもり?」

イーサンは肩をすくめた。「ぼくはシンクフォイルを助けなきゃならないんだ」〝わしはおまえを見込んで連れて来たんじゃ!〟とカトベリーはいったが、自分になにができるのか、イーサン自身もよくわかっていなかった。けれども、なにもせずに、自分にはなにもできないとあきらめるわけにいかない。それに、フェリシャー全員を救うとなるとたいへんだが、とりあえずはシンクフォイルひとりを救えばいい。敵の注意をそらすことができれば、そのあいだにシンクフォイルが力を取り戻すかもしれない。シンクフォイルは、イーサンが逆立ちしたってかなわない偉大な男だ。

イーサンは流木に近づいた。シンクフォイルは、飛び上がったりしゃがみこんだりしながらするどい刃のついた長いナイフを振りまわして、コウモリに似た醜い生き物と戦っている。髪を風になびかせてナイフを持った手を静かにかまえ、勢いよく突き出したり鞭のように振り下ろしたりしている。その姿は感動的で、とても勇ましかった。シンクフォイルこそ真のヒーローだ。イーサンはせめて一瞬でも羽黒小鬼たちの注意をそらそうと、大声で叫びながら近づいていった。シンクフォイルはイーサンに気づいて、うっすらと笑みを浮かべた。羽黒小鬼のうちの三匹もイーサンのほうを向いた。羽黒小鬼がとんがった鼻の上にしわを寄せて黄色い歯をむいてあざ笑うのを見たとたん、カトベリーの言葉によって燃え立ったイーサンの心の炎が消えた。羽黒小鬼は広げた羽をバタバタと振るわせてイーサンに向かってくる。イーサンはそのとき、それが羽黒小鬼本来の羽ではなく、赤い銅のネジで背中に取りつけられた機械だと気がついた。イーサンは体をかがめて羽黒小鬼の細い足の下をかいくぐったが、振り向くと、旋回してふたたびこっちへ向かって飛んでくるのが見えた。

　なにか、武器になるものはないかと思って探したが、目についたのは、流木から釘のように突き出ている枝だけだった。どれも短くて武器にはならないが、一本だけ、少し長めでまっすぐなのがあった。イーサンは流木の上によじのぼり、枝をつかんで引っぱった。ピシッという乾いた音がしたものの、枝はかたくて、なかなか折れない。

「よく来てくれた」シンクフォイルがそういったとたん、爆発音に似た小さな音がして、シンクフォイルが流木の上からころがり落ちた。イーサンは、羽黒小鬼が一匹、頭を失ってぐるぐると旋回しているのに気づいた。シンクフォイルが、倒れる直前にその羽黒小鬼の首をはねたのだ。羽黒小鬼たちは、地面に倒れたままピクリとも動かないシンクフォイルの上を飛びまわり、鋼のついたつま先でシンクフォイルをつついている。イーサンが流木の枝に体当たりをくらわすと、枝が大きな音をたてて、ようやく根もとから折れた。

　その枝は、太さも長さもちょうど野球のバットぐらいで、一応まっすぐだったが、節がいっぱいあって、白っぽく変色していた。イーサンは枝を持ち上げて、どのぐらいの重さか確かめてから、両手で片方の端をにぎりしめた。かたくて、なかなか頑丈そうだとわかると、シンクフォイルの体をつついている羽黒小鬼たちに向かって振りかざした。羽黒小鬼のなかの一匹は両手で自分の耳をひとつずつもぎ取り、またもや黄色い歯を見せてにたっと笑った。イーサンはそれを見て、羽黒小鬼の歯が水晶でできているのに気づいた。やがて、コキコキッ、ビリビリッという妙な音が聞こえたときには、黄色い歯を見せて不気味な笑みを浮かべていた羽黒小鬼の頭がもはや胴の上にはなく、腐った桃かなにかのように、左手の手のひらの上にのっていた。羽黒小鬼は自分の頭をもぎ取って、イーサンに不気味な笑みを投げかけているのだ。しかも、もぎ取った頭の下には、インクのようにテカテカと光る真っ黒い球がついている。イーサンがギョッとしてあとずさると、羽黒小鬼は腕を振り上げて自分の頭をイーサンに向かって投げつけた。イーサンは無意識のうちに流木の枝をかまえた。

「息を止めちゃだめよ！」と、ジェニファー・Tがいった。

　イーサンが息を止めることもなく目をつぶることもなく流木の枝を振ると、羽黒小鬼の頭に当たった。ドカンという音がしたかと思うと、羽黒小鬼の頭が爆発して白い煙が立ちのぼり、チーズがこげたようないやなにおいが鼻をついた。すぐさまべつの頭が飛んできて、イーサンがあわてて流木の枝を振ると、またうまい具合に当たって、煙が立ちのぼった。イーサンは流木の枝を振りまわして羽黒小鬼の頭をさらに三つ爆発させたが、ついに力つきてドサッと倒れた。

最初は赤い光と黒い光が見えた。そのうち、赤い光は血で、黒い光は空だとわかった。ジェニファー・Tが見下ろしているのもわかった。ジェニファー・Tは頬にけがをして血を流していて、その向こうに見える空は真っ黒だ。鼻がひんまがりそうなにおいもした。カトベリーもそばにいるらしい。なにかが頬をつついている。カトベリーが、細長い指でつついているのだ。

「目をさませ、小僧！」

イーサンは、滅亡の危機にさらされているサマーランズの草地に横たわっていた。

「もう目をさましてるよ」そういいながら、イーサンが体を起こした。

「戻ろう」と、カトベリーがうながした。「コヨーテの子分がイノシシの牙岬族をさらって行ったんじゃ。連中は、世界の境目の両側に生えとる木を一本残らず切り倒してしまいおった。ぐずぐずしとると、べつの道を探さなきゃならなくなる。そう簡単には見つからんかもしれんしな。さあ！　結局、役に立たなかったが、とにかく戻ろう」

〝役に立たなかった〟というカトベリーの言葉がイーサンの心のなかに響きわたった。まるで、空振りの三振をしたときのような気分だった。重大な責任を負いながら、なにが起きているのかわからないうちにせっかくのチャンスをのがしてしまったのだから。イーサンは、自分が取り返しのつかない失態を演じてしまったことも、それを一生悔やむことになるのもわかっていた。

「イノシシの牙岬族は——みんな死んだの？」と、イーサンが聞いた。「シンクフォイルも死んだんだよね」

「おれは死んじゃいない」背後からかすれた声が聞こえてきた。「さっさとミドルランドへ戻ってくれ。コヨーテがなにをしでかすかわからないから」

イーサンが振り向くと、シンクフォイルがうしろにうずくまっていた。シンクフォイルはくたびれはてた様子で、髪からしたたり落ちる汗が泥だらけの顔に筋をつけ、シカ革の服の上に着けている鎖の鎧はほうぼうちぎれて、肩からぶらぶらと垂れている。革のすね当てはずり落ち、帽子はゆがみ、緑色の派手な羽飾りはふたつに割れている。おまけに、矢筒は空っぽだ。

「借りができてしまったな」と、シンクフォイルは悔しそうにいった。「それはそうと、さっきのバッティングはみごとだった」

「そっちもすごかったじゃないですか」

「そんなことはない。おれはなんにもできなかった。仲間を守ることも土地を守ることもできず、すべてをなくしてしまった」

「あなたの家族も……殺されたんですか？」

「仲間は家族同然だった」悲しみのあまり、シンクフォイルは声を詰まらせた。「なのに、みんな姿を変えられてしまったんだ。おまえさんがさっき見た、あの醜い羽黒小鬼に」

「なかには、灰色小鬼に変えられた者もおる」と、カトベリーが陰鬱な顔をしていった。灰色小鬼というのは、死体となって地面にころがっていた小人のことかもしれない。

「ああ、灰色小鬼に変えられた者も」シンクフォイルはブルッと体を震わせた。「彼らは、自分たちを守ってくれなかったリーダーに仕返しするために戻ってきたんだ」

　先ほどの、〝役に立たなかった〟というカトベリーの言葉がまたイーサンの心のなかでこだました。

「ぼくのせいだ」と、イーサンがいった。「もっとはやく駆けつけてたら、なんとかできたかもしれないのに」

「おまえさんのせいじゃない。おれたちが散り散りになって数も少なくなっていったここ千年ほどのあいだに、コヨーテとコヨーテの子分が力と知恵をたくわえたんだ」

「フェリシャーはみんなやられちゃったんですか？　ひとり残らず？」

「はっきりとはわからないが、たぶんそうだと思う。おまえさんたちは戻ってくれ。おれは、無事な者がいないかどうか、探しに行く」

「わたしたちもいっしょに行く」と、ジェニファー・Tがいった。「いっしょにあなたの仲間を探しに行く」

　シンクフォイルはかぶりを振った。

「いや、戻ったほうがいい。カトベリーのいうとおり、ぐずぐずしてたら戻れなくなるぞ」

　そういうわけで、イーサンたちがシンクフォイルに別れを告げると、シンクフォイルはほろぼされたシラカバの森を抜けて、その向こうの青々とした草地へ歩いていった。その草地に大きな車が何台も通ったような太い車輪のあとがついているのは、イーサンのいるところからでも見えた。シンクフォイルは遠ざかるにつれて歩くのがはやくなり、あっという間にサマーランズの緑色のもやのなかに姿を消した。

「行こう」とカトベリーがせき立てて、もと来た道を引き返しはじめた。ジェニファー・Tがカトベリーのすぐあとに、イーサンがジェニファー・Tのあとについて、マツやモミの生い茂る森に戻った。歩きだしてしばらくすると、周囲の木のあいだからカサコソという小さな音が聞こえてきた。

「あの音はなに?」と、ジェニファー・Tが聞いた。

〝影の三分の二はにせ物だ〟とカトベリーがいったときは、なんのことかよくわからなかったが、イーサンはようやくその意味を理解した。太陽が顔を隠したときに森をおおいつくしていた影が、太陽がふたたび顔を出したとたんに木や洞窟から離れて、イーサンたちを追いかけてきたのだ。影は薄いシーツのようにひらひらとなびいたり、風に吹き飛ばされたゴミのようにふわふわと舞い上がったり、コンドルが羽をはばたかせているようにはげしく上下に揺れたりしながら追いかけてくる。網とも煙ともいえないような不気味な影は木のあいだをスルリと抜けて、どこまでもついてくる。カトベリーは短い足を精いっぱいはやく動かして、にせ物の影に追いかけられずにすむ世界へ一刻もはやく戻ろうとしたが、影はどんどん近づいてくる。

三人が全速力で駆けだすと、とつぜん雪がはげしく降ってきて、キラキラと光りながら三人を包み込むように渦を巻いた。イーサンの鼻のなかは霜焼けにかかり、耳のなかの空気も凍った。ジェニファー・Tが木の根っこにつまずいてころんだので、イーサンは足を止めて手を差し出した。ふと、カーテンを開くような音がしたので顔を上げると、にせ物の影がイーサンとジェニファー・Tにおおいかぶさってきた。にせ物の影は痛いほど冷たくて、鉄鍋についた錆のようなにおいがした。影を払いのけようと手を伸ばしたイーサンは、流木の枝をにぎりしめていることに気がついた。枝は影をつらぬいて、かたいのに妙に弾力性のあるなにかに当たり、グイッと引き抜くと、グチャッという音がした。そのとたん、影はあとかたもなく消えた。すでにひとりで立ち上がっていたジェニファー・Tは、イーサンのひじをつかんで先をせかした。前方にカトベリーの姿が見えないので振り向くと、おそろしいことににせ物の影がカトベリーをさらっていくのが見えた。カトベリーを包み込んでゆっくりと空へのぼっていく影の下から、ふさふさした赤いしっぽの先の白い毛が突き出している。

イーサンは、コヨーテのしわざだとピンときた。あたりは静けさに包まれていたが、ほどなく、すぐ近くから爆音のようなエンジン音が聞こえてきた。

「ハーレーダビッドソンよ」と、ジェニファー・Tがいった。「あの、バカでかいオートバイだわ」

イーサンとジェニファー・Tは、いつの間にかハマグリ島のハイウェイに立っていた。ついに戻ってきたのだ。ハーレーダビッドソンの大型バイクは轟音をとどろかせながら丘を下って、べリンガム行きのフェリー乗り場のほうへ走り去った。

「わたしたち、どうやってここへ戻ったの？」と、ジェニファー・Tが聞いた。

ふたりのいる場所からはメキシコ料理店の〈ゾロ〉もフェリー乗り場も、緑色のもやに煙る本土の海岸線も見えた。どうやら、サマーランズからハマグリ島の南の端に戻ってきたらしい。先ほどのハーレーダビッドソンはフェリー乗り場に着いて、つぎの船を待つ車の列に並んでいる。しばらくすると、またエンジン音が聞こえてきたが、今度はオートバイではなく、魚のような形をした、とてつもなく大きな旧式のキャデラックだった。車体が真っ白で、屋根と内装は真っ赤なその車は徐々にスピードをゆるめて、イーサンとジェニファー・Tの横でとまった。

運転していた薬指ブラウンが窓を開けた。薬指ブラウンは驚いているようだったが、イーサンの目には、ふたりに会えて喜んでいるようには見えなかった。しかも、さかんに首を振っている。

「まったく」薬指ブラウンの目は涙でキラキラ光っていて、いまにも声をあげて泣きだしそうだった。「これで、おまえさんもひとつ賢くなったはずだ。コヨーテの手下になりさがってしまったおろかな年寄りのいうことなど聞いちゃだめなんだ」涙がひと粒、薬指ブラウンの頰を流れ落ちた。「あいつらは、おれが撃退してやった」

うそだ、とイーサンは心のなかで叫んだ。羽黒小鬼をやっつけたのはぼくだ、と。「ぼく、気を失っちゃったんだよ」と、イーサンが弁解した。

「自分を責めちゃだめだ。気を失ったのならしょうがないじゃないか。若いんだから、無理もない。昔は——といっても、何百年も前の話じゃないが——若い者を仕込む時間がたっぷりあったもんだ。鍛え上げて一人前にする時間が。南北戦争で北軍の総司令官をつとめたグラント将軍も、名を残す偉業をなしとげたのは、かなり年をとってからだった」

「どこへ行くんですか？」と、ジェニファー・Tが聞いた。フェリー乗り場を見下ろす丘から一台の小型トラックが下ってきたが、薬指ブラウンのキャデラックに気づいてスピードを落とした。

「もう行ってしまうんですか？」

薬指ブラウンは、これから家へ帰るのだといった。

「家はどこにあるの？」と、イーサンが聞いた。

「ちゃんとした家はないんだ、このミドルランドには。けど、しばらく前からタコマに住んでるんでな」

「ミドルランド？」と、ジェニファー・Tが聞いた。

「ミドルランドというのは、おまえさんらがいま立ってるここだ。この島だけじゃない。人間が住んでるすべての土地のことだ」

トラックは、薬指ブラウンの車のすぐうしろにとまった。運転手はしばらく静かに待っていたが、そのうちクラクションを鳴らしはじめた。薬指ブラウンは聞こえてないのか、まったく気にする様子がない。べつの車がもう一台トラックのうしろにとまり、さらにもう一台、丘を下ってきた。

「じゃあ……もうこれでなにもかもおしまいなの？」と、イーサンが聞いた。

「いや、おれも、もっともっとマンドロジーを勉強しないとな。マンドロジーとは、すべての世界のことを研究する学問のことだ。おれは、コヨーテが破壊をはじめる前に世界の境目が何カ所あったのかも知らん。いまいくつ残ってるのかも知らん。平和だったころだって、そう多くはなかったはずだ。なのに、コヨーテのやつは、ずいぶん前から手あたりしだいにぶっ壊してるからな」

「これから世界はどうなるの？　完全にほろびてしまうの？」

「世界はもともとほろびかけてたんだ」と、薬指ブラウンがいった。「その速度がほんの少しはやくなったにすぎん」

「イーサン？　ジェニファー・T？」トラックのうしろにとまった車の運転手が窓を開けた。

「ふたりとも大丈夫？」

「うん」と、イーサンとジェニファー・Tが声をそろえて返事をした。ふたりに声をかけたのは、学校の事務員のボールドウィン夫人だった。イーサンは、ボールドウィン夫人がけげんそうな顔をしているのに気づいた。ふたりが島の南の端にあるフェリー乗り場の近くでキャデラックに乗った風変わりな老人と話をしているのを見て、おかしいと思ったのだろう。

「おれが道をふさいでるようだな」薬指ブラウンはそういいながら、ほんの少しだけすき間を残して窓を上げた。薬指ブラウンがふたたびエンジンをかけると、キャデラックは大きな車体を揺らして咳きこむような音をたてた。「残りの夏休みを楽しむんだぞ」

「待って！」と、イーサンが呼び止めた。ほかの車の運転手はしびれを切らして、一台、また一台と薬指ブラウンの車のわきをすり抜けて丘を下っていった。「世界の終わりを防ぐために、なにかぼくたちに——ぼくにできることはないの？」

「おまえさんにはコヨーテをやっつけるだけの力がない。野球だって満足にできないんだし」薬指ブラウンはちらっとジェニファー・Tを見た。「おまえさんのほうがまだ見込みがあるが、それでも無理だ」薬指ブラウンはそういいながら、かぶりを振った。「なんてったって、ふたりともまだ子どもだからな。いったい、どうやってラッグド・ロックを防ぐつもりだ？」

　イーサンもジェニファー・Tも、返す言葉がなかった。薬指ブラウンは車の窓をすっかり上げて走り去った。イーサンの家よりジェニファー・Tの家のほうが近いので、ふたりはとりあえずジェニファー・Tの家に向かって歩きだした。長いあいだ、ふたりとも話をしなかった。世界がほろびるというときに、いったいなんの話をすればいいんだ？　イーサンは、シラカバの森が破壊され、フェリシャーたちがみんなあのコウモリに似た醜い小さな生き物に変えられてしまったことにショックを受けていた。それに、目をつぶれば、影のなかに消えていったカトベリーの赤いしっぽの先が、かならずまぶたに浮かんだ。けれどもイーサンは、薬指ブラウンが〝世界の終わりを防ぐことはできない〟といったわけではないことにかすかな希望を見いだしてもいた。イーサンやジェニファー・Tにはなにもできないといっただけなのだから。

イーサンは、父親にフェリシャーやラッグド・ロックの話をしたらどうなるか、想像してみた。イーサンの父親はめったに怒らないが、見たり聞いたりさわったり、機械でくわしく調べたりといった、五感で感じることができないものの話をすると、ひどく腹を立てるのだ——自分たちが住んでいる世界の裏に、あるいは向こう側にべつの世界があるとか、来世があるとかいうと。来世があるなどというのは、いまを大事に生きていない人間のたわごとだと思っているからだ。亡くなった妻が個性的でとてもすばらしい女性だったことは認めているものの、人は死んだらそれでおしまいで、遺体は墓のなかで土に還るのだと、幾度となくイーサンにいい聞かせてもいた。

そう思うと心が休まるらしい。とにかく、本人はそういっている。だから、妖精や羽黒小鬼や、人間を追いかけたりキツネ男をさらっていったりする影の話をしても、信じてくれるわけがない。それはイーサンもよくわかっていたが、かといって、ほかに相談できる人はいない。かりに父親に話すにしても、ありのままを話すわけにはいかない。しかし、いくら脚色を加えて話したところで、イーサンがハマグリ島へ来て以来ときどき診てもらっている、カウンセラーのナン・フィンケルにすぐさま電話をかけるに決まっている。そうしたらイーサンは、座ったときにお尻に敷いてしまいそうなくらい長くて太いおさげを二本垂らしているナン・フィンケルに子ども用の精神病院に送られて、一巻の終わりになってしまう。

「ジェニファー・T」三十分ほど無言で歩いてジェニファー・Tの家の手前まで来たときに、イーサンがようやく口を開いた。「きっとだれも信じてくれないよ」

「わたしもそう思う」

「けど、あれは実際にあったことだろ？」

「ええ、なにもかも現実の出来事よ」ジェニファー・Tはそういって地面につばを吐いた。ジェニファー・Tはプロ野球選手の真似をするのが好きで、つばを吐くのもそのひとつだが、なかなか様になっていた。「アルバートがいつもそういってる」

「うん。ぼくも何度か聞いたことがあるよ」

やがて木立がとぎれて、〝ライドアウト〟と書かれた郵便受けが見えてきた。ライドアウト家の郵便受けはぐらぐらしているうえに、だれかが普通の銃や空気銃で撃ったらしく、穴がいっぱい開いている。黒い雑種犬が一匹、舌を旗のように振りながら一目散に駆けてきた。犬の肩には、緑色の小さなインコがちょこんと乗っている。

「うちのおばあちゃんたちなら信じてくれるかも」と、ジェニファー・Tがいった。「もっとおかしな話でも信じてるから」


ジェニファー・Tの家には寝室がふたつあって、そのうちのひとつはジェニファー・Tとふたごの弟のダリンとダークが、もうひとつの寝室は、ビリー・アンおばあちゃんと、おばあちゃんの姉のベアトリス大おばさんとシャンブロー大おばさんが使っていた。トイレは家のわきにあって、ちゃんと屋根がついているが、トイレへ行くときは、裏口からいったん外へ出なければならない。犬は八匹か九匹いて、猫は、ときおり島民の噂の種になるほどいっぱいいる。玄関はそのまま居間につづいていて、びっくりするほど大きなリクライニングチェアが三つと小さなテレビがその部屋の面積の大半を占領している。リクライニングチェアは真っ赤なチェック柄と緑のチェック柄、そして、残りのひとつは白い革張りで、どれも、ボタンを押すとマッサージ椅子になる。リクライニングチェアにはいつもジェニファー・Tのおばあちゃんと大おばさんふたりが座り、椅子に体をマッサージさせながらロマンス小説を読んでいた。椅子が大きいのは、三人とも大柄だからだ。三人はロマンス小説を七千五百冊持っている。バーバラ・カートランドの全作品と、ハーレクイン・ロマンス、シルエット・ロマンス、ゼブラブックス、それに、ハートクエストブックスもぜんぶ揃っているらしい。床の上に積み上げられた本の山はいくつもあって、天井に届きそうなほど高いその山は窓をふさいで観葉植物を枯らし、たずねてきた客をしょっちゅう襲っている。ライドアウト家の三姉妹のことをよく知っている島民は、ロマンス小説をぎっしり詰めた食料品の空き袋や酒の空き箱を夜中にこっそり家の前に置いていくそうだ。三人とも人からほどこしを受けるのはいやがるのに、本だけは貢ぎ物だとみなして受け取っていた。ハマグリ島の女性のなかでは三人が最長老なので、それぐらい敬意を払ってもらうのは当然だと思っているようだ。三人とも、よろこんで古本を読んでいた。すでに読んだことのある本でも、もう一度読んだ。だから、同じ話をくり返し聞かされるのも平気だった。

「小人の部族ってかい?」と、ビリー・アンおばあちゃんが聞き返した。ビリー・アンおばあちゃんは赤いチェック柄のリクライニングチェアに座り、足の不自由な人用の黒い大きな靴をはいた足を椅子にマッサージさせていた。「こりゃ驚いたね！　昔、あたしの父さんが小人の部族の話をしてくれたことがあるんだ。父さんが子どもだったころに、父さんの妹が小人に銀の髪飾りを盗まれたって話を。ホテル・ビーチで盗まれたそうだ。ホテルが建つ前のホテル・ビーチで。けど、ラッグド・ロックの話は聞いた覚えがない」ビリー・アンおばあちゃんはたばこに火をつけた。たばこも酒も医者に止められているのに、ビリー・アンおばあちゃんはたばこを吸って、缶入りのオリンピア・ビールを飲んでいる。なんといっても島の最長老なのだから、べつにかまわないのだろう。「なんだか不吉な感じのする言葉だね」

「ラッグド・ロック、ラッグド・ロック」と、ベアトリス大おばさんがくり返した。「あたしゃ、父さんからなにも聞いてないけどね」

「あたしは小人を見たことがある」と、シャンブロー大おばさんが小さな声でつぶやいた。「夏のある日のことだった。ほれぼれするような男だったよ。魚みたいに素っ裸で、あおむけに寝ころがって日光浴をしてたんだ」

　ビリー・アンおばあちゃんとベアトリス大おばさんが、シャンブロー大おばさんを見た。

「そんな話は初耳だ」と、ベアトリス大おばさんがいった。

「この子はうそをついてるのさ」ビリー・アンおばあちゃんはそういうと、シャンブロー大おばさんをにらみつけてから、こわい顔をしたままジェニファー・Tとイーサンを見た。「小人を見

たなんてうそをついたら、夜中に本物の小人がやって来て、あざになるまでつねられるんだよ」

「こっちへおいで」と、シャンブロー大おばさんがジェニファー・Tを呼んだ。いちばん体が大きいのはビリー・アンおばあちゃんだが、イーサンはシャンブロー大おばさんがいちばんこわかった。声が小さいのも、白内障患者用の、大きくて真っ黒で、まるで宇宙戦士のようなサングラスをかけているのも不気味だった。なぜ家のなかでもサングラスをかけているのかふしぎだったが、こわくて理由は聞けなかった。三人姉妹のいちばん上のシャンブロー大おばさんは、ときどきベッドに横になってひとりごとをいっていることがあった。それも、のどの奥からしぼり出すような変な声で。もちろん、なにをいっているのかはわからなかった。イーサンは、それがれっきとした言葉で、その言葉をしゃべれる人間はもはやこの世にシャンブロー大おばさんだけだとあとで知るのだが、このときはまだなにも知らなかった。シャンブロー大おばさんはジェニファー・Tの腕をつかんでそばへ引き寄せると、サングラスの真っ黒なレンズ越しにジェニファー・Tの顔を見つめた。「この子はうそなんてついちゃいないよ、ビリー・アン。この子はほんとうに小人を見たんだ」

ジェニファー・Tが腕を振りほどいた。

「離して！　痛いじゃない。当たり前でしょ。うそなんかついてどうすんのよ」

シャンブロー大おばさんはおかしそうに笑った。ビリー・アンおばあちゃんとベアトリス大おばさんもいっしょに笑った。三人はいつもジェニファー・Tを怒らせて楽しんでいるのだ。

「ぼくたち、ほんとうに見たんだ」と、イーサンも訴えた。笑っている場合じゃない。「ラッグド・ロックっていうのは、世界の終わりのことなんだよ」

「なんの話だ？」とつぜん、だみ声が聞こえた。モー大おじさんだ。モー大おじさんはビールを持って、台所の入口に立っている。モー大おじさんも、医者に酒を止められているのに。「そんなたわけた話をしてるのはだれだ？」

「聞いて、モー大おじさん」と、ジェニファー・Tがいった。「きょう、ピッチングの練習をしたのよ。イーサンが、わたしの球はすごいっていってくれたの」

「ほんとにすごかったんだ」イーサンは、世界の終わりのことなどすっかり忘れて野球の話をはじめた。だが、モー大おじさんなら、どうすれば世界を救えるか知っている可能性がある。かつて、世界中を旅していたからだ。モー大おじさんは肩を壊したあと海軍に入隊し、戦後は商船の船乗りになって、アラスカや日本に行っている。見た目もしゃべり方も、しょっちゅう悪態をつくのも、いかにも元船乗りという感じだが、いつだったかイーサンに、ルーテル大学の卒業証書を見せてくれたことがあった。船乗りをしながら通信講座で勉強したのだそうだ。それに、モー大おじさんは元プロ野球選手で、インディアンの血を引いている。「ジェニファー・Tの球はとっても切れがいいんだ」

やはり、モー大おじさんはイーサンたちがびっくりするほど多くのことを知っていた。

「ラッグド・ロック」モー大おじさんは、イーサンとジェニファー・Tと、ときどき口をはさむおばあちゃんたちの話を聞いたあとで、悲しげにつぶやいた。ジェニファー・Tが台所から椅子を持ってくると、モー大おじさんが腰かけた。「ラッグド、ラッグド・ロック。そんな話、信じろというほうが無理だよ。もう、とうの昔に忘れちまってたからな」

「父さんからそんな話を聞いた覚えはないんだがね」と、ビリー・アンおばあちゃんがいい張った。

「そりゃ、姉さんにはしないさ」と、モー大おじさんがぴしゃりといった。「娘や女房にゃ内緒にしといたほうがいいこともあるんだ」そういいながら、ちらっとイーサンを見た。「それに、白人にも」

イーサンは顔を赤らめた。「ぼくたちはラッグド・ロックを――つまり、世界がほろびるのを――その、それをどうやって防げばいいか知りたくて。どうにかすれば防げると思うんだ。キツネ男のカトベリーもそう思ってたようなんだよ。たとえぼくたちには無理でも」

「勇敢な戦士なら防げるかもしれん」と、モー大おじさんが静かにいった。「きっと防げるはずだ。勇敢なミドルランドの男なら」

「あるいは、勇敢なミドルランドの女なら」と、ジェニファー・Tがつけたした。「わたしには見込みがあるって、ブラウンさんがいったのよ」

「ケイロン・C・ブラウンが？」モー大おじさんの目に涙がにじんだ。「こりゃすごいや！　彼が心配していた世界の終わりがほんとうに来るってわけだ」

「薬指ブラウンを知ってるの？」と、イーサンが聞いた。きっと、いっしょにプレーしたのだろう。モー大おじさんは、一、二シーズン黒人リーグでプレーしていたのだから。「薬指ブラウンから、どうすれば世界に終わりが来るのを防げるか聞いた？」

「ああ、何度もな」と、モー大おじさんがいった。「けど、はるか昔のことだ。あれからおれは酒瓶を何本空にしたことか」モー大おじさんは、そこのところを強調するかのようにゴクゴクとビールを飲んだ。「ラッグド・ロックというのは、世界の最後の日のことだ。最後の年の最後の日。九回の裏のスリーアウト」モー大おじさんはそういいながら舌鼓を打った。「話に幕が引かれる日だ」

「なんの話に幕が引かれるの？」と、イーサンが聞いた。

「すべての話にだよ。おれたちの身の上話にも体験談にも、打ち明け話にも噂話にも。コヨーテは、その日のために長い時間をかけて着々と準備を進めてきたんだ。どっかの森にロッジポールと呼ばれてる木があって、その木の枝は、あちこちで重なり合ってるんだ。おれたちが住んでるこの世界は、そこでべつの世界と交わってるんだよ」

「こぶのことだね」と、イーサンがいった。

　モー大おじさんはイーサンにするどい視線を向けた。「そう、こぶだ。こぶのある場所から偉大な冒険がはじまるんだ。人はそこを通ってべつの世界へ旅立ち、そこを通ってべつの世界から戻ってくる。冒険談や武勇伝もそこで生まれる。もちろん、たんなる旅行記や失敗談もだ。コヨーテは気が遠くなるような昔から、そのこぶを見つけては切り落としてきた。そこで生まれるささやかな話に幕を引くことによって、人間やほかの生き物がこの世に住んでた証を消し去ろうとしてるんだ。コヨーテは世界のありかたにうんざりしてるんだよ。世界ができ上がった直後から、うんざりしどおしなんだ。こんなふうになったのはやつのせいなのに」

「ロッジポールってなに？」と、ジェニファー・Tが聞いた。

「ロッジポールというのは、母なる木、つまり、すべての源となる木という意味だ。ほんとうの名前は忘れちまった。ロッジポールの木は世界を支えてるんだ。おまけに、すべてをあるべき場所にとどまらせておく役目もはたしてる」

「もともと世界は四つあったんだ」と、イーサンがいった。「でも、いまは三つしかないんだって」

「それは――いや、おまえのいうとおりだ、イーサン」モー大おじさんはびっくりしたような顔をしていった。「なんで知ってるんだ？」

「四つのうちのひとつはどうなっちゃったんだい？」と、シャンブロー大おばさんがたずねた。

シャンブロー大おばさんもベアトリス大おばさんもビリー・アンおばあちゃんも話を聞いていたようだが、イーサンには、三人がモー大おじさんのいうことを理解しているとは思えなかった。

「なくなっちまったのは、タマナウィスの住む世界だ」と、モー大おじさんがいった。シャンブロー大おばさんは、弟の話を完璧に理解しているような顔をしてうなずいた。「タマナウィスとは神のことだ。つまり、そこは天国だったんだよ。あとの三つは、サマーランズとウィンターランズと、おれたちがいま住んでるミドルランドだ。ロッジポールの木は——まあ、名前はどうでもいいんだが——その枝で世界を支えてるんだ。そして、その木のそばには泉がある。泉の名前は忘れちまった。いや、最初から知らなかったのかも。いずれにしろ、その泉のおかげで木が枯れずにいるんだ。そこんところはまちがいない」

「その泉の水は氷のように冷たくて、夜空のように深い青なんだ」と、シャンブロー大おばさんが口をはさんだ。「父さんがそういってたよ」

「おやじが？」と、モー大おじさんが聞き返した。「おやじがそんな話をしてた記憶はないけどな。おれはブラウンから聞いたんだ」

「ああ、そりゃそうさ」と、シャンブロー大おばさんがいった。「父さんは、ゆうべあたしの夢に出てきて話してくれたんだから」

「それなら、ぼくたちもぜひその話を聞かなくちゃ」と、イーサンがいった。それにはイーサン自身も驚いたし、ほかのみんなも驚いてイーサンを見つめた。なかでも、ジェニファー・Tはいちばん驚いているようだった。

「シャンブローの夢の話をかい？」ビリー・アンおばあちゃんはそういって、片方の眉を吊り上げた。ビリー・アンおばあちゃんは眉がなくて、眉墨で描いていたので、ことさらいぶかっているように見えた。

「フェリシャーたちは、ぼくをハマグリ島へ呼ぶために、父さんに夢を見させたんだ」と、イーサンが説明した。「ハマグリ島へ行きたくなるような夢を。薬指ブラウンがそういってた。だから、ゆうべの夢も、きっとだれかの、あるいは、なにかの思いがこもってるんだよ、シャンブロー大おばさん」

「なかなかおもしろい説じゃないか」と、モー大おじさんがいった。「で、その、だれかの、あるいは、なにかの思いっていうのはどんな思いだ？」

「思い出したよ！」と、シャンブロー大おばさんが叫んだ。「泉が見えたんだ。さっきもいったように、泉の水は氷のように冷たくてね。あたしが父さんといっしょにその泉を眺めてると、〝ほら、コヨーテのお出ましだ〟って父さんがいうんだ。すると、父さんの言葉どおり、コヨーテがあらわれたんだよ。泉にとつぜんコヨーテの顔が映ったんだ。なにかよからぬことをたくらんでいるのが一目瞭然の、いかにも腹黒そうな顔が。やがて、コヨーテは泉に近づき、片足を持ち上げて、きれいな泉の水に小便をたれた。それを見て、あたしは頭に来てね！」シャンブロー大おばさんは思い出しながらにがにがしげにかぶりを振ったあとで、ジェニファー・Tを指さした。「はやくあの泉へお行き。コヨーテが来る前に」と、声を張り上げた。「コヨーテに先を越されちゃだめだ」シャンブロー大おばさんが腕を突き出すと、たるんだ肉がプルンと揺れた。

「コヨーテに泉の水を台なしにさせちゃだめだ」

イーサンとジェニファー・Tはモー大おじさんを見た。モー大おじさんは、シャンブロー大おばさんを見てかぶりを振った。

「姉さんにはかなわないよ」と、モー大おじさんがいった。「昔っからそうなんだ」

「じゃあ、シャンブロー大おばさんの話はほんとうなの、モー大おじさん？」と、ジェニファー・Tが確かめた。「わたしたちはその泉へ行ったほうがいいの？」

「泉の話は聞いた覚えがないんだよ。残ってるわずかな脳味噌を精いっぱい働かせても思い出せない。おれが覚えてるのは、コヨーテが世界の境目にあるこぶをたたき切ってるってことだけだ。すまないな」モー大おじさんはそういって、ビリー・アンおばあちゃんのたばこに手を伸ばした。もちろん、たばこも医者に止められているのだが。「その泉がどのへんにあるのかも、おれにはわからん。なんせ、サマーランズにはたった一回行っただけだから」

「なにをいってるんだよ、モーリス」と、ビリー・アンおばあちゃんがいった。「二十歳になるまでは、毎年サマーランドへ行ってたじゃないか」

「あのサマーランドの話をしてるんじゃない。おれが毎年行ってたサマーランドは、ほんとのサマーランズの影にすぎないんだ」

「わけがわからなくなってきたよ」と、ビリー・アンおばあちゃんが嘆いた。赤いチェック柄のリクライニングチェアに座っていたビリー・アンおばあちゃんは、イーサンの助けを借りてうなったりうめいたりしながらやっとの思いで体を起こし、大きな足を床に下ろして立ち上がると、台所へ歩いていった。「パイはまだ残ってるんだろうね、ベアトリス？」

ベアトリス大おばさんは口をすぼめてそしらぬふりをした。「さあ、どうだったか」

「ひとつの世界からべつの世界へ行くには、たしか、特別な案内人が必要だって話だったように思うんだが」と、モー大おじさんがいった。「普通の人間じゃだめなんだよ」

「特別な案内人っていうのはシャドーテールのことだよね」と、イーサンがいった。

「シャドーテールってのは魚でもなきゃニワトリでもないんだが、その一方で、魚でもあり、ニワトリでもあるんだ。要するに、ふたつの生き物の血を半分ずつひいてるんだよ」

「キツネ男もそうだ」

「あら、トール・ウィグナットもよ」と、ジェニファー・Tが思い出したようにいった。

5章　旅立ち

ふたりで相談した結果、ジェニファー・Tはトールを呼びに行く役目を引き受けた。一方、イーサンは家に帰って、世界をほろぼそうとしているコヨーテの陰謀を阻止する方法を父親に教えてもらうことにした。イーサンもジェニファー・Tも、もう一度サマーランズへ行く覚悟はできていた。ジェニファー・Tはこれまで二回、トールの家をたずねたことがあった。トールの家をたずねたことのある子どもはジェニファー・Tだけで、前にも述べたように、ほかの子どもたちは一度も行ったことがないくせに、トールの母親を笑い者にしていた。ジェニファー・Tとイーサンが出かけると、シャンブロー大おばさんとモー大おじさんは、キャンプ用品やソーセージ、懐中電灯、釣り竿など、子どもたちでもそう重いと感じずに持っていけるものを用意した。すでに夕方の五時を過ぎていたが、イーサンは、七時までに戻るといって父親と話をしに家に帰った。イーサンには、コヨーテのやろうとしていることが、エントロピーが最大になれば、もはやどんな変化も生じない熱力学的死とかいう状態におちいるといった、父親がいつも話している物理学のむずかしい理論の応用のような気がしてならなかった。だから、その点を強調すれば父親が興味を示してくれるのではないかと思って、ジェニファー・Tにもそういった。でも、そんなふうにはうまくことが運ばずに、父親がまったく興味を示さなかったら？　そのときは、父親が眠るのを待って――たぶん、明け方近くまで待って――こっそり家を抜け出すつもりでいた。

ジェニファー・Tは自分の自転車に乗って、イーサンは、ライドアウト家の人たちによって乗りつがれてきた古い自転車を借りて、さっそく出かけた。けれども、イーサンが借りた自転車は何度もチェーンがはずれ、おまけに、例の流木の枝を持っていたために片手乗りしかできなかったので、家へ帰るのに一時間近くかかった。

砂利を敷いた前庭に入っていくと、イーサンの気持ちはぐらつき、先ほどまでの勇ましさも消えた。オレンジ色のステーションワゴンを見たせいだ。ユニークな形をしたおんぼろ車は現実主義的なフェルド氏の象徴のようなもので、そのあざやかなオレンジ色は、〝イーサン、ほどほどにしておいたほうがいいぞ〟と警告しているようだった。

ぼくはいったいなにを考えていたんだろう？　野球をする妖精や、自分の頭をもいで爆弾代わりに投げつける羽黒小鬼やラッグド・ロックの話を父さんが信じるわけないじゃないか？　父親を説得するには証拠が必要だというのは、イーサンもわかっていた。けれども、サマーランズが実際に存在することを示す証拠は、長いあいだ風雨にさらされたせいで白茶けた流木の枝と、サマーランズのデュイヴィルバーグとかいう場所でヒキガエル年の一三二〇年に書かれたという小さな本だけだ。もちろん、あの『稲妻と霧の捕らえかた』はとてもためになる本だが——どこがどうためになるのかうまく説明できないものの——あれで父親を説得できるとは思えない。

イーサンは自転車を降りて家のほうへ歩いていった。裏口には錠がかかってなかったが、家のなかは暗かった。父さんはまだ寝ているのだろう。ときどき、夕方まで寝ていることもある。だから、そっと台所を抜けて、玄関のわきにある父親の寝室をのぞきに行った。

「父さん?」ためらいがちに小さな声で呼びかけて電気をつけると、テーブルの上に名刺がのっているのが見えた。その名刺には〝ロビン・パッドフット、ブライアン&ストーム飛行船開発会社〟と書いてあり、シアトルの住所と電話番号、それに、padfoot@changer.com(パッドフット@チェンジャー・コム)というeメールアドレスも書き添えてあった。名刺の横には、縁の白いスキー用のしゃれたサングラスが置いてある。父さんはこのあいだ会った男にようやく電話をかけたのだ。電話で話をしているときにいいアイデアを思いついて、いつもよりはやく仕事をはじめたのかもしれない。そう思ったイーサンは、サングラスを手に取ってジーンズのお尻のポケットに入れると、裏口からふたたび外に出て、暗い気持ちで作業場へ向かった。父親を説得するのがますますむずかしくなったからだ。研究に興味を示して資金を出してもいいといってくれている人物をよろこばせようと思って仕事に没頭しているのなら、父親がいっしょに来てくれるわけがない。

作業場にも明かりがついてないのがわかったとたん、イーサンはなにかおかしいと感じた。ガラスをはめ込んだ大きな扉は閉まっていたが、家の裏口と同様に、錠はかかっていなかった。父親が錠をかけずに作業場を離れることはない。本人がいつもいっているように、作業場には彼の全財産が置いてあるからだ。すぐに戻るつもりで近くまで出かけたものの、まだ帰ってきてないのだろう。そんなことはこれまで一度もなかったが、たまたまぶらっと出かけていったのかもしれない。いや、ちがう。ぜったいにそうじゃない。家に帰ったとたんに、いつもとなにかがちがうと感じたことはだれにでもあるはずだ。妙に静かだったり、家のなかがいつになく片づいていたり、べつに強烈なにおいがするわけじゃなくても、なんとなくにおいがちがうと感じたことは。

「父さん？」イーサンは首筋がぞくぞくするのを感じながら、もう一度呼びかけた。外はすっかり暗くなり、闇が窓をおおってしまって、なにも見えない。窓ガラスに映っているのは、闇を見つめるイーサン自身の小さな顔だけだ。「そんな！」

ヴィクトリア・ジーンが消えていたのだ。夢中になって父親の姿を探していたので、イーサンはそれまで飛行船が作業場から消えていることに気づかなかった。クリーム色のゴンドラが置いてあったセメントの床には、油のしみとほこりが残っているだけだ。ヘリウムのタンクはあるものの、ガス袋も、ゴンドラを吊るすワイヤーも、係留用のロープもない。それがわかったとたん、イーサンは立てつづけにふたつのことを確信した。ひとつは、ロビン・パッドフットのしわざにちがいないということだ。白い髪を長く伸ばしてブリーフケースを持っていたあの若い男がふたたび島に来て——あるいは、あのまま島にとどまっていて——父親とヴィクトリア・ジーンをさらっていったのにちがいない。もうひとつは——じつに恐ろしいことに——ブライアン&ストーム飛行船開発会社の社員を名乗るパッドフットは、コヨーテの変身した姿か手下かのどちらかだということだ。イーサンは、父親の開発したガス袋をパッドフットが言葉のかぎりをつくしてほめていたのを覚えていた。ほめたのは、父さんの警戒心をとくためだったんだろうか？　それとも、コヨーテはなんらかの理由で、父さんが飛行船のガス袋のために開発した丈夫で熱に強いピコファイバーを手に入れたがっているんだろうか？　それがどんな理由かはわからないが、とにかく、それと同じ理由で父さんを誘拐したんだろうか？　イーサンの心にかすかに残っていた疑念は——もしかして、ぼくは頭がおかしくなったんじゃないだろうかとか、バカげたことをしようとしてるんじゃないだろうかといった疑念は——完全に吹き飛んだ。ジェニファー・Tの父親のアルバートがいつもいっているように、なにもかも現実の出来事だ。

　ふと、葉っぱがすれ合うような音がした。作業場の扉の近くに生えている蔦の茂みでなにかが動いたのだ。例の流木の枝を自転車に立てかけてきたことを悔やみながらイーサンが振り向くと、鉄の扉が小さなうなりときしみをたてながら開いて、シンクフォイルが作業場に入ってきた。シンクフォイルは背中になにか隠している。しかも、額には深い切り傷を、頬とのどにはかすり傷を負って、オレンジ色の血をにじませている。シカ革のシャツにも、アプリコット・ジャムに似たあざやかなオレンジ色の血がにじんでいる。ロッジポールの枝をつたって逃げてきたらしく、肩にも耳の端にもびっしりと霜がついている。シンクフォイルはわずか四十センチたらずの体を目いっぱい伸ばすと、帽子を脱いで深々とお辞儀をした。

「なんなりと用を申しつけてくれ」シンクフォイルはそういって、背中に隠していたキャッチャーミットを差し出した。イーサンの父親がその日の朝に作業場のダンボール箱のなかから探し出した古いキャッチャーミットを。「おまえさんのだろ？」

そういったとたん、シンクフォイルはバタンとうつぶせに倒れた。

イーサンはシンクフォイルを抱きかかえた。シンクフォイルの体重は大きな猫と同じぐらいだったが、居眠りをしている猫を抱いたときのように、グニャッとしていてずしりと重かった。イーサンは、父親が研究中に仮眠をとるすり切れたソファへシンクフォイルを運んで、クッションの上にそっと寝かせると、この傷ついたハンサムな小人は死んでしまうんだろうかと思いながら、一歩うしろに下がって見守った。

「死ぬもんか」と、シンクフォイルは目をつぶったままつぶやいた。「ウィンターランズへ行くまでは」

「ウィンターランズ？」と、イーサンが聞いた。「やつはそこに住んでるんですか？」

「チェンジャーのことか？　チェンジャーはどこにも住んでない。やつには家がないんだから。やつを満足させる家はどこにもなくて、どんな家に住んでも一日で飽きてしまうんだ。けど、やつも、子分の灰色小鬼も羽黒小鬼も、それに霜の巨人も、ウィンターランズが好きらしい。コヨーテの女房は、怒りんぼベティーという名の年老いた霜の巨人だそうだ。やつが子分や家族や愛人や、自分が変身させた化け物たちといっしょにウィンターランズで野宿してても、おれはちっとも驚かないよ」シンクフォイルがようやく目を開けた。「けど、やつがほんとうにウィンターランズにいるかどうかはわからない。ウィンターランズへはまだ行ったことがないし、やつの宿にしのびこんだこともない。ウィンターランズから戻ってきて、向こうの様子を教えてくれた者もいない。おれの知りたいことを教えてくれた者は」シンクフォイルはふたたび目を閉じた。

「それで……あなたの仲間は……」たずねなくてもわかっていたので、イーサンは途中で質問をのみこんだ。もしシンクフォイルが仲間を見つけたのなら、いっしょにここへ来ているはずだ。

シンクフォイルはなにもいわずに、ゆっくりとかぶりを振った。

イーサンは作業場の隅にある手洗い場へ行って、三つの世界のホームラン王の世話ができるのを光栄に思いながら、タオルをぬるま湯にひたした。フェリシャーの血は人間の血より濃くて、野球シーズンがはじまったばかりのころのぬかるんだグラウンドを思い出させる独特のにおいがした。けれども、ぬるま湯で拭くと血はきれいに落ちて、切り傷もかすり傷もすでに治りかけているように見えた。シンクフォイルは、イーサンの手からタオルをもぎ取って残りの傷を拭いた。

「おまえさんに助けてもらうのは、これで二度目だな」シンクフォイルは弱々しい声でそういいながら、ひげが焼けて皮膚がむき出しになったあごをさすった。「今回はひどい目にあった。以前はキスをするときのくちびるみたいに枝と枝がぴったり重なり合ってたのに、ずいぶんすき間があいてたんだ。あれじゃ、ひとりで通り抜けるのは危険だ」

「連中は追いかけてきたんですか？　羽黒小鬼や灰色小鬼は？」

　シンクフォイルはかぶりを振った。「追いかけてきたのは影だ。まるで生き物みたいに――」

「知ってる」と、イーサンが叫ぶようにいった。「ぼくたちも追いかけられて、カトベリーはその影にさらわれたんです」

「気の毒に」と、シンクフォイルがいった。

「連中はぼくの父さんもさらってったんです。やつらのしわざにきまってる。ロビン・パッドフットって男が来て、父さんをさらってったんです。飛行船といっしょに」

「パッドフット？　それならまちがいない。おまえさんのおやじをさらってったのはコヨーテだ」

　イーサンはとつぜんサングラスのことを思い出し、ジーンズのポケットから出して手のひらにのせた。見る角度によって色が変わる黒いレンズは油のようにテカテカ光り、一見かたそうに見えてさわるとやわらかい白い縁は、ゴムかビニールに細いワイヤーを練りこんであるらしく、ひび割れのような模様がついている。サングラスはずっとジーンズのポケットに入れてあったので、そのゴムのようなビニールのような素材でできた縁は――おそらく最新のポリマー樹脂の一種で、イーサンの父親ならたぶん知っているはずだが――イーサンの体温であたたまっていた。

「パッドフットを知ってるんですか？」イーサンはサングラスをかけた。サングラスはポケットのなかよりはるかにあたたかく、まるで発熱しているようだった。

「ああ、残念ながら知ってる」と、シンクフォイルがいった。「やつはコヨーテの片腕として悪事を働いて、世の中に混乱をもたらしてるんだ。コヨーテの子分を統率し、自分たちの目的を達成するのに必要な人材をさらってきて、いうことを聞く者にはほうびを与え、聞かない者には罰を与えるのがやつの役目だ。狡猾で残忍きわまりない男さ」

ロビン・パッドフットの狡猾さや残忍さがうつるような気がしたので、イーサンはサングラスをはずそうとした。だが、手遅れで、イーサンはすでにレンズの向こうをのぞいてしまっていた。

人がめがねをかけるのは——たとえサングラスでも——レンズを通してものを見るためで、普通は、目の前にあるものがよりくっきりと見えて、サングラスの場合は、レンズが日射しをさえぎってくれる。それが当たり前なので、自分がいまレンズを通して見ているのは、作業場でも、作業場の隅に置いてあるすり切れたソファでも、フェリシャーの偉大なリーダーでもないのだと、とまどいとかすかな恐怖を覚えながらイーサンが気づくまでに、しばらく時間がかかった。イーサンの脳が、灰色と白と青の小さな点の集まりをはっきりとした形としてとらえるのにはさらに時間がかかった。

「見える！」イーサンはサングラスの縁をにぎりしめて叫んだ。「見えるんだ！」

「パッドフットが？」

「ちがう。ぼくの父さんが！」

父親の姿は黒い油膜を通して見ているようにぼやけていて、なぜか、急に近づいたり遠のいたり、上下に動いたりした。イーサンの父親は、殺風景な壁の前に置かれた四角いマットレスか敷物の上に横たわっていた。ジーンズのウエストの上にほんのちょっぴりお腹がのぞいているのも、息をするたびに胸がふくらんだりしぼんだりするのも見えた。じっとしているのは、眠っているからかもしれない。目隠しされていて顔の上半分が見えないので、百パーセントの確信はないが、あの毛むくじゃらのお腹はまちがいなく父さんのものだ。それに、大きくて分厚い古い腕時計も。父親は静かに眠っているように見えたが、目隠しされてむき出しのマットレスの上に横たわっていることがイーサンの不安をかき立てた。イーサンの父親は監禁されているのだ。もしかすると、拷問を受けたのかもしれない。サングラスの向こうに見えるその光景には、テロリストや誘拐犯が身代金を要求するために送りつけてくるビデオテープと同じ不気味さがただよっていた。

「父さんを助けに行く」イーサンはようやく自分がなにをすべきか気づき、それを声に出していってみて、響きを確かめた。サングラスは、はずしてポケットに突っ込んだ。「父さんを助けに行く」と、イーサンは先ほどよりきっぱりとした口調でくり返した。世界の終わりなど、もうどうでもよかった。ヒーローになることも、ハマグリのジョニー・スピークウォーターの予言も、どうでもよかった。イーサンの望みは、目隠しされたかわいそうな父親を助け出すことだけだった。まだ十一歳だというのに、イーサンはすでに母親を亡くしている。父親を助け出すためならどんなことでもするつもりだった。

「ぼくを連れてってくれますか？　力を貸してくれますか？」

シンクフォイルは無表情な顔を両手でなでて、ため息をついた。「いまのおれにはそんな気力はない」傷の痛みがやわらいで、枝と枝のあいだのすき間を飛び越えてきた疲れが取れると、仲間を失った悲しみがこみ上げてきたらしい。「もう年なんで、身も心もくたくたなんだ」

「父さんをさらってったのがコヨーテなら、ラッグド・ロックと関係あるような気がするんです。コヨーテは、父さんが開発した合成樹脂繊維のピコファイバーを手に入れたかったのかもしれない。丈夫で、熱に強いすぐれものなんです。まさか——ちょっと待って」

「なんだ？　どうした？」

「すぐれもの」イーサンは、頭をガーンと殴られたような思いを味わいながらつぶやいた。「もしかすると……まちがいだったのかも」

「なんの話だ？」と、シンクフォイルが聞いた。

「〝探していたのはフェルドだ。フェルドは彼が必要とするすぐれたものを持っている〟」イーサンは、ハマグリの予言者、ジョニー・スピークウォーターのお告げをくり返した。「ぼくじゃなかったんだ。ぼくの父さんだったんだ。ぼくの父さんはすぐれたものを持ってるんだ——とっても目の細かい合成樹脂繊維を。それに、〝彼〟というのはコヨーテのことだ！　だから、ジョニー・スピークウォーターのいうフェルドとは、ぼくのことじゃなかったんだ。父さんのことだったんだ。コヨーテが必要とするすぐれたものを持ってるのは、ぼくの父さんなんだ。やつはそれを使って泉を汚染しようとしてるんだ！」

「さっぱりわけがわからん」シンクフォイルが額をさすった。「わかるように説明してくれ」

「ぼくの友だちのジェニファー・T・ライドアウトを知ってるでしょ？　彼女の大おばさんが、ロッジポールの木をうるおしている泉の夢を見たんです。その夢にはコヨーテも出てきて、その泉におしっこをするんです。おしっこをして泉を汚染するんです。泉を台なしにしてしまうんです」

「恵みの泉だ」と、シンクフォイルがいった。

「えっ？」

「清野にある恵みの泉だよ。清野はウィンターランズのはずれにあるんだが、世界の中心のすぐそばだ。たしかに、もしコヨーテがあの泉の水を汚染したら、ロッジポールの木はかならず枯れる。そして、昔からいわれてたように、モグラの年に世界がほろびるんだ。そもそも、おまえさんのおやじがコヨーテにさらわれたのは、おれたちのせいだ。おれたちが飛行船の夢を見させて、ここへ呼んだんだから。いずれコヨーテに知れるのがわかっていながら、世界の境目の近くへ」

シンクフォイルの声は小さくて、最後のほうは聞き取りにくかった。「すべてはおれたちの責任だ」

長いあいだ沈黙がつづいた。ハマグリの予言者のお告げをまちがって解釈していたことがわかってもなおイーサンの心のなかに残っていたヒーローへのあこがれは、もはや跡形もなく消えうせた。けれどもイーサンは、それと同時に、驚くほどかたい決意が芽生えたことに気づいた。自分がフェリシャーたちの期待の星でなくても、べつにかまわないと思った。イーサン自身も、自分が世界を救えるとは思っていなかった。けれども、父親はなんとしてでも助け出すつもりでいた。ジョニー・スピークウォーターに占ってもらわなくても、かならず助け出せると信じていた。

「どうすればいいんですか？」と、イーサンが沈黙を破って聞いた。

シンクフォイルはフーッとため息をついた。シンクフォイルの体の細胞はひとつ残らず、このままソファの上に横たわっているのを望んでいるようだった。けれども、仲間の救出が徒労に終わったあと、シンクフォイルはわざわざここへ来たのだ。ほかにも行くところはあったはずなのに。それを考えると、イーサンはそこにふしぎな力が働いているような気がしてならなかった。ものごとを一定の方向に動かそうとしている、なんらかの力が。

「案内役のシャドーテールがいないからな。さっきは、やむをえずシャドーテールの助けなしに戻ってきたんだ」シンクフォイルはブルッと身震いして、自分の頭の左側をポカンとたたいた。

「こっちの耳は聞こえなくなっちまったみたいだ」

「トール・ウィグナットって友だちがいるんです」

「トール・ウィグナットか」シンクフォイルは心もとなげな顔をした。トールのことを知っているような口ぶりだ。

「トールを連れていけば、こぶを通り抜けるときに——」

「ああ、あいつなら役に立つかもしれん」とシンクフォイルはいい、起き上がって、考え事をしながらあたりを行ったり来たりした。「それに、飛行機か車も必要だ。コヨーテは、おれたちの歩く速度より十倍はやい車や飛行機や、わけのわからんふしぎな乗り物をいっぱい持ってるんだ。乗り物がなきゃ追いつけん。それに、首尾よくウィンターランズにたどり着けたとしても、おれがこれまで聞いたなかで、歩いて出かけた戦士や冒険家はひとりもいない」

「乗り物が必要なんでしょ？　大丈夫」と、イーサンがはずんだ声でいった。「ヴィクトリア・ジーンは盗まれちゃったけど、あなたたちがこのあいだ乗ってた空飛ぶバスがあるじゃないですか」

「あれは、灰色小鬼にぜんぶ燃やされてしまったよ。おまえさんのおやじがこしらえた、あの空飛ぶどでかい袋はひとつしかないのか？　予備はないのか？」

「そうか」と、イーサンがつぶやいた。

　いくつかのアイデアが、イーサンの頭のなかでひとつにまとまりつつあった。まだ肝心な部分は欠けていたが、シンクフォイルの知恵を借りればなんとかなるかもしれない。イーサンは大事なものをしまってある大きなロッカーの前へ行って、ダイヤル式の錠をまわした。フェルド氏の錠はどれも、ダイヤルを10—21—80とまわせば開くようになっている。フィラデルフィア・フィリーズが創立九十七年目にしてはじめてワールドシリーズを制したのが、一九八〇年の十月二十一日だからだ。イーサンはロッカーを開けて、ピコファイバーの布を手で縫い合わせたガス袋を取り出すと、作業場の前の芝生の上に広げて、破れたり縫い目がほつれたりしているところはないか、表も裏も念入りに調べた。それは、フェルド氏がはじめてつくったガス袋だが、一度も使ったことがない。イーサンは、試作品のそのガス袋とワイヤーを前庭へ運んだ。

シンクフォイルはふらふらと外に出てきて、イーサンが一時間近くかかってガス袋にワイヤーを通してステーションワゴンにつなぎ、最後にもう一度確認するのを眺めていた。ヘリウムの入った大きなタンクと調節器を台車に乗せて運ぶのはイーサンひとりでは無理なので、シンクフォイルも手伝った。イーサンがガス袋のバルブに調節器を取りつけてボタンを押すと、シューッという大きな音とともにヘリウムがホースからガス袋へ勢いよく流れこんだ。最初、ガス袋は揺れたり震えたりしていただけだったが、そのうちカサコソと音を立ててふくらみだすと、あっという間にヘリウムが隅々までいきわたってはち切れんばかりになり、ふわふわと宙に浮いて、ワイヤーが伸びきった。

オレンジ色のステーションワゴンは、音をたてずにゆっくりと一メートルほど浮き上がった。とてつもなく重い車がタンポポの綿毛のようにふわふわと宙に浮くのを見て感動したシンクフォイルは、わが身の不幸をしばし忘れてうれしそうに手をたたいた。

「うん。悪くない。でも、ひとつ問題があって」と、イーサンがいった。「これは模型と同じなんです」

シンクフォイルはきょとんとしている。

「浮き上がることは浮き上がるんだけど、進まないんです。わかります？　それに、方向転換もできない。つまり、この車はエンジンがかかるし、ハンドルもついてるけど——それは地面を走るときしか使いものにならないんです。これじゃ、空を飛べないんだ」

シンクフォイルの顔に笑みが戻った。「なんだそんなことか」

「えっ？」

「フェリシャーのバスはどうやって空を飛んで、どうやって右にまがったり左にまがったりしてたか知ってるか？　ガソリンと歯車でか？」

「そうじゃないんなら……」と、イーサンがいった。

「身じたくを整えてこい」と、シンクフォイルがいった。「そのあいだにおれが魔法をかけておく」

イーサンは家に戻って、洗濯したてのあたたかい服に着替えた。下着も冬用のを着て、べつにふた組、ダッフルバッグに詰めた。ブリーフを三枚とセーター数枚、それに、靴下もいっぱい詰め込んだ。上空はそうとう冷えるからだ。最後にピーヴァインの本と歯ブラシを詰めると、父親の寝室へ行った。イーサンの父親はもともとだらしのない性格なのだが、母親は几帳面だったので、母親がいたときはきちんとしていた。母親が死んでからは、またもとのだらしない性格が表に出てきたものの、寝室だけはいつもきれいに片づいていた。ドレッサーの上にも、ペンナイフと財布が置いてあるだけで、服のポケットに入れていたらしい小銭はひとところに積み上げてある。ベッドもきれいに整えてあって、ベッドカバーは太鼓の皮のようにしわひとつなくピンと伸びていた。ただ、イーサンには、部屋全体が妙にがらんとしているように思えた。もしかして父さんはもう帰ってこないんじゃないだろうかという不安がちらっと頭をよぎったが、あわてて払いのけた。ジーンズのポケットに突っ込んだ例のサングラスをもう一度かけると、やはり縁が異様にあたたかく、だれかに長い指でこめかみを押さえられているような気がした。

今回は自分の見ているものがなにか、すぐにわかった。見えたのはおわんで、そのおわんには油っこそうな茶色いスープが入っていて、黒っぽいものが浮いていた。やがて、おわんはイーサンの顔のあたりまで浮き上がってきて、手前に傾いた。イーサンは熱いスープを足に引っかけられるような気がして、思わずあとずさった。けれども、もちろんそんなことにはならなかった。スープも、それを飲んでいる人物も、どこか遠くにいるのだ。そのあと、レンズの向こうの光景がいきなり切り替わり、少しずつ左のほうへ動いていって、ふたたび父親の姿が見えた。イーサンの父親は相変わらず四角いマットレスのようなものの上に横たわっていたが、体の向きが変わっていたので、顔は見えなかった。イーサンはそのときはじめて、ロビン・パッドフットが忘れていったその黒いサングラスをかければロビン・パッドフットが見ているのと同じものが見えることに気づいた。父親がウィンターランズへ連れて行かれたのかどうかはさだかじゃないが、とにかく、ロビン・パッドフットはその殺風景な部屋でイーサンの父親を見張りながら、あまりおいしそうではない黒っぽいスープを飲んでいるのだ。そのサングラスはまるでパッドフットの体の一部のようで、いまでもパッドフットの目や脳と連絡を取り合っているような気がした。

サングラスをはずして手のひらにのせると、縁に練り込んである細いワイヤーがかすかに脈打っているような気さえした。イーサンはドレッサーの前へ行って、いちばん上の引き出しから黒くて平べったいケースを取り出した。ケースのなかには、母親の形見の金縁のめがねが入っていた。イーサンはそっとそのめがねを取り出してドレッサーの上に置き、代わりにパッドフットのサングラスを入れた。パッドフットのサングラスはぴったりケースにおさまったので、パチンと蓋を閉めて部屋を出ていこうとした。が、ふと気になってがらんとした部屋を見まわすと、ドレッサーの上の財布が目についた。父親が出かけるときはいつもズボンのうしろのポケットに財布を入れていくのを、イーサンは知っていた。財布にはお金とクレジットカードと写真が入っているのだが、お金やクレジットカードが必要ないときでも、父親はいつも財布を持って出かけていた。汗で黒ずんで、おまけに不格好にふくらんだ古い牛革の財布がなぜそんなに大事なのか、イーサンにはわからなかった。けれども、約束の時間に遅れそうになっているときでも、近くの森を散歩するだけのときでも、財布を忘れたことに気づくと、父親はかならず取りに戻った。「財布を持ってないと裸で歩いてるような気がするんだ」と、父親はいう。だから、イーサンは財布を取りに行って、ダッフルバッグに詰めた。庭に戻ると、ステーションワゴンにガス袋を取りつけた手づくり飛行船は、ヘリウムを注入するホースを係留ロープ代わりに垂らして――イーサンの父親が見たら、ホースが傷むといって怒るはずだが――先ほどよりいくぶん高いところに浮かんでいた。けれども、シンクフォイルの姿はなかった。

とつぜんブルブルという低い音がしたかと思うと、つづいて、ピュルルルルという小さな音が聞こえた。木の枝にとまっている小鳥をかたどった水笛に似た音だった。そのとたん、飛行船が一メートルほど前進した。が、すぐにとまって、ステーションワゴンの運転席の窓からシンクフォイルが顔を突き出した。

「手伝ってくれ」と、シンクフォイルがいった。「試運転をしようと思ったんだが、ハンドルから手を離さないとアクセルに足が届かないんだ。それに、鉄とは相性が悪いんだよ。おれたちフェリシャーはみんな鉄と相性が悪いんだ」

イーサンはワイヤーを巻いてあった木のリールを持ってきて、その上にのぼった。流木の枝を忘れてきたことに気がついたのは、車のなかにダッフルバッグを投げこんで乗りこもうとしたときだった。はっきりとした理由はないものの、持っていったほうがいいような気がする。さして役に立たないかもしれないが、一度は身を守ってくれたのだから。そう思って、取りに行こうとした。

「どこへ行く？」と、シンクフォイルが聞いた。

イーサンが自転車のそばに戻って、立てかけてあった流木の枝をつかむと、ふしぎと安心感に包まれた。その枝を見せると、シンクフォイルはためつすがめつしたあとで首をかしげた。

「これはこぶの枝だな」

「こぶの枝？」

「世界のまんなかに生えてる木の枝のことだ」と、シンクフォイルが言い替えた。「つまり、ロッジポールの。貴重な枝なんだから、しっかりにぎりしめてるんだぞ。ロッジポールの枝はちょっとやそっとのことじゃ折れないんで、だれでも手にすることができるというわけじゃなく、枝自体も持ち主を選ぶといわれてるんだ」シンクフォイルはイーサンを見て頭をかいた。「やはり、おまえさんはただ者じゃないのかもしれん」

「なぜだか知らないけど、この枝をにぎりしめると、なんていうか、手にぴたっとくっつく気がするんです」

「その枝はいいバットになる」

「バットに？」イーサンは手のひらの上で枝をころがした。節だらけで、あちこちに傷がついているが、まっすぐなことはまっすぐだ。イーサンはそのときはじめて、野球のバットはどんな木でつくるのか知りたくなった。

「ロッジポールはトネリコの木なんだ」と、シンクフォイルがいった。「森の女神とも呼ばれてる」

「もしかして、野球のバットは――トネリコの木でつくるの？」

「ああ。野球ってものが考案されて以来、バットはずっとトネリコの木でつくられてきた。その理由がわかるか？」

「理由？」イーサンはなにもわからないままくり返した。

「ああ、その理由だ。知りたいだろ？」シンクフォイルはいったん車のなかに隠れてから、また姿を見せた。「ミットも忘れるなよ」

「ミット？」

「長旅になるからな。途中でキャッチボールでもしよう」

イーサンはキャッチャーミットを取りに戻り、いいバットになるといわれた流木の枝もしっかりつかむと、もう一度リールの上にのぼってステーションワゴンに乗りこんだ。イーサンは運転席に座り、シンクフォイルはドライブが大好きな犬のように助手席に立って、ダッシュボードにつかまった。

「アクセルを踏め」と、シンクフォイルが命令した。

イーサンは右足を伸ばしたが、届かない。

「遠すぎるよ」

「シートを前に出せ」

胸がハンドルにくっつきそうになるまでシートを前に出すと、かろうじて右足の先がアクセルに届いた。

アクセルを踏むと、車はさっきと同じ、ブルブル、ピュルルルルという音をたてながら、あっという間に五、六メートル進んだ。

「前が見えるか？」

「うん」

「それなら、小屋にぶつかりそうになってるのがわかるはずだが」

イーサンはあわててブレーキを踏んで、どうかシンクフォイルのかけた魔法が助けてくれますようにと祈った。ステーションワゴンは大きく車体を揺らし、作業場の壁の七センチ手前でとまった。

「ウワッ」イーサンは思わず叫んだ。「危なかった」

「えーっと……なんていうんだったかな？　〝バックする〟か？」

「うん」

「じゃあ、ギアを切り替えろ」

イーサンはシフトレバーをつかんで、赤い字でRと書いてあるところまで下げようとしたが、ピクリとも動かない。

「クラッチを踏まなきゃだめなんじゃないか？」と、シンクフォイルがいった。「フェリシャーの車にはそんなややこしいものはついてないんだ。けど、おまえさんなら難なく運転できると思ったのに」

「ぼくはまだ十一歳だよ」と、イーサンが訴えた。

「いわれなくてもわかってるさ」と、シンクフォイルがいい返した。

イーサンがギアをＲに入れてハンドルを切ると、ステーションワゴンはお尻を右に振りながらうしろに下がり、つぎにギアをファーストに入れてふたたびハンドルを切ると、前進して前庭から表の道路に出た。ただし、高度は一メートルたらずのまま少しも上昇していない。

「もっと高度を上げなきゃ」と、イーサンがいった。

「ラジオをつけろ」

イーサンはいわれたとおり、ラジオのスイッチを入れた。音量調節のつまみに手をやってシンクフォイルを見ると、シンクフォイルがうなずいた。つまみを右にまわすと、ステーションワゴンはガタガタと揺れながら上昇しはじめた。

「いいぞ」と、イーサンが叫んだ。「だんだんのぼっていってる」

「そのようだな」と、シンクフォイルが相槌を打った。

イーサンは、いちばん大きな木の倍ぐらいの高さまでステーションワゴンを上昇させてから、ジェニファー・Ｔの家へ向かった。ラジオはけたたましい声でがなりつづけていたが、イーサンには風の音が聞こえた。

「ぼくたちはこの車をスキーズブラズニルと呼んでるんです」と、イーサンがいった。「父さんとぼくが名づけたんだ。もともとは北欧の言葉なんだけど」

「なんて意味だ？」と、シンクフォイルが聞いた。「灰色小鬼のケツに負けないほど醜いって意味か？」

「スキーズブラズニルというのは、フレイって名前の神様のためにつくられた魔法の船なんだ」と、イーサンがシンクフォイルに教えた。「北欧の神話に出てくる、とってもきれいで、とっても大きい船なんだけど、折りたたむとポケットに入るくらい小さくなるんだって」

「ずいぶんひねりのきいたあだ名じゃないか」と、シンクフォイルがいった。「はげた男をもじゃもじゃって呼ぶのと同じだな」

「まあね。ぼくたちはたいてい、縮めてスキッドと呼んでるんだけど」

シンクフォイルがうなずいた。「もし、おれがこの飛行船に名前をつけるとしたら――」シンクフォイルはしばらく間をおいて、舌を噛みそうな名前を口にした。〝カルググルックスラガククルゴロック〟とかなんとか。

「何語？」

「古代ファティディック語だ」

「意味は？」

「〝灰色小鬼のケツに負けないほど醜い〟ってことさ」

スキッドは、丘の上にあるイーサンの家を出てから十分でジェニファー・Tの家に着いた。ジェニファー・Tとトールは、荷物をまとめて夕闇の迫る庭に出ていた。

「そのへんてこりんな乗り物はなんなの？」と、ジェニファー・Tがイーサンに聞いた。

「へんてこりんで悪かったな」と、イーサンがいい返した。「ぼくがつくったんだぞ」

イーサンはラジオのボリュームを下げて、荒れるにまかせたライドアウト家の庭のまんなかの、なにもないところにゆっくりと着地した。車から降りようとすると、ふたごのダリンとダークが、いとこたちとともに離れから飛び出してきた。みんな、ぼう然としてその風変わりな飛行船を見つめている。が、ダークは煉瓦のかけらを拾って投げつけた。煉瓦のかけらは大きくそれたが、ジェニファー・Tが弟の頭をゴツンと殴ると、それからは、ダークも静かに飛行船を見つめた。モー大おじさんとシャンブロー大おばさんもポーチに出てきた。ただし、ふたりは、空から自分たちの家の汚い庭に降りてきたスウェーデン製のおんぼろ自動車ではなく、それに乗っている妖精を見つめていた。

「あのふたりにもあなたの姿が見えるんですか?」と、イーサンが小声でシンクフォイルに聞いた。

「あのふたりに魔法をかけるつもりはない」と、シンクフォイルがいった。「ライドアウト家の人間のいうことを信じる者などいないからな。本人たちでさえ、自分の言葉を信じられずにいるのに」

「じゃあ、だれにでも見えるの? つまり、その、もし魔法をかけなかったら」

シンクフォイルが自分の太股をたたいた。「おまえさんは本を読まないのか? 近ごろの子どもは本を読まないのか?」

「読んでるよ！」

「けど、どういう人間にはおれたちの姿が見えて、どういう人間には見えないか、わからないんだろ？」

「妖精の存在を信じてる人にだけ見えるんでしょ？」と、イーサンがいった。

「あの男よ！」と、シャンブロー大おばさんが叫んだ。「あたしが、魚みたいに素っ裸だったといったのは！」

「ほんとに、魚みたいに素っ裸だ！」と、ジェニファー・Tの弟のダークがいうと、「素っ裸！素っ裸！」と、もうひとりの弟のダリンがはやしたてた。

「あんたたちはテレビを見ておいで」と、シャンブロー大おばさんが追い立てるようにいった。だが、ダークもダリンもいとこたちも、離れへ戻ろうとはしない。シャンブロー大おばさんは真っ黒いサングラスの縁に手をやって、はずす真似をした。すると、子どもたちは一歩あとずさった。それを見たシャンブロー大おばさんは、サングラスを少しずつ下げた。ダリンもダークもいとこたちも、大きな声で叫んだりわめいたりしながら離れへ駆けていった。シャンブロー大おばさんがサングラスを取ったらどういうことになるのか、だれも知らなかったが、おそらくとんでもないことになるはずだというのは、みんなわかっていた。

イーサンが車から降りると、ジェニファー・Tがトールを連れてそばに来た。

「父さんがさらわれたんだ」と、イーサンが打ち明けた。「コヨーテのしわざだ。ロビン・パッドフットという男がやって来て、父さんをさらってったんだ」イーサンはしゃがみこみ、ダッフルバッグを開けてめがねのケースを取り出すと、そのなかからパッドフットのサングラスを出してジェニファー・Tに渡した。「これをかければわかるよ」

　ジェニファー・Tはパッドフットのサングラスをかけた。そのとたん、飛び上がらんばかりに大きくのけぞって、ポカンと口を開けた。

「びっくりした」

「どうしたんだ？　なにが見えたんだ？」と、トールが聞いた。

「イーサンのお父さんが見えたのよ」とジェニファー・Tがいった。「目隠しされて座ってたわ」

「座ってたの？」と、イーサンが聞いた。イーサンも、サングラスをかけて父親の姿を見たかった。

「さかんに指を振ってたから、なにか説明してたんじゃない？　あなたのお父さんって、むずかしい話をするときはいつも指を振るもん」

　自分を捕らえた者たちにいったいなにを説明してるんだろう、とイーサンはふしぎに思った。ジェニファー・Tからサングラスを返してもらってかけてみると、彼女がいったとおり、父親はだれかになにかを説明していた。おそらくパッドフットに、電子とか分子とかいった、目には見えないごくごく小さいものの話をしているんだろう。イーサンは、父親がパッドフットのような男に熱心に説明してやっているのを見て、胸が痛んだ。

「なぜ――コヨーテはなぜあなたのお父さんをさらってったの？」と、ジェニファー・Tが聞いた。

「飛行船をつくろうとしてるんだと思うけど」

「たしかに、コヨーテは乗り物が好きだからな」と、シンクフォイルがいった。「そもそも、世界ではじめて乗り物をつくったのもコヨーテだ」

「きっと、きみのお父さんが開発したガス袋の生地を手に入れたかったんだよ」と、トールがいった。トールも黒縁のめがねをはずして、パッドフットのサングラスをかけた。

「そのとおりだ」シンクフォイルはけげんそうな顔をしてトールを見つめた。

「どうしてわかるの？」と、イーサンが聞いた。「ジェニファー・Tに教えてもらったの？」

「一応、説明しようとしたんだけど、わたしもよくわかってないことに気がついたのよ」と、ジェニファー・Tがいった。

「スキャンパリングとリープのことは知ってるのか、トール？」

「知ってる」トールはパッドフットのサングラスをかけたまま、いかにもロボットらしい落ちつきはらった声でいった。「地球には、ぼくたちの住んでる世界とはちがうべつの世界が存在するんだ。それぞれの世界は量子の状態が不安定な木に支えられてるんだけど、その木の枝に沿ってべつの世界へ旅することができる者もいる。スキャンパリングとは、同じ次元を旅することで、リープというのは、次元を超えた旅のことだ」

むずかしすぎて、だれもなにもいわなかった。トールはサングラスをはずしてイーサンに返した。イーサンはそれをケースにしまった。

「お父さんはきみの話をしてたよ」と、トールがいった。

「ほんとに？　どうしてわかったの？」

「くちびるの動きでわかったんだ。〝イーサン〟とか〝息子〟とかいってたみたいだ」

イーサンはあふれ出した涙をぬぐった。

「きみにはできるの、トール？」と、イーサンが聞いた。「ぼくたちをウィンターランズへ――コヨーテが父さんをさらってったところへ――連れてくことができるの？」

すぐには返事がなかった。トールは自分のめがねの奥で茶色い小さな目をしばたたかせながらイーサンを見つめて、左の足で右足のふくらはぎをかいている。イーサンはそのときはじめて、トールがパジャマを着てスニーカーをはいているのに気づいた。トールのパジャマはイーサンの父親のパジャマに似ていて、シャツのようにボタンがついていて、ひざ下まであるだぶだぶの半ズボンをはいた昔の野球選手の絵が描いてある。なんとなく気づまりな空気が流れたが、トールはまだ返事をしない。どうやら、自分はごく普通の子どもで、人型ロボットなどではないと思っているらしい。彼がそんなふうに思うことはときどきあって、たいていは、自分の能力を超えたことをしようとしているときだ。

「できるような気がする」と、ついにトールがいった。「きみもそう思ってるんだろ？」

イーサンたちは、スキッドのうしろに積めるだけの荷物を積みこんだ。足もとと後部座席にも荷物を積んだ。寝袋が三つと小さなテントがひとつと、サンドウィッチを詰めたクーラーボックス（サンドウィッチにはさんであるのは、あまりおいしくないレバーソーセージなのだが）、水筒二本、携帯コンロ、懐中電灯、ロープ、ジェニファー・Tのグローブ、それに、ジェニファー・Tの着替えを入れたダッフルバッグ、というのが荷物の内訳だ。ジェニファー・Tのダッフルバッグのなかには、ルースターズのユニフォームが三着と帽子が三つ入っていた。イーサンはユニフォームを持ってこなかったし、トールはパジャマ姿だったからだ。

「寝てたの？」イーサンは、ヘリウムの調節器の横に寝袋を押しこみながら、トールにたずねた。

「どうしてパジャマを着てるの？」

「母さんはいつも六時半に寝ろっていうんだ」と、トールが答えた。「冬は五時半なんだけど」

「わたしが悪いの」と、ジェニファー・Tが謝った。「トールに着替えを持ってくるようにいうのを忘れたのよ。お母さんに見つかったらやばいと思って、あわててたから」

「見つかってたら、きっと鞭を持って追いかけてきてたよ」と、トールがいった。「母さんに鞭でぶたれるのに比べたら、パジャマ姿のほうがまだましだ」

モー大おじさんは車に荷物を積み込むのを手伝ってくれたが、シャンブロー大おばさんは驚きのあまり腰を抜かしてしまったようで、ポーチの階段のいちばん上の段に座ってシンクフォイルを見つめていた。シンクフォイルはスキッドの前のフロントバンパーの上に立ち、荷物を入れるスペースをつくるために、エンジンを消す魔法をかけていた。なにやらモグモグブツブツとつぶやきながら両手を振ったり、急に声を張り上げて足を踏み鳴らしたりしていたが、シンクフォイルが足を踏みならすたびに、車がギシギシと音をたててきしんだ。体は小さいのに、力は強いらしい。

「だめだ」シンクフォイルがとうとうあきらめた。「ものを消す魔法はそれほどむずかしくないから、うまくいくと思ったんだが……無理をするのはよくない。あのばあさんに穴が開くほど見つめられてちゃ、とうてい……」

「エンジンは消さなくていいんじゃないですか？」と、イーサンがいった。「そのままにしとけば、あとでまた普通に運転できるし」

　荷物を積み終えると、モー大おじさんがそばに来た。

「おれも連れてってくれ」と、モー大おじさんが頼みこんだ。「子どもばかりじゃ心もとないだろうが。おれだって役に立つはずだ」

　シンクフォイルがかぶりを振った。

「あんたはこぶを通り抜けられない」

「年だからか？」

「神はあんたに立派な体をお与えになったんだぞ、モー・ライドアウト。もっと体を大事にしてたら、その年でも楽にこぶを通り抜けられたはずだ。もう一度サマーランズへ行きたいというのがあんたの長年の夢だったのは知ってるさ。おれたちもいっときは、あんたがサマーランズへ来てくれたらと思ったことがある。あの気の毒なオオカワのせがれもいっしょにな。あの男には見込みがあったのに」

　モー大おじさんがうなずいた。目には涙を浮かべている。モー大おじさんは、テカテカ光る着古した青い上着のポケットをまさぐって分厚い小さな本を取り出すと、黙ってジェニファー・Tに渡した。ポケット辞書と同じぐらいか、それより少し大きめのその本には、厚いボール紙に絹の布を張った表紙がついていた。角はすり切れたり破れたりしている。そうとう古いものらしく、なかのページも端はぼろぼろで、綴じもゆるんでいる。表紙を開くと、頭に羽飾りをつけてぼそっと立っている背の高い男と、その足もとに頬っぺたの赤い少年たちが座っている写真が載っていた。

「ワヒタ戦士の心得」イーサンは、その本の題名を声に出して読んだ。「ワヒタ戦士ってなに？」

「いまでいうボーイスカウトのようなもんだ」と、モー大おじさんが教えてくれた。「西海岸を中心に活動してたんだが、もう何年も前に解散した」

　イーサンは、モー大おじさんがその本のページをめくるのをジェニファー・Tの肩越しにのぞきこんだ。それぞれの章のはじめには、〝ワヒタ族の野外生活技術〟、〝ワヒタ族のモットー〟、〝ワヒタ族の掟〟などといった、見出しが書いてある。

「ワヒタっていうのは、どういう意味なの？」と、ジェニファー・Tが聞いた。

モー大おじさんはばつの悪そうな顔をした。「じつは、インディアンの言葉に似せて勝手にこしらえた名前なんだ。うしろに用語解説がついてるが、この本に出てくる用語はぜんぶでたらめだ。それに、ワヒタ族なんてのはいなかったんだよ。ワヒタっていうのは、その三つがワヒタ戦士のモットーだと書いてあるが、もちろんそれもでたらめだ。けど、おれはこの本から森についていろんなことを学び、釣りのコツや火のおこしかたや、足跡を頼りに動物を見つける方法やなんかはいまだに役に立ってる。エンジンの修理方法やラジオのつくりかた、それに、銃の撃ちかたもこの本に教わったんだ。だから、おまえたちにも役に立つかもしれんと思って」

「ありがとう、モー大おじさん」ジェニファー・Tは礼をいって車に乗りこみ、ダッシュボードの小物入れにその本をしまってハンドルをにぎった。飛行船の操縦士はジェニファー・Tが適任だった。ヴィクトリア・ジーンを操縦したことがあるだけでなく、父親のアルバートの車もこっそり運転していたからだ。イーサンは助手席に乗りこんだ。

ところが、「三つの世界のホームラン王のおれをうしろに座らせるのか？」と、シンクフォイルが文句をいったので、イーサンはしかたなく後部座席に移った。イーサンは、シンクフォイルの座った助手席のうしろにトールが乗りこんだとたん、シンクフォイルがかすかに顔をしかめたのに気づいた。シンクフォイルはトールのにおいを不快に思ったのかもしれない。人間のなかにも、トールのことを臭いという者がたまにいる。

シャンブロー大おばさんはようやく勇気を振りしぼり、車のそばへよたよたと歩いてきてシンクフォイルの顔を見つめた。

「愛してるよ」と、シャンブロー大おばさんがささやいた。「一九四四年の八月にはじめてあんたを見たときから、ずっと愛してたんだ」

シンクフォイルは無言でシャンブロー大おばさんを見つめ返した。年をとっても若いころと少しも変わらないシンクフォイルの顔は無表情で、目はなかば閉じている。

「あたしはあんたの夢を見てたんだ」と、シャンブロー大おばさんがつづけた。「長いあいだ、毎晩のように」

シンクフォイルはやっと表情をやわらげ、傷だらけの小さな手を伸ばしてシャンブロー大おばさんのしわだらけの頬に触れた。シンクフォイルがシャンブロー大おばさんのめがねをはずすと、驚くほどやさしい光を宿した茶色い大きな目があらわになった。

「夢じゃなかったんだ」と、シンクフォイルがいった。

シャンブロー大おばさんは目を丸くしてポッと頬を赤らめると、ふたたびめがねをかけて車のそばを離れた。

「気をつけてな」と、モー大おじさんがみんなに声をかけた。

ジェニファー・Tはラジオのスイッチを入れて、飛行船を上昇させた。

二塁(るい)

6章　トールに導(みちび)かれて

「よし」ハマグリ島の東の端(はし)にあるバトラー・ビーチに背を向けながら黒く光るピュージェット湾(わん)のほうへ向かいだした飛行船(ひこうせん)のなかで、トールがつぶやいた。「やっと心の準備(じゅんび)ができたぞ」

「よかったよ」と、イーサンがいった。

「ただし、ひとつ質問(しつもん)があるんだ」

「なに？」

「ぼくたちはどこへ行こうとしてるんだ？」

イーサンは、助手席の上に立ってダッシュボードの上に手を置(お)いているシンクフォイルを見た。

「むずかしい質問だ」と、シンクフォイルがいった。「コヨーテのすることは予測(よそく)がつかないからな。ふたつ以上(いじょう)の姿(すがた)を持(も)つものはみんな、やつが世界を変(か)えたときにこの世にもたらしたんだ。おまえさんたちは知らんだろうが、それ以前は、すべてのものがひとつの姿しか持ってなかった。

分かれ道などなく、まっすぐな一本道しかなかったってことだ。コインを投げればかならず表が出たし、死ぬ者もいなかった。それを、コヨーテが変えちまったんだ。やつはこの世に〝揺らぎ〟をもたらしたんだよ。ものが簡単に姿を変えたり、いいと思ってたことがじつは悪いことだったり、さっきまで生きてた者が死んだり、飢えてる者がいる一方で腹いっぱい食べてる者がいたり、といった具合に」

「それは、その……どういうことなの？」イーサンにはまだ、チェンジャーという別名を持つコヨーテの正体がよくわからなかった。父親をさらっていったコヨーテはやはり悪者なんだろうか？　コヨーテはほんとうに世界をほろぼそうとしてるんだろうか？　コヨーテが残忍かつ手ごわい相手で、パッドフットや羽黒小鬼や灰色小鬼などの子分をかかえていることも、人間の手下にホテル・ビーチを破壊させたこともわかっているのに、なぜ、シンクフォイルはコヨーテの話をするたびに、まるで畏敬の念をいだいているかのようにキラリと目を輝かせるのだろう？

「つまり、コヨーテを出し抜こうなんて思わないほうがいいってことだ。そんなことはできっこないし、考えただけで頭が痛くなるからな。けど、いずれにせよ、おれたちはサマーランズへ行くしかないと思うんだ。もしかすると、コヨーテの気が変わるかもしれんし――やつはころころ気が変わるんだ――あるいは、もともと恵みの泉へなど向かってないのかもしれん。それなら、ウィンターランズへ行ってもしょうがない。それに、もしコヨーテがほんとうに恵みの泉へ向かってるのだとしても、おれたちがウィンターランズへ行く必要はない。恵みの泉がある清野へはべつの行きかたがあるんだ。有能なシャドーテールと運がついてりゃ、サマーランズからだって行くことができるんだよ。サマーランズへ行けばなんとかなるはずだ。まずは、協力者と武器を集めて、魔法の本を二、三冊と地図も一枚手に入れなきゃな。そうするうちに、ずる賢いコヨーテをやっつける方法を思いつくかもしれん。それに、頼もしい助っ人を二、三人、調達できるかも」

「それがいいかも」と、ジェニファー・Tがいった。「ウィンターランズへ行く心の準備は、まだできてないんだもん。サマーランズでさえあんなに恐ろしかったんだから」

シンクフォイルがイーサンを見た。「それでいいか、ヒーロー？」

イーサンは黙ってうなずいた。

「じゃあ、行き先はサマーランズだ」

「急ごう」と、シンクフォイルがジェニファー・Tをせかした。「おれの記憶が正しけりゃ、サマーランズの枝が一本垂れてきてるところがあるんだ。あそこからなら、あっという間にリープできるはずだ。古くからかみなり鳥の道と呼ばれてるルートなんだが」

ジェニファー・Tが飛行船をさらに八百メートルほど進めると、シンクフォイルがいきなり「ここだ」といった。

トールは目を閉じて座席にもたれかかった。ジェニファー・Tは片手で車のハンドルをにぎり、振り向いてトールの様子を見守った。トールはリラックスしているようで、いつも鼻の上に刻まれているV字形の深いしわは消えていた。両手は広げたまま、手のひらを上にしてシートの上に置いている。イーサンは、枝と枝のあいだを通り抜けるときの寒さを思い出して、体に腕を巻きつけた。トールがいきなり目を開けた。

「どうすればいいのか、まったくわからないんだ」と、トールがいった。イーサンは、トールが〝わからない〟というのをはじめて聞いた。ただし、機械がしゃべっているような、抑揚のない口調だった。「だから、みんなもそのつもりでいてくれ」

「枝に沿って飛んでる場面を想像するんだ」と、シンクフォイルがいった。「そうすりゃ、そのうち影に気づくはずだ。木の葉の影やなんかに。そこが世界の境目だ」

「でも、ぼくはサマーランズがどんなところか知らないんだよ。なんにもないんだ」トールはそういって、自分の頭をたたいた。イーサンにはそれが、サマーランズに関する情報が頭のなかのデータベースに入ってないという意味だと、すぐにわかった。

「知ってるじゃないか」と、イーサンがいった。「何度も行ったことがあるんだから」

「たしかに、サマーランドへなら行ったことがあるけど、サマーランズへは行ったことがない」

「ぼくたちの知ってるサマーランドはサマーランズの一部なんだ。ううん、一部だったんだよ。いまはミドルランドのどまんなかにあるけど」

「おまえさんたちの知ってるサマーランドはサマーランズの一部じゃない」と、シンクフォイルがイーサンのまちがいを指摘した。「サマーランドとサマーランズは、同じ場所のこっち側とあっち側なんだ。ふたごのきょうだいが、がっちりと抱き合ってるみたいなもんだ」

「それなら、サマーランドからサマーランズへ行けばよかったんじゃないの？」と、トールが聞いた。

「ああ、きのうまでは行けたんだ」と、シンクフォイルがいった。「けど、きょうはもうだめだ。境目の亀裂がそうとう広がってたからな。どんどん広がってるみたいだ。あんなに幅のある亀裂を飛び越えられるシャドーテールはいない」

「そんな……」と、イーサンがいった。雨の多い夏でもつねに青空におおわれていた魅惑的なサマーランドは、もうすぐなくなってしまうのだ。「思い浮かべるんだ」と、イーサンはトールにいった。「サマーランドを頭のなかに思い浮かべるんだよ」

「マクドゥーガル球場を思い浮かべて」と、ジェニファー・Tがいい添えた。「天気のいい日の午後のマクドゥーガル球場を」

「なにか、緑色のものが見えてきたよ」と、トールがいった。

「ホテル・ビーチに打ち寄せる波と、シラカバの葉っぱを思い浮かべればいいわ」

「緑色のなかに灰色がまじってきた。緑色はとってもあざやかだ」

「木イチゴのしげみを思い浮かべるんだ」と、イーサンがいった。

「緑色の葉と、葉の影が見えてきた。よし、ここだ」

イーサンたちはついにシラカバの森のサマーランズ側へ抜けたが、ふたつの世界の境目に亀裂はなかった。空を飛びながらひとつの世界からべつの世界へ移るとどうなるんだろう？　夜が昼に変わるんだろうか？　海岸線がいきなり森に変わるんだろうか？　イーサンは好奇心をつのらせて、後部座席の窓から外を見た。けれども、外は相変わらず真っ暗で、見下ろすと、海岸線にポツポツと明かりが見えた。見上げると、遠くでかすかに光る星が見えた。ところが、しばらくすると気温が急激に下がって、星が見えなくなった。本土のクース湾沿いのどこかの町の明かりも、何度かパチパチとまばたいて消えた。

「ねえ、このおんぼろ車にはヒーターがついてないの？」ジェニファー・Tはそういいながら、ダッシュボードのつまみを手当たりしだいにまわした。

「すごいや」と、トールが叫んだ。「ぼくの温度センサーが、この九秒間に五度以上の気温の低下を記録したよ」

「やったんだね」と、イーサンがシンクフォイルにいった。「うまくいったんだね」

「どうやらそのようだな。ただし、はたしてここはサマーランズかどうか……」

イーサンは寒さのあまりブルッと体を震わせて、フリース・ジャケットのファスナーをいちばん上まで引き上げた。これまで一度も体験したことのない寒さだった。

「高度が下がってきてるわ」と、ジェニファー・Tがみんなに知らせた。「寒くて、ガス袋のなかのガスが縮まっちゃったっていうか……そう、収縮したのよ」

「霜だ」トールはひとりごとのようにつぶやいて、黒縁のめがねのレンズを拭いた。

ジェニファー・Tはラジオのダイヤルをまわして、ボリュームを上げた。イーサンはふたたび窓の外に目をやった。

「ほんとうに高度が下がったの？」と、イーサンが確かめた。「下にはなんにも見えないよ。霧も、雲も」

「そのとおり」と、シンクフォイルがいった。「ここにはなにもないんだから。ロッジポールの葉や枝のあいだにはなにもないんだ。ここは広大な無の世界なんだよ」

トールはまた服の袖でめがねのレンズを拭いた。

そして、「霜だ」とくり返した。垂れてくる鼻水をさかんにすすっているトールは、ひどく頼りなさそうに見えた。

シンクフォイルはブーツのつま先でトールをつついた。

「大丈夫か？　ちょっと気を抜いたほうが――」

「氷よ！」と、ジェニファー・Tが叫んだ。そのとたん、とつぜん巨大な光の花が開いたかのようにまぶしい光が射してきて、イーサンは思わず目を閉じた。暗い段ボール箱のなかからいきなり外へ飛び出したみたいで、どうやら目の神経が麻痺してしまったらしく、目をつぶっても、赤や青や、コガネムシの背中のようにギラギラ光る緑色の光が見えた。イーサンはしばらく待って思いきって目を開けたが、目を開けてもつぶっていても、なにを見ているのかわからないという点においては変わりがなかった。

まわりを見ても下を見ても氷だらけで、氷におおわれた海岸線と凍てついた草原が何百キロ、何千キロ、いや、何万キロもつづいている。空は鉄かぶとを焦がしたような濃い藍色をしているが、星はまばゆい光を放ち、舞い狂う雪もキラキラと輝いている。おまけに、地上の氷も光っている。氷におおわれた山や岩も、ゆっくりと斜面をすべり落ちていく氷も、まるでそれらの氷が、ただの水ではなく星の光を浴びて変化した特殊な物質でできているかのように、内側から冷たい光を発している。星が氷を照らし、その氷が空を照らしている。

ただし、イーサンが振り向いて車のうしろの窓から外を見ると、そこには星のない真の闇が広がっていた。

「おい！」と、シンクフォイルがトールに声をかけた。「これはいったいどういうことだ？　おまえさんはおれたちをどこへ連れてきたんだ？　ここはサマーランズじゃないぞ」

「ごめん」と、トールはすまなさそうに謝った。「めがねに――その――霜がついて――よく見えなかったから」

「どんどん高度が下がってるわ！」と、ジェニファー・Tがふたたび叫び、LJUDVOLYMとスウェーデン語で書かれたラジオの音量調節つまみを目いっぱいまわした。地上まではまだかなり距離があるが、このままでは、いずれ氷に激突してしまう。

イーサンが分厚いシートベルトをぎゅっとにぎりしめると、ベルトの縁が手に食いこんだ。

「これは――いったい――」

「ピクニックテーブルの向こうに広がる小高い丘にあおむけに寝ころがってる自分の姿を思い浮かべて」と、ジェニファー・Tがトールに向かって叫んだ。

「それで？」トールは半信半疑で聞き返した。

「そこに生えてる木の深緑色の大きな葉っぱを見上げるのよ。ヘリコプターの羽根みたいに大きな葉っぱを。さあ、はやく！」

「オーケー、オーケー！」と、トールが叫び返した。「あの木のことだね。わかった。やってみる」

とつぜん車の窓が水滴におおわれて、キラキラと光りながら窓を流れ落ちた。地上の氷は溶けて、空はあざやかなブルーに変わった。急に顔を出した太陽の光がまぶしくて、イーサンは目の上に手をかざした。窓を開けると、木々のさわやかなかおりが流れこんできた。青ざめていたシンクフォイルの顔に血の気が戻った。パチパチとまばたきをしてから目を開けたシンクフォイルは、にっこり笑って助手席の窓を下げると、シートの上に立って窓から顔を突き出した。

「サマーランズだ。でかしたぞ」

ジェニファー・Tも運転席の窓から真っ青な空に顔を突き出して、下界を見下ろした。もはや無用の長物と化した車輪の下には、鬱蒼としたすずしげな森が広がっている。夏の午後の日射しを浴びて緑色に照り映える草地も見える。その先には、雲に霞む山々がそびえている。カスケード山脈ではないようだ。カスケード山脈ほど高くはない。長いあいだ風雨にさらされて浸食されているようにも見える。

「ここはどこ？」と、地上に目をやりながらイーサンが聞いた。「サマーランズのどこなの？」

「じつは、おれも驚いてるんだが」シンクフォイルはそういって、トールを見つめた。「ここは、遠野のどまんなかにちがいない」

「ここじゃだめなの？」と、トールが聞いた。

「いやいや、よくやった」シンクフォイルはトールを見つめたまま、トランプのキングにそっくりな、くるっとカールしたひげを引っぱった。「しかし、信じられないんだ」

「じゃあ、どんなことなら信じられるの？」と、ジェニファー・Tがくってかかった。「わたしたちのしてることは、最初っから信じらんないことばっかりじゃない」

「まあ、聞いてくれ」と、シンクフォイルがジェニファー・Tをなだめた。「ミドルランドからウィンターランズにリープして、つぎの瞬間には、あざやかなダブルプレーさながらにサマーランズにふたたびリープするなんて、とうてい信じられないんだ。たとえば……ひとつの部屋からべつの部屋に移って、そのあとふたたびドアを抜けたら、べつの階の部屋にいたっていうのと同じなんだから」

「でも、ぼくはいわれたとおりにしただけなんだ」と、トールが弁解した。「さんさんと降りそそぐ太陽と真っ青な空と、黒に近い深緑色の木の葉っぱを思い浮かべただけなんだ」

「なにも、おまえさんを責めてるわけじゃない」と、シンクフォイルが取りなした。「なんてったって、おまえさんはコヨーテですらおそらく足を踏み入れたことのない遠野へおれたちを連れてきてくれたんだからな。あそこに見えるのはたぶん銀嶺山脈だ。ここはまだ未開の土地で、手つかずの自然が残ってる。世界中探しても、もはやこんなところはどこにもなくて、無法者が横行するウィンターランズのはずれでさえ、もっと開けてるはずだ。あの山脈を越えれば、清野へたどり着けるにちがいない」

「清野はウィンターランズにあるんだとばかり思ってたわ」と、ジェニファー・Tがいった。

「おまえさんのいうとおりだ。だが、遠野の向こうは――あの銀嶺山脈を越えてまぼろしの丘へ下り、大河を渡れば――リンゴの園だ。リンゴの園のとなりは緑野で、そこに、幹が四つに分かれた木が生えている」

「四つの世界の境目が接してるところだね」と、イーサンがいった。

「ああ、そうだとも。そこは、老いた森の主が、みずから開発した豪速球のファイヤーボールをはじめて投げた場所だ。コヨーテはそこに白線を引いて、世界で最初の野球の試合を開催したんだ。それはともかく、ウィンターランズの清野は、サマーランズのリンゴの園のとなりにある緑野のすぐ先だ。だから、緑野からでも清野に行けるんだよ。要するに、裏側から恵みの泉へ行くことになるわけだが、もしかすると、コヨーテより先に着くことになるかもしれん。いや、ほんとうによくやったよ、トール・ウィグナット。まるで、それを知っててておれたちをここへ連れてきたみたいじゃないか」シンクフォイルは、いつものおだやかな視線をするどくして疑わしそうにトールを見つめた。

ほどなく、古めかしい大きな家具を引きずって木の床の上を移動させているような音がした。イーサンが気づいて、窓の外に目をやると、白クマと巨大なヒトデを合わせたような生き物が車の下からニュッと姿をあらわした。その気味の悪い生き物は、骨をきしらせながらピンク色の皮膚に白い毛の生えた体をくねらせている。

「ねえ、あれを見て！」イーサンは指さして叫んだ。

その気味の悪い生き物は、いつの間にか二匹になっていた。二匹とも、イーサンたちが乗っているスキッドの倍以上の大きさだ。

「あれはなんなの？」と、ジェニファー・Tが聞いた。聞きたくなるのは当然で、イーサンもその生き物の正体を知りたかったが、もはや、口を開けることさえできなくなっていた。「まるで巨大な手みたい」

「あれは巨人の手だ」シンクフォイルがそういったとたん、イーサンたちは空から引きずり下ろされた。

7章　巨人の十八番目の弟

　巨人は、ライトを守る選手があわやホームランかというボールをフェンスぎりぎりでキャッチするときのように、つま先立って飛行船をつまんだ。もちろん、スキッドのダッシュボードには高度計などついていないが、イーサンは何度もヴィクトリア・ジーンに乗っていたので、自分たちが上空三十メートル付近を飛んでいるのはわかっていた。三十メートルといえば、大男を十五人積み上げた高さだ。飛行船のガス袋は二トンの重みに耐えられるよう設計されているが、巨人のバカ力にはかなわない。巨人は、電球を交換するときのように、しっかり飛行船をつかんで静かに引き下ろした。ゆっくりと木立のほうへ近づいていくスキッドの窓からは、ピューピューと風が吹き込んでくる。ところが、地上二十メートルあたりでとつぜん落下が止まり、黒目の部分が真っ赤で、白目も赤く充血した、とてつもなく大きな目が後部座席の窓からなかをのぞきこんだ。ピンク色の巨大な手に生えている毛と同様に、巨人はまつ毛も白い。色素欠乏症にかかった

巨人かもしれない。そう思うと、よけいにこわくなった。

「ぼ、ぼくを見てる」イーサンはやっとの思いで、のどの奥から声をしぼり出した。

　巨人の赤い目には分厚いもやがかかっていた。パチパチとまばたきするたびに白いまつ毛がもやを払いのけるが、魚や肉が腐ったようなおぞましいにおいとともに、すぐにまたもやが立ちのぼってくる。イーサンは、それが巨人の息だと気づいた。

「好奇心が旺盛なんだよ」と、シンクフォイルがいった。「こいつはでくのぼうジョンだ」

「し、知ってるの？」両手で顔をおおって、指のすき間から巨人の顔を盗み見ながら、ジェニファー・Tが聞いた。

「彼にはきょうだいが十七人いるんだが、昔から、みんなでときどきおれたちの住んでるところへやって来てたんだ」シンクフォイルはそういって、巨人の赤い目をさりげなく見つめ返した。「そのたびにおれたちはひどい目にあわされたが、こっちもお返しさせてもらった」

「ぼくたちを食べるつもりなの？」と、トールが聞いた。トールの電子頭脳は、どんなに複雑な問題でも即座に核心を見いだすことができるのだ。

「ああ、人間の子どもが好きならな」と、シンクフォイルがいった。「たぶん、こいつも好きなはずだ。ほかのきょうだいはみんな好きだから。かつては、人間の子どもをわしづかみにして食べてたもんだ」

「ねえ、逃げたほうがいいんじゃない？」と、ジェニファー・Tがいった。「わたしは――」

「イカすおもちゃだ！」

ついに巨人が口を開いたが、とどろきわたるその声は、イーサンたちの体中の関節を震わせた。スキッドも車台のボルトがゆるみ、窓がガタガタ揺れた。それと同時に、魚や肉が腐ったような、先ほどのおぞましいにおいが車内に充満した。イーサンは吐き気をもよおした。スキッドに乗っていて吐き気をもよおしたのはこれがはじめてではなく、コロラドのプエブロにやって来た移動遊園地へ遊びに行った、何年も前の夏の夜の記憶がよみがえった。回転木馬に乗ったりモトクロスをやったりして胃を揺さぶられたせいで、それまでに食べたアメリカンドッグとドーナツと綿菓子とかき氷とリンゴあめを、スキッドの後部座席の上に吐いてしまったのだ。母親はイーサンを叱らず、大丈夫よ、とやさしい言葉をかけたのち、紙ナプキンを冷たい水にひたして口を拭き、車のうしろに積んであったジャージに着替えさせて、口のなかをすっきりさせるためにジューシー・フルーツ・ガムを一枚くれた。

巨人は目を細めて、一瞬、イーサンを見つめた。

「ひとりはとまどい、ひとりは怒り、ひとりはこわがり、ひとりは悲しんでる」と、巨人がいった。

スキッドに乗っていた四人はたがいに顔を見合わせた。いったいどれがだれのことなのか、四人ともすぐにはわからなかった。

「巨人は勘がいいんだ」と、シンクフォイルが皮肉っぽくいった。

「息は臭いけど」と、ジェニファー・Tがささやいた。

シンクフォイルは助手席から運転席へ移動して、なんの断わりもなくジェニファー・Tのひざの上によじのぼった。すばしっこいのもずうずうしいのも、猫並みだ。シンクフォイルはジェニファー・Tのひざの上にちょこんと座ったが、猫と同じで、じっとしているわけではなく、すぐさま窓から顔を突き出した。

「でくのぼうジョン」シンクフォイルは、よく通るおだやかな声でいった。「おれたちは急ぎの用で遠くまで行かなきゃならないんだ。頼むから、今回は見のがしてくれないか？」

「おれさまはこのおもちゃがほしいんだよ、小人」巨人はスキッドから片手を離し、スイカの熟れ具合を確かめるように、パンパンにふくらんだガス袋を大きな人さし指ではじいた。すると、太鼓に似たはずんだ音がした。「気に入った」

「そんなに気に入ったのならくれてやってもいいんだが、これから、これに乗って行かなきゃならないところがあるんだ」

「やめりゃいいじゃないか、小人」巨人の声は低くて、しかも太かったが、うなり声ではなく、巨大なベルが鳴り響いているように聞こえた。顔はボコボコに殴られたみたいに醜くゆがみ、目は飛び出ているが、巨人はみんなそんな顔をしているんだろうと、イーサンは勝手に決めつけた。

「そのとおり」と、シンクフォイルが小声でいった。「きょうだい全員、醜い顔をしてるんだ。それから、こいつが英語を話す理由だが」シンクフォイルはそういって、さっきからずっとそのことを考えていたトールを驚かせた。「少なくとも三万年は生きてるからだ。そのあいだには、本人も思い出せないほど多くの人間と関わり合ったにちがいない。こいつは、シュメール語もウルドゥー語もヘブライ語も、アフリカに住んでるサン族の言葉も話せるんだ。ミドルランドで使われてる多くの言葉も、かつて使われてていまはもう使われてない言葉も知っている。もちろん、おれたちフェリシャーの言葉もだ。これで疑問はとけたかな?」

「ねえ、彼はあなたを食べる気でいるんじゃない?」と、ジェニファー・Tがシンクフォイルに聞いた。

「おれを食べはしないさ」と、シンクフォイルが答えた。「小人は好みじゃないようだ。おれが頭からオレンジ色の血を流してたのを見ただろ？」シンクフォイルは額を指さした。額の傷はもう完全に治っている。イーサンはこくりとうなずいた。「巨人はおれたちの血がきらいで、木の皮や石よりまずいと思ってるみたいだ。けど、子どもは好物らしい。子どもと羊は。とにかく、本にはそう書いてある」

イーサンとジェニファー・Tとトールは、目を見開いて顔を見合わせた。原始時代じゃあるまいし、三人とも自分たちがだれかに食べられるなどという恐怖を感じたことは一度もなかった。三人が住んでいるハマグリ島には、巨人や人食い鬼はもちろんのこと、オオカミもクマもライオンもいない。ただし、いっさい肉を食べない菜食主義者でなくても、たいていの子どもがそうであるように、イーサンも動物の子どもの肉を食べるのはなぜか気がすすまなかった。子羊でも子牛でも子豚でも、とにかく、動物の子どもの肉だとわかると、急に食欲がなくなるのだ。長いあいだ謎だったその理由がようやくわかった。動物の子どもの肉を食べるのは、一種の共食いだからだ。まだ小さくて力の弱い自分も、うかうかしているとだれかに食べられる恐れがあることを、無意識のうちに感じ取っていたのだろう。

シンクフォイルはふたたび窓から顔を突き出した。

「頼むから、邪魔をしないでくれ。とんでもないことが起きようとしてるんだ。コヨーテが恵みの泉へ向かったらしい。やつは泉に毒を入れようとしてるんだ。おれたちの邪魔をすると、世界がほろびることになるんだぞ。賭けてもいい。自分のせいでそんなことになったら、おまえだっておおいに悔やむはずだ」

「その賭けはおまえの負けだ」と、巨人がいった。「世界がほろびたら、悔やみたくたって悔やめないからな」巨人が手のひらでスキッドをすっぽり包みこむと、なにも見えなくなった。トールはけたたましい悲鳴を上げた。

「ギャー！」トールが狭いところと暗いところが大きらいなのは、イーサンも知っていた。

巨人の声は少しくぐもって聞こえたが、それでも大きいことに変わりはなかった。「おやつが食べたくなってきた」

「どうにかできないの？」と、イーサンがシンクフォイルに泣きついた。「たとえば、魔法をかけるとか？」

「いくらなんでも、そりゃ無理だ」と、シンクフォイルがいった。「いや、ちょっくらあわてさせることならできるかもしれん。やつの目に煙を吹きつけて見えなくするぐらいのことなら」しかし、自信はなさそうだった。

イーサンは、昔読んだおとぎ話に出てきた巨人を思い出そうとした。数日前からそのおとぎ話の世界が現実のものとなったのに、イーサンはまだ夢を見ているような気がしていた。

「たしか、賭け事が好きなんだよね、巨人は」と、しばらくしてからイーサンがいった。「ちがう？」

「好きなんて、そんな生やさしいもんじゃない」暗闇のなかで聞くシンクフォイルの声は、やけにとげとげしかった。「雪が降るか降らないかに自分の目玉を賭けるんだからな。うまくその気にさせることができればいいんだが……おい、ジョン！」シンクフォイルはイーサンの耳もとで叫んだ。「おーい、でくのぼうジョン！」シンクフォイルの小さな声はしだいにカラスの鳴き声のように低くなって、かすれてきた。「聞こえないみたいだな」

イーサンたちもいっしょに、声がかれるまで巨人の名前を叫びつづけた。が、巨人の手のひらの囲いの外からは返事が聞こえてこない。巨人はイーサンたちを手のひらのなかに閉じこめたまま歩いているらしく、車はゆらゆら揺れるし、巨人が足を踏み出すたびにはげしい振動が伝わってくる。車自体もキーキーギーギーきしんでいる。イーサンたちは叫ぶのをやめた。みんな、そのうちあぶり焼きにされるのだ。

「痛たたた！」

耳をつんざくすさまじい悲鳴が聞こえたのと同時に、ジェニファー・Tの座っている運転席の窓から光が射し込んだ。巨人が片手を離したのだ。ジェニファー・Tはにやりとした。ジェニファー・Tは折りたたみ式のナイフをにぎりしめていて、ナイフの刃の先には血がついている。山のように盛り上がった巨人の手のひらにきざまれた深い谷のようなしわにも、ほんのちょっぴり血がにじんでいる。

「いい気味だわ」と、ジェニファー・Tがいった。

「この娘を先に食べよう！」と、巨人があたりに響きわたる大声でいった。「新鮮なうちに、生で！」

「あんたの気を引こうとしただけだよ！」と、シンクフォイルがなだめるようにいった。「おやつを食べる前に、おれたちとちょっとした賭けを楽しんではどうかと思って」

巨人がいきなり足を止めた。彼らの目の前には、大きな岩山が立ちはだかっていた。その岩山には洞窟があるのか、巨人でも入れるぐらいの大きな穴があいていて、穴の前には骨がうずたかく積み上げてある。恐ろしいことに、人間の骨もあった。小さいから、たぶん子どもの骨だ。

「賭け？」巨人はにんまりとした。どうやら乗り気らしい。「けど、おまえらはすでにおれさまのものなのに、ほかになにか賭けるものがあるのか？」

巨人はイーサンたちの乗ったスキッドをふたたび顔の前へ持っていくと、邪魔になるガス袋を指先でわきへよけながら赤い目でなかをのぞいて、用心深くジェニファー・Tを見た。巨人が車を揺らすと、イーサンたちは重なり合うように床に倒れ、うしろに積んであった荷物もくずれた。

「おれさまがほしいものはなにもない。がらくたばかりだ。待てよ、これは――このキャッチャーミットはだれのだ？」

「キャッチャーミット？」と、トールが聞き返した。「そんなの、だれも――」

「ぼくのだ」と、イーサンがいった。「ほんとうは父さんのなんだけど。ぼくの父さんはエンジニアで、コヨーテに――」

「おまえはキャッチャーか？」

「でも、その、ついこのあいだ練習をはじめたばかりなんだ。ぼくはもともと――」

「じゃあ、勝負しよう。おれさまは、ビュンビュンうなる豪速球を投げることができるんだ。おまけに、おれさまの豪速球は、頑丈な砦をくずしたりかたいカシの木のどまんなかに穴をあけたりできるほどの威力がある」巨人は赤い目をキラッと光らせて、おとぎ話に出てくる、自慢話が大好きな巨人にそっくりな笑みを浮かべた。「兄きの怪力ジョンも、おれさまの球を三球つづけて見送って三振になったんだ」

「巨人も野球をするの？」と、イーサンが聞いた。

「ああ、自己流だがな」と、シンクフォイルがいった。「けど、怪力ジョンはなかなかの強打者だった。もっとも、シーズ・カヌーズには歯が立たなかったが」

「シーズ・カヌーズ？」と、ジェニファー・Tが聞いた。

「昔の名投手だ。インディアンの男で、たしか、薬指ブラウンがスカウトしたんじゃなかったかな」

「知ってるわ！」と、ジェニファー・Tがいった。「モー大おじさんから聞いたの。シーズ・カヌーズはセイリッシュ族のインディアンで、わたしのおじいさんのおじいさんの、そのまたおじいさんかなにかなんですって」

「そのことは内緒にしといたほうがいいかもしれないぞ」と、シンクフォイルが警告した。

「おまえは、このちんまりとしたミットでおれさまの球を三球受けろ。いっとくが、これはただの遊びじゃない――真剣勝負だ。落としたりうしろにそらしたりしたら、頭のてっぺんに穴をあけて脳味噌を吸ってやる」

「ゲエッ」と、ジェニファー・Tがうめいた。

「あんたの球を受けなきゃいけないの？　で、ボールの大きさは？」

「そりゃ、でかいさ！」と、巨人がいった。「とてつもなくでかい！　なんてったって、おれさまは巨人だからな。全世界ルールで正々堂々と勝負しようぜ」

巨人は期待をこめてイーサンの返事を待った。巨人の臭い息が車のまわりで渦を巻いた。

「全世界ルールってなに？」と、ジェニファー・Tが聞いた。

「べつの世界のチームどうしが試合をするときのルールだよ」トールはそういいながら首をかしげ、はずれた回路盤をはめ直すように手首で頭をコツンと叩いた。「ぼくはどうしてそんなことを知ってるんだろう？」

シンクフォイルもふしぎそうにトールを見た。「トールのいうとおりだ。体の大きさのちがう者どうしが野球の試合をするときは、球場を持っている側のチームの大きさに合わせるんだよ。魔法をかけて、相手チームの選手を球場の大きさに合わせるんだ」

「つまり、ぼくも巨人になれるってこと？」と、イーサンが聞いた。

「おまえさんが巨人を相手に正々堂々と戦うのであればな。たとえば、こっそりうしろにまわりこんでカシの木の枝でやつの頭をぶち割ったりした場合は、たちまち魔法がとけてもとの大きさに戻ってしまうから、巨人のおやつになるのは確実だ」

シンクフォイルは、助手席から後部座席を通ってさらにそのうしろまで行くと、古いキャッチャーミットを引っぱり出してきてイーサンに渡した。

「ぼくはジェニファー・Tの球を受けるのがやっとなんだ」と、イーサンがいった。「体が巨人並みになったって、巨人の豪速球を受けられるわけないよ」

「あの本を見ればいい」と、シンクフォイルが教えてくれた。

8章　タフィー

イーサンは、『稲妻と霧の捕らえかた』の本を持ってきたことをすっかり忘れていた。巨人の家のばかでかいいろりの火にあたりながら、イーサンは自分たちがいずれそこで料理されることになるかもしれないという恐怖を無理やり頭のなかから消し去って、巨人のボールを受けるときに役立つようなことが書いてあるページはないかと、目次を眺めた。

巨人の家は巨大なドームのようで、大昔の建物の壁のように、形も大きさもさまざまな花崗岩が組み合わさってできている。家の前には骨の山があったが、イーサンたちはそれを見ないようにしてアーチ型の入口をくぐった。壁が両側からせまる渦巻き形の廊下を進んで、たどり着いたまんなかの部屋は、巨人がかがまなくても歩きまわれるだけの高さと、毛皮の帽子をかぶってブーツをはいたままごろんと横になれるだけの広さがあった。みんなと体を寄せ合うようにして恐る恐るなかに入っていったイーサンには、その部屋がとてつもなく広く思えただけでなく、薄暗いうえに音が反響するので、なんだか気味が悪かった。妙なにおいがするのは、床が隅から隅まで動物の毛皮におおわれているからだ。灰色と茶色のクマの毛皮も、オオカミやオオジカやヘラジカの毛皮もあった。真っ黒でつやつやと光っているのはゴリラの毛皮にちがいない。窓はひとつもないが、動物や人間を料理するいろりの煙をのがすために、屋根には大きな三角の穴があいている。床に敷きつめてある毛皮のほかに、家具と呼べるようなものはなにもない。ただし、天井の石の継ぎ目から太い革ひもが垂れていて、車が一台入りそうなぐらい大きな鉄鍋と、風呂の湯船と同じぐらい大きいおたまと、ゴミ箱の蓋と同じぐらいのスプーンが吊るしてある。部屋の隅には、イーサンの部屋より大きい鉄の檻があった。檻は空っぽだが、床には骨が散乱していて、隅には汚い毛皮の毛布が置いてある。

「見つかった？」と、ジェニファー・Tが聞いた。ジェニファー・Tは床から毛皮を一枚はがしてイーサンのそばに来ると、ふさふさしていてやわらかくて、たまらなく臭い茶色い毛皮を自分とイーサンの肩にかけた。いろりの火が燃えていても、巨人の家のなかはちっともあたたかくない。「ピーヴァインは、巨人の球の受け方についてなにか書いてる？」

「それが、よく見えないんだ」イーサンは、小指でページをめくりながらいった。「字が小さくて」

もちろん、虫めがねは持ってきていなかった。それに、いろりの近くに立っていても、字が読めるほど明るくはない。シンクフォイルはこの本を読んでいるので、どの章を見ればいいか知っているはずだ。だが、けがをしてずいぶん弱っていたシンクフォイルは、魔法をかけたことからくる疲れもあって、音が反響するこのばかでかい部屋へ連れてこられるなり、クマの毛皮にくるまって寝てしまった。

「巨人はすぐに戻ってくるはずだ」と、トールがいった。巨人は、イーサンたちを食べるときにカブかなにかを付け合わせにしようと思って、野菜の貯蔵室をのぞきに行ったらしい。「はやくしないと間に合わないぞ、船長」

「了解」と、イーサンは船長らしい口調でいって腕時計を見た。ミドルランドをあとにして以来、時間のことを気にしたのは、はじめてだった。

「ねえ、これを見て」と、イーサンがいった。

トールとジェニファー・Tは、イーサンの父親が部品を買ってきてつくってくれたふしぎな時計をのぞきこんだ。

液晶画面の表示はすっかり変わってしまっていた。それまで、日、月、火、水、木、金、土、と書いてあって、その日の曜日に印がついていたところには、陽、猫、狐、鼠、犬、豚、月と書いてある（最後の〝月〟が、〝げつ曜日〟ではなく〝つき曜日〟だというのは、イーサンもこのときはまだ知らなかった）。おまけに、きょうが何月何日か確かめようと思って機能ボタンにつづいて1を押すと、今年はモグラ年の一五一九年で、いまはまだ四月だとわかった。どうやら、普段使っている太陽暦とはちがうようだ。

「ここじゃ、今年はモグラ年なんだ」と、トールがいった。

「すばらしいじゃないか。シンクフォイルに聞いたんだけど、昔の人は、モグラ年に世界がほろびるっていってたそうだよ」

トールは右のこめかみのあたりをボリボリとかき、かぶりを振って肩をすくめた。「それって、あたってるかも」

イーサンは、曜日の表示の右下にそれまでなかった数字の1が表示されていて、その横に下向きの三角の矢印が出ているのに気づいた。いくつか知っている機能があったので、ボタンを押して何度か画面を切り替えたが、日付表示画面に戻ればかならず数字の1があらわれた。どのボタンを押しても、数字の1は消えない。世界間の移動の際に電子回路が狂ってしまったんだろうか？

「いいかげんにしなさいよ」と、ジェニファー・Tがイーサンを叱った。「時計で遊んでる場合じゃないでしょ」

イーサンはうなずいてピーヴァインの本に視線を戻し、目をこらしてまたページをめくりはじめた。

「ちょっと待って？」ジェニファー・Tが、つぎのページをめくろうとするイーサンの手をつかんだ。「その章の見出しはなんてなってた？」

「すごいや。目がいいんだな。〝巡回……遠……野〟。うーん、これは……」イーサンは、本を近づけたり遠ざけたり、できるだけ火のそばで見たりしたが、それ以上はわからなかった。「だめだ！」

「もしかするとこれが役に立つかもしれないぞ、船長」トールはそういってめがねをはずした。「ぼくの視覚センサーには調整レンズがついてるんだ」

イーサンは、トールのめがねを受け取って、のぞいてみた。もちろん、それはごく普通のめがねで、パッドフットのサングラスとちがって、目の前にあるものしか見えない。焦点がさだまらないまま、深刻そうな表情を浮かべたトールの青白い顔を眺めているうちに、イーサンはそのめがねと父親のめがねとのちがいに気がついた。イーサンの父親は近眼なので、父親のめがねをかけるとものが内側にゆがみ、おまけに、すべてがミニチュアの模型のように縮んで見えた。ところが、トールは遠視らしく、彼のめがねは、ものが倍ぐらいの大きさに見える。

イーサンは、ジェニファー・Tが目をとめた章の最初のページにトールのめがねをかざした。左のレンズをのぞくと文字がはっきり見えたので、トールやジェニファー・Tにもわかるように、声に出して読んだ。サマーランズでは、ピーヴァインがキャプテンをつとめるトラベリング・フェリシャー・オールスターズが、ヘビ年の一三一九年とヒキガエル年の一三一九年とカワウソ年の一三一九年に遠野を巡回して、いまだに野球を愛してやまない巨人やお手伝い妖精や小鬼や、そのほかのいろんな精霊を相手に試合をした、と書いてある。回数としては、巨人のチームとの試合がいちばん多かったようだ。

「精霊ってなに？」と、ジェニファー・Tが聞いた。

「魔法使いのことじゃないかな」と、イーサンがいった。

「精霊とは、いまだに魔法の力に支配されている世界に住む者のことよ」と、すぐそばから暗く沈んだ声が聞こえてきた。

全員、黙って顔を見交わした。イーサンはジェニファー・Tの腕をつかんで耳をすました。ジェニファー・Tも体を凍りつかせて耳をすました。イーサンとジェニファー・Tがトールを見ると、トールがかぶりを振った。めがねをはずしたトールはいつもよりおさなげで、おびえているように見えた。不気味な声はなおもつづいた。

「あなたたちの住む世界も、かつては魔法の力に支配されてたのよ。ずいぶん昔の話だけど」

「幽霊の声じゃない？」ジェニファー・Tもイーサンの腕をつかんだ。

「声はあの檻から聞こえてくる！」いつもは落ちつきはらっているトールが、恐怖に腕を震わせながら檻を指さした。

イーサンはトレーナーの正面についているポケットにピーヴァインの本を突っ込むと、ジェニファー・Tの腕をつかんだまま、巨人の家の奥にある黒い鉄製の檻のそばへゆっくり歩いていった。遠くから見たときは、骨が散乱している檻の床の隅に毛皮の毛布が置いてあるように見えたが、そばに寄ると、その毛皮に目がついているのがわかった。その琥珀色の大きな目には知性が感じられるが、深い憂いをたたえている。その生き物が、たてがみのようにふさふさとした黒い毛に縁取られた浅黒い顔をしかめているのもわかった。

「巨人の球を受けるなんて、たやすいことよ」と、その奇妙な生き物がいった。不気味なことに変わりはなかったが、相手が理性的に話をしているのがわかると、イーサンの恐怖がやわらいだ。毛皮が縦に伸びてよじれたように見えたと思ったら、その生き物がゆっくりと立ち上がっていた。イーサンがゴリラの毛皮だと思った部屋の床の敷物と同じように、その生き物の真っ黒な毛はふさふさしていて、つやつやと光っている。けれども、檻に入れられているかわいそうな生き物はゴリラではなかった。人間のようにまっすぐ立つことができるのだ。ただし、腕は太くて、しかも長く、ひざの下あたりまである。胸も真っ黒で、おとなの女性のようにふくらんで、ちょっぴり垂れているが、ほとんど毛がはえていない。背丈は二メートル七、八十ほどある。「人間や小人や、あるいは吸血鬼の球と同じだわ。もっとも、わたしは巨人と野球をしたことがないんだけど、サインを出して、自分の好きな球を要求すればいいのよ」

すぐうしろで、叫び声に似た妙な音がした。イーサンが振り向くと、トールが立っていた。トールは、恐怖とよろこびの入りまじったような顔をして、檻のなかの生き物を見つめている。

「サスクワッチだ」と、トールがいった。

「そのとおり」と、その毛深い生き物がいった。「それも、女のね。あなたたちにはわからないでしょうけど、わたしたちサスクワッチはあわれな生き物なの」

「サスクワッチも巨人の好物なの？」と、ジェニファー・Tが聞いた。

悲しげなサスクワッチの顔にかすかな笑みが浮かんだ。「いいえ。でも、気が短くてたまらなく臭いあの男の、あちこち欠けた石臼みたいな歯で嚙みつぶされたほうがよっぽどましだと思ったこともあるわ。あなたたち人間と同じで、巨人はなんだって食べるのよ――クジラの糞も、ゆでた人食い鬼の足も。でも、これもまたあなたたち人間と同じで、奇妙なことに、自分のペットは食べないの」

「あんたはペットなの？」と、イーサンが聞いた。

サスクワッチは目に涙を浮かべてうなずいた。「巨人のあいだでは、あたしたちを飼うのがはやってるのよ。自分たちのおぞましい食事のあまり残りを与えてね。以前は、毛皮目あてにあたしたちを殺してたの。あなたたちも、生き物の毛でつくった服を着てるようだけど」

「あなたは、その、つまり、なにをしてるの？」ふたたび床に座ったサスクワッチに、ジェニファー・Tが聞いた。「巨人はあなたにどんなことをするの？」

「たとえば、あんたを散歩に連れてったりするの？」と、トールが聞いた。

サスクワッチは怒ったようにはげしく頭を振った。なにかいったが、声が小さくて聞き取れなかった。

「いま、なんていったの？」と、イーサンが聞いた。

「あたしが歌をうたうのよ」と、サスクワッチがいった。「アルトなんだけど、声がいいから」

それなら一曲うたってくれと頼む間もなく床がガタガタ揺れて、でくのぼうジョンが渦巻き形の廊下から姿をあらわした。巨大なカブとダイコンとニンジンとジャガイモを、腕いっぱいにかかえている。が、野菜は地響きのような音をとどろかせて床に落ちた。岩のようなジャガイモがひとつころがってくるのに気づいて、イーサンたちはとっさに身をかわした。ジャガイモはそのままころがりつづけ、すさまじい音をたてて檻にぶつかった。その衝撃でサスクワッチがうしろにはね飛ばされ、ジャガイモはパカッとふたつに割れた。

「臭くて不器用な脂肪のかたまり！」サスクワッチは小さな声でつぶやきながら、ふらふらと立ち上がった。

「ハハハ！」巨人は体をふたつ折りにして笑った。「大丈夫か、タフィー？　けがをしなかったか？」

　巨人はドスンドスンと檻の前へ歩いていくと、しゃがんでなかをのぞきこんだ。醜い顔にはおもしろがっているような表情を浮かべていたが、サスクワッチのことを本気で心配しているようだ。

「ほんとうに大丈夫かい、毛むくじゃらのサスクワッチ？　でかいけど、とってもかわいいサスクワッチ？」巨人は大きな体を起こして、イーサンとジェニファー・Tとトールを見下ろした。すでに、その顔からは笑みが消えていた。「来い」と、巨人がイーサンを呼んだ。「おまえのミットのどまんなかに、どでかい穴をあけてやる」

9章　勝負

イーサンはでくのぼうジョンの挑戦に応じるために、サマーランズの午後のやわらかい日射しを浴びて心地よいそよ風に吹かれながら、ジェニファー・Tとトールとともに巨大な球場へ向かった。球場の内野はローラーをかけたばかりのようだったが、外野はでこぼこで、草が生えていた。でくのぼうジョンは、自分と十七人の兄が、歯ぎしりナッシャーズとどたばたサンパーズの二チームに分かれてピーヴァインのチームと八十一試合戦ったのは、海獣の王、レビヤタンをはじめとする大昔の獣の骨でつくったこの球場だといった。収容人数は、巨人、小人を合わせて五万人だという。異なった世界のチームどうしが対戦する際の全世界ルールにのっとり——くわしいことは『稲妻と霧の捕らえかた』に書いてあるのだが——小人には強力な魔法をかけて巨人のサイズに合わせたらしい。いずれにせよ、球場はとてつもなく大きくて、イーサンの目測では、マウンドからホームベースまで三百メートル近くあるようだった。

「勝ったのはおれさまたちだ」と、マウンドへ向かいながらでくのぼうジョンが自慢した。「四十一勝四十敗でな。フェリシャーの書いた本なんか信用するな。あの本にはうそばっかし書いてあるんだから」

イーサンがけげんそうにシンクフォイルを見ると、シンクフォイルがかぶりを振った。

「でくのぼうジョンは、自分たちが負けたと思いたくないんだ」と、シンクフォイルがいった。

「目をつぶっちゃだめよ、イーサン」と、ジェニファー・Tがアドバイスした。「がんばってね」

「ボールをよく見るんだぞ」トールもイーサンにアドバイスした。

ジェニファー・Tがトールを見た。ジェニファー・Tとトールは、荒れはてた〝十八人のジョンきょうだい球場〟の観客席に座っている。

「ぼく、なにかおかしなことをいった？」と、トールが聞いた。

「あなたが〝ボールをよく見るんだぞ〟っていうんだもの、そりゃおかしいわよ」ジェニファー・Tはそういって、フーッと息を吐いた。

おずおずとグラウンドに出ていったとたん、イーサンは足に痛みを感じた。痛みはあっという間に足からわき腹へ、そして、肩から腕へと広がった。腕を長いあいだ頭の上へ上げていたときのような、にぶい筋肉の痛みだ。痛みは骨にも達して、車のフロントガラスに小石が当たってひびが入ったような、ミシミシッという妙な音も聞こえた。胃がブラブラと揺れ、心臓は大きくふくらんではげしく波打ち、口のなかは、鼻を殴られたときのように血の味がした。耳もとで風の音がしたかと思うと、急にまわりの木が縮んで地面が遠ざかり、スキーズブラズニルもおもちゃのように小さくなった。

「ワォ！」ジェニファー・Tが、か細い声で驚きをあらわに叫んだ。「イーサン・フェルドが巨人になっちゃったわ」

イーサンは顔中に笑みが広がるのを感じた。ウワッ、ぼくは巨人になったんだ！ ジェニファー・Tとトールをつまんで、ポケットに入れることだってできるんだ！

ふと、トレーナーのポケットにピーヴァインの本が入っているのを思い出したイーサンは、本も自分といっしょに大きくなっているのを期待して手を突っこんだ。本がそのままの大きさなら、それを読むのは、かたいピスタチオナッツの皮をむくのと同じぐらいやっかいだ。ポケットのなかの本は相変わらず小さかったが、それでも、キングサイズのベッドぐらいにはなっていたので、なんとか読むことができた。

でくのぼうジョンは足を広げてマウンドに立ち、両手をわきに垂らしてイーサンをにらみつけている。イーサンには、でくのぼうジョンが依然として自分よりはるかに大きく見えた。どうやら、巨人は巨人でも、イーサンは子どもの巨人になったらしい。ということは、競争心旺盛なおとなが子どもに自慢の豪速球を受けさせようとしているのと同じなわけだ。

「準備はいいか？」と、でくのぼうジョンが呼びかけた。でくのぼうジョンの声を聞いても、もうそれほどびっくりしなかった。

イーサンはピーヴァインの本を見た。十八ページには、キャッチャーの理想的な姿勢とミットのかまえかたを示す絵が載っている。虫めがねがないので細かいところはよくわからないが、その絵は何度も見ていたので、びっくりするほど簡単に正しいかまえができた。キャッチャーミットのまんなかをポンポンとたたくと、自信もわいてきた。イーサンたちの住むミドルランドでは、たった二日前にはじめてキャッチャーミットを手にした子どもがおとなの豪速球など受けられるわけないのだが、ここはミドルランドではない。そもそも、ミドルランドには身長三十メートルの豪速球ピッチャーなどいない。ミドルランドと、ここサマーランズとでは、なにもかもちがうのだ。だから、名キャッチャーになれる可能性だってある。ミドルランドでは、イーサンの父親が昔使っていたソフトボール用のキャッチャーミットはただのがらくただった。けれども、ここでは、キャッチャーミットに手を入れるとなかがほのかにあたたかく、イーサンには、縫い合わせた革に紐を通してあるだけの、そのごく普通のキャッチャーミットが、北欧神話に登場するトールという名の神が巨人を退治するのに使った魔法の槌、ミョルニルのように思えた。だから、目を開けてキャッチャーミットをかまえてさえいれば、でくのぼうジョンの投げる球が三球とも勝手にミットのなかに入ってくるかもしれない。

でも、入ってこなかったら？ そのときは、ロブスターの代わりに大きな鉄鍋に投げこまれて、タマネギやカブといっしょに茹でられるはずだ（イーサンはロブスターも食べたことがなかった。

グツグツと煮え立つ湯のなかに投げ込まれるロブスターがかわいそうで、食べる気にならないのだ)。そして、イーサンの父親は、コヨーテに捕らえられたまま、ウィンターランズのどこかで寒さに震えながら暮らしつづけることになる。イーサンがでくのぼうジョンの球を受けそこなって悲惨な最期をとげたことは、いずれ父親の耳にも入るだろう。イーサンはこっそり例のサングラスをかけて、父親の様子をさぐった。イーサンの父親はマットレスの上に体を起こして壁にもたれ、うつむいて足をたたいていた。鼻歌をうたっているらしい。もちろん、歌が聞こえたわけではないが、スティームの《ナ・ナ・ヘイ・ヘイ・キス・ヒム・グッバイ》のようだった。一九七三年ごろにはやった歌だが、イーサンの父親はいまだに覚えていて、緊張したり不安になったり、なにか問題が起きたりすると、いつもその歌をうたっていた。

ナナナナ
ナナナナ
ヘイヘイヘイ
グッバイ

とつぜん、服の乾燥機のなかに煉瓦を放りこんでスイッチを入れたような音がした。でくのぼうジョンが咳払いをしたのだ。どこか遠くの暗い部屋でそっと〝グッバイ〟とくり返している父親の姿を目にして、父親の悲しげな声を想像したイーサンは、胸を締めつけられるような思いを味わいながらサングラスをはずして、ポケットにしまった。

でくのぼうジョンは、イーサンが合図を送るのを待っている。イーサンは大きく息を吸いこみ、右手でキャッチャーミットをたたいて、ゆっくりとうなずいた。でくのぼうジョンもうなずき返し、長く伸ばしたぼさぼさの金髪をなびかせながら頭を揺すって、大きく体をのけぞらせた。その奇妙なフォームを見て、イーサンはなぜかジェニファー・Tの父親のアルバートを思い出した。でくのぼうジョンが腕を振り下ろすと、熱くなったフライパンに水をかけたときと同じシューッという音がして、つぎの瞬間にはイーサンの左手に激痛が走った。手が吹き飛んでしまったのではないかと思うほど、はげしい痛みだった。手のひらに穴があき、指がちぎれて飛び散って、おまけに、キャッチャーミットにとつぜん火がついたみたいで、髪の毛がこげたようなにおいがした。痛みは稲妻よりはやく腕から肩へと走り、そこで折れまがって胸へと下り、肋骨を一本残らずポキポキと折ってから頭のてっぺんまでのぼっていって頭蓋骨にひびを入れ、ふたたびすさまじい勢いで足もとまで下りてきた。

イーサンはあまりの痛さに気を失いかけたが、しばらくすると、女の子の小さな声が聞こえた。脳がまだきちんと役目をはたしていたころにジェニファー・T・ライドアウトという名前の女の子と仲よくしていた記憶がよみがえり、ようやく、それがジェニファー・Tの声だとわかった。

「まだ終わったわけじゃないのよ！」と、ジェニファー・Tはわけのわからないことをいっている。

　イーサンは目を開けた。ばらばらになったはずの体はいつの間にかまたくっついて、痛みもずいぶんやわらいでいた。左手を開いてミットのなかをのぞくと、空から降ってきたばかりの隕石のように煙を吐いているボールが見えた。

「つかめたんだ」イーサンは、自分と、そばにいる友人と、世界中の人たちに向かってつぶやいた。

　シンクフォイルは、イーサンがもうもうと立ちのぼる煙のなかに高くかざしたボールを指さした。

「見たか、うすのろ」シンクフォイルが、マウンドに立っているでくのぼうジョンをののしった。でくのぼうジョンは返事をしない。イーサンはボールを投げ返したが、ボールがそれたので、でくのぼうジョンはマウンドから下りてボールを捕った。

「さっきのようにやればいいいんだ」と、シンクフォイルがイーサンに声をかけてホームベースを離れた。トールとジェニファー・Tも、巨人のボールを受けるぐらい朝飯前だといわんばかりの口調で、シンクフォイルのアドバイスをくり返した。しかし、イーサンだけは、氷の像にボールが当たったみたいに、もう少しで体がこなごなになるところだったのを知っていた。二球目もうまく受けられるかどうかはわからない。三球目となると、もっとわからない。けれども、どちらかを選べといわれたら、巨人に頭をぶち割られて脳味噌を吸われるより、一瞬のうちに体を吹き飛ばされるほうがましだ。

もはや当初の自信はすっかり薄らいでしまっていたが、それでもイーサンは、ピーヴァインの本に書いてあったとおりの姿勢をとってキャッチャーミットをかまえた。左手はまだズキズキとうずいていた。今回も、でくのぼうジョンは振りかぶる前にしばし躊躇して、イーサンの手に先ほどよりさらに深い穴をあけるためのヒントを探すかのように、イーサンの顔をまじまじと見つめた。イーサンが先ほどとはちがって頼りなげにうなずくと、でくのぼうジョンは振りかぶって片足を上げ、倒れるのではないかと思うぐらい体をのけぞらせてから上半身を前に突き出して、足をドスンと地面に下ろした。

二球目は、冷凍のジャガイモを入れたかごを熱い油のなかに沈めたような音がしたのと同時に、まるで、いましがたただれかがたたいた鐘のように、イーサンの体がはげしく震えた。もちろん、左腕の震えがもっともはげしかったが、あまりの衝撃の強さに全身の細胞がシューッと煙を吐いて消えてしまい、つい先ほどまでイーサン・フェルドという名前の少年がしゃがんでいた場所には、痛みのかたまりと化した赤い霞だけが残った。

ふしぎなことに、ほかの者たちはみんなイーサンの不幸をよろこんでいるようだった。

「やった！」

霞が濃くなるにつれて震えが弱まり、震えが弱まるにつれて痛みもほんの少しやわらいだ。イーサンが目を開けると、巨人の豪速球がまたもや勝手にミットのなかに入っていた。

「あと一球だ」と、シンクフォイルがいった。ただし、先ほどとちがって、浮かれてはいなかった。もう少しで落っことすところだったのを見抜いていたのだろう。「あと一球つかめば、おやじさんに会いに行けるんだからな」

「ぼくにはできない」と、イーサンが弱音を吐いた。「とうてい無理だよ。巨人の球は信じられないほどはやいんだ」

「おまえさんならやれる」と、シンクフォイルがはげました。「おまえさんならやってくれるはずだ」

「うん、やれる」イーサンは自分にいい聞かせるようにいったが、うそをついたのと同じぐらいむなしく響いた。

今回はなかなか痛みが消えず、それどころか、ますますひどくなって、左手がズキズキとうずく音が聞こえるような気がした。しかも、青い芝生のはるかかなたに立っているでくのぼうジョンを見つめているうちに、あの巨人の豪速球をふたたびつかむことなどできっこないという気持ちが強まった。どうすればいいんだろう？　イーサンはトレーナーのポケットから『稲妻と霧の捕らえかた』を出して、巨人のボールをつかむ秘訣がどこかに書いてあることを祈りながらページをめくった。もっとも、ピーヴァイン自身は巨人のボールを受けたことがない。巨人のボールを受けたのは、魔法によってピーヴァインとともに六百倍の大きさになったチームメートだ。あのサスクワッチはなにもわかってないんだ――巨人のボールを受けるのと普通のピッチャーのボールを受けるのとはわけがちがう。サスクワッチはなんていったんだっけ？　そう、〝サインを出して、自分の好きな球を要求すればいい〟といったんだ。バカバカしい。そんなことができれば――いや、待てよ。サスクワッチのタフィーの言葉を思い出したその時だった。『稲妻と霧の捕らえかた』のページをめくっていた指が、球種を指示するサインの出しかたを描いたページを探しあてた。

　イーサンはよく見ようと目を細め、まばたきをして、さらに目を細めた。

「タイム！」とイーサンが叫ぶと、でくのぼうジョンがうなずいた。

　イーサンはホームベースを離れて、サインを頭にたたきこんだ。指一本は速球、指二本はカーブ、指三本はチェンジアップのサインらしい。チェンジアップとは、ピッチャーの手を放れたときははやい球に見えるものの、実際は遅いので、タイミングがずれて打者がついつい空振りをしてしまう球だ。

〝覚えておかなければならないのは〟と、ピーヴァインは書いている。

> 覚えておかなければならないのは、ボールは絵の具で、ピッチャーの腕は絵筆で、ピッチャー自身は、色と絵筆の運びかたを決める絵描きの頭脳と、実際に絵筆をにぎる手だが、キャッチャーは、なにを描くべきかを的確に見抜く絵描きの目であるということだ。主導権をにぎるのは、サインを出すキャッチャーのほうである。ピッチャーの好きな球ばかり投げさ

せてはいけない。速球を得意とするピッチャーの場合はとくにそうで、もっとも大事なのは、ピッチャーにこちらの指示どおりのボールを投げさせることだ。

「ありがとう、ピーヴァイン」と、イーサンがつぶやいた。

「なにをするつもり？」と、ジェニファー・Tが聞いた。

「でくのぼうジョンにチェンジアップを要求するんだ」と、イーサンがささやいた。

イーサンはホームベースに戻ってしゃがんだ。でくのぼうジョンは、マウンドからイーサンの顔を食い入るように見つめた。一球目を投げるときも二球目を投げるときも、でくのぼうジョンはイーサンの顔を見つめたが、イーサンにはその理由がわからなかった。だから、ただうなずいただけだったが、今回は、地面に向かって右手の指を三本突き出して、前後に振った。

でくのぼうジョンはマウンドに突っ立ったまま、信じられないといいたげにポカンと口を開けている。が、やがて苦笑を浮かべて首を大きく左右に振ると、体をうしろにそらしかけた。イーサンは何度も何度もサインを送った。でくのぼうジョンはふたたび体の動きを止めて、ふたたび首を振った。でくのぼうジョンは、豪速球を投げてイーサンたちをジャガイモやカブといっしょに食べてしまいたいのだ。イーサンは息を殺し、二、三度指をまげたり伸ばしたりしたあとで、もう一度チェンジアップのサインを出した。

「サインどおりに投げろ」と、イーサンは巨人に命令した。その声は驚くほど大きくて、威厳に満ちていた。「サインを知らないのか？」

　でくのぼうジョンはなにかいおうとしたが、口を閉じて体をうしろにそらした。でくのぼうジョンが腕をうしろに引いて勢いよく振り下ろすと、ボールがくるくると回転しながら風を切って飛んできた。ビシッという音とともにボールがミットにおさまると、イーサンは右手でボールを押さえた。でくのぼうジョンはチェンジアップを投げたのだ。

「うまくいった」といいながらイーサンがホームベースを離れると、砂時計の砂がひと粒残らず下のグラスに落ちてしまったみたいにとつぜん魔法がとけて、気がついたときには、体がもとの大きさに戻っていた。「巨人がぼくのサインどおりに投げたんだよ」

「そうするしかなかったんだ」シンクフォイルはピーヴァインの本を手に取り、サインについて書いてあるページを開いて下のほうを指さした。

　イーサンが先ほど読んだページには脚注がついていた。

＊注　ミドルランドでは、キャッチャーのサインがかつてのような力を持たなくなってきている。

「本来、キャッチャーのサインには絶大な力があるんだ」と、シンクフォイルが教えてくれた。

巨人が癇癪持ちだというのは、文字どおり伝説になるほど広く知れわたっている。火山の噴火も竜巻も、嵐も地震も、それに、とつぜん温泉がふき出すのもすべて、気が短くて自己中心的な巨人のしわざだ。大物をねらった狩りが流行する前はミドルランドにも巨人が大勢いて、気の毒で、かつ悲しいことに、人間は山に住むそのとてつもなく大きくて獰猛な隣人の怒りをなだめるためにありとあらゆることをした。知っている人もいると思うが、当時の人間は、巨人が癇癪を破裂させそうになっているのがわかると、巨人の怒りをしずめるために、丸々と太った牛や豚だけでなく、自分の息子や娘まで差し出したという。でくのぼうジョンも、体の小さい人間の少年に自慢の豪速球を二球つかまれただけでなく、三球目にはスピードの遅いチェンジアップを要求されたことで、ひかえめにいっても、かなり頭に来ていた。

でくのぼうジョンはマウンドをまたいで立ち、ひざをまげて空にこぶしを突き上げた。そして、頭をのけぞらせ、口を大きく開けて吠えた。ライオンやクマの遠吠えとはちがい、短くはげしいその声は、まぎれもなく人間の声だった。でくのぼうジョンのおぞましい声は本人の頭上の空気を振動させて小さな竜巻を起こし、木の葉を揺らし、彼の家の石壁の割れ目を広げた。でくのぼうジョンの吐く息は、飛行船のガス袋を船の帆のようにあおりもした。

イーサンたちとシンクフォイルが冷たい地面に体をふせて耳をふさいでいると、でくのぼうジョンは急に吠えるのをやめてドタドタとグラウンドを走りまわり、汚い言葉を口にしながら足を踏み鳴らしたり、地面を蹴って芝生をはがしたりした。そのときに足の指を何本か痛めたようで、ますます怒りをつのらせたでくのぼうジョンは、ヘッドスライディングを披露するかのように腹這いになって外野に身を投げ出すと、だだっ子のように手足をばたつかせた。地面は、いまにもパカッとふたつに割れそうなぐらいはげしく揺れた。イーサンたちの体は跳ね上がってゴツンゴツンとぶつかり合い、巨人の家の壁の一部が、瓶を詰めた木箱が階段をころがり落ちるような音をたててくずれた。

　でくのぼうジョンは怒りにまかせてわめきちらし、鼻を鳴らした拍子につばをのどに詰まらせて、咳きこんだ。この借りはかならず返すとでくのぼうジョンはすごみ、どんなに表現をやわらげても、もしここでそれを紹介すればこの本のページが恥ずかしがってくるくると丸まり、ページを押さえている読者の指がハチの羽音に似た抗議の声を上げるほど下品で、かつ、いまわしい呪いの言葉を口にした。けれども、でくのぼうジョンには、イーサンを恨んだり呪ったり、借りを返すとすごんだりする資格はなかった。勝負をする前に、イーサンと鉄よりかたい約束を交わしたからだ。いまだに魔法の力に支配されているここウィンターランズとサマーランズでは、かつてミドルランドでもそうだったように、約束を守ることがなによりも大事だと考えられている。だから、でくのぼうジョンはイーサンたちに旅をつづけさせるだけでなく、道も教えなければならないのだ。

　しかも、癇癪を起こすとたいていそうなるのだが、でくのぼうジョンの場合も、かけがえのないものを失うはめになった。イーサンとトールがベンチの奥で体を丸めて、巨人の癇癪によって引き起こされた竜巻と地震がおさまるのを恐怖におののきながらじっと待っているあいだに、ジェニファー・Tは球場を抜け出して巨人の家へ向かった。それは、胸をふさいでなかなか消えようとしないあわれみの気持ちを、みずから取りのぞくためだった。

ジェニファー・Tは渦巻き形の廊下を走り、五百頭もの獣を殺してはいだ毛皮の敷物の上を横切って、大きな鉄の檻の前へ行った。サスクワッチのタフィーは、檻の隅に体を横たえて眠っていた。タフィーは大きないびきをかいていたが、外から聞こえてくる巨人のわめき声のほうがもっと大きく、巨人の家は、スプーンやフォークやナイフの入った引き出しを揺すったときのように、ときおりガタガタと音をたてて揺れた。そのうち天井が落ちてくるのはまちがいない。

「ねえ」と、ジェニファー・Tが呼びかけたが、小さな声だったし、タフィーはぐっすり眠っていたので、聞こえていないようだった。「ねえ、タフィー」もう一度呼びかけたが、返事がないので、声を張り上げた。「大足さん！」

このときもまた、丸まった毛皮がもぞもぞと動いたかと思うと、きのうまでのジェニファー・Tならたんに巨人と呼んでいたはずの、背が高くて力の強そうなタフィーが立ち上がり、キラキラ光る琥珀色の目でにらみつけた。そうとう機嫌が悪そうだ。

「あたしの足を見て」と、タフィーは怒りのこもった、低く沈んだ声でいった。「あたしの足はそんなに大きい？」

タフィーの足の形は人間の足とほとんど同じで、指も五本あるが、黒い毛がびっしり生えている。親指は、人間の手の親指のように意外とほっそりしているが、足自体は、長さも幅も、人間の男性の足の一・五倍はある。靴をはかせるのであれば、四十センチ以上のサイズを探さなければだめだろう。ジェニファー・Tは、なんと答えていいのかわからなかった。タフィーを傷つけたくはないが、やはりタフィーの足は大きい。

「もちろん、体ぜんたいと比べたらってことよ」と、タフィーがいった。「身長は二メートル七十五センチなの。まあ、たしかに、あなたの足よりは大きいけど」

「あんまり変わらないわ」と、ジェニファー・Tはいった。「そんなに背が高いんだもの、足は小さいぐらいよ」

タフィーはうれしそうな笑みを浮かべたが、でくのぼうジョンが賭けに負けて癇癪を起こしているすきにこっそり助けにきたのだとジェニファー・Tが打ち明けたとたん、笑みが消えた。

「逃げたって、どこへも行くところがないの」と、タフィーは悲しげな声で嘆いた。

「じゃあ、ついてくれば？」と、ジェニファー・Tが誘った。「わたしたちは遠野の先まで行くつもりだから」

タフィーは、ふさふさとしたまっ黒な毛に縁取られた顔をふたたびほころばせた。

「遠野」と、なつかしそうにくり返した。「狩りに来ていたでくのぼうジョンのきょうだいに捕らえられて以来、あたしは外の景色を見てないわ」

「ついてきて！」スキッドに身長二メートル七十五センチのタフィーを乗せるのは無理かもしれ

ないという不安がちらっとジェニファー・Tの頭をかすめたが、気にしないことにした。「さあ、はやく。でくのぼうジョンが正気を取り戻さないうちに逃げないと」

タフィーは檻のなかをせわしなく歩きまわっていたが、またもやけわしい表情を浮かべてぴたりと足を止めると、檻の扉に取りつけられた錠前を指さした。じつに巨大な錠前で、鍵穴だって、ジェニファー・Tがなかにもぐり込めるほど大きい。たとえ鍵を探しあてたとしても、重くて持ち上げることすらできないはずだ。それに、人間の子どもなら鍵穴を通り抜けることができるかもしれないが、タフィーには無理だ。ジェニファー・Tは、扉を取りつけてある蝶つがいと、檻のわくに鉄格子を接合してある金具に目をやった。

「あたしはここに二百年も閉じ込められてるのよ」と、タフィーがいった。「その蝶つがいにも金具にも、聖書を読むように何度も目をやったし、あたしのいちばん大事なものを奪ってる敵だと思って、怒りにまかせて壊そうともしてみたわ。実際、この檻はわたしのすべてを奪ってるんだけど。でも、だめだったの。だから、さっさとお友だちのところに戻って旅をつづけなさい」

タフィーはそういって檻のなかに座りこんだ。

ジェニファー・Tは、なにか檻を壊せる道具はないかとあたりを見まわした。獣の腿の骨やすねの骨は檻の床に散乱しているが、すぐにポキンと折れてしまうにちがいない。いろりでは火が燃えているし、丸太もいっぱいあるが、普通の火では——たとえ巨人の家のいろりの火でも——鉄を溶かすことはできない。鉄が溶けるのなら、鍋も溶けてしまう。希望がどんどんしぼんでいって、おそらくタフィーより絶望的な気分におちいりながらジェニファー・Tがダッフルバッグを開けると、『ワヒタ戦士の心得』がちらっと見えた。もしかすると、なにかの薬草か鉱物を入れて火の温度を上げる方法が書いてあるかもしれない。

カビ臭い本のページをめくっているうちに、ワヒタ族にとってもっとも大事なのは鳥の羽を集めることだとわかった。羽はインディアンの伝統を学ぶごとに与えられる。インディアンの伝統とは、足跡をたどって獣を見つけたり、カヌーをつくったり、火をおこしたり、槍をつくったり、釣りや水泳や、木登りや岩登りをすることだ。踊りや歌や話の上手な者にも羽が与えられ、驚いたことに、うそが上手な者に与えられる羽もあるという。そのうえ——これは六百二十一ページに書いてあったのだが——古くから伝わる縄の結びかたをマスターした者に与えられる羽もあるのがわかった。

縄の結びかたを解説した章の最後に、まるであとからふと思いついてつけたしたような三段落からなる短い文章があって、なんと、そこに、錠前をこじ開ける方法が書いてあった。突起のある錠前の内部を説明するための絵も五枚添えられている。見たところ、ジェニファー・Tが開けたいと思っているのと同じ、古いタイプの錠前のようだ。こういった古い錠前は、スケルトンキーと呼ばれている、いくつもの錠前に共通して使える鍵で開けることができる。錠前のなかには金属の筒が入っていて、それをまわせば掛け金がはずれる仕組みになっているらしい。ただし、筒には下にバネのついた高さのちがうピンが三本突き出していて、筒がまわるのをさまたげている。鍵を差し込むと、鍵の突起がピンを押し下げるので、筒がまわって錠前が開くのだ。

　ジェニファー・Tは本を置き、背伸びをして鍵穴に頭を突っこんだが、暗くてよく見えなかった。が、そのままそっと片手を伸ばすと、ひんやりとしたピンに手が触れた。かなり太いので、ピンというより棒といったほうがいいのだが、押さえると、バネがきしんでピンがへこんだ。這うようにして鍵穴のなかへ入っていくと、二本目のピンに、さらに奥へ進むと三本目のピンに手が触れて、気がついたときには、肩から上が鍵穴の反対側に出ていた。タフィーはびっくりしてジェニファー・Tを見つめた。

「なにをしようとしてるの？」と、タフィーが聞いた。

「わたしの肩をまわして」ジェニファー・Tは、くるぶしとひざと腕でピンを力いっぱい押さえつけながら、タフィーに頼んだ。バネはそうとうかたいので、ピンの先が皮膚に食いこんで痛い。

「えっ？」檻から出られる日が来るのを長いあいだ夢見ていたタフィーも、まさかこんな形で自由を手にすることになるとは思っていなかったようで、ポカンと口を開けて目をパチクリさせた。

「わたしが鍵になるの！　肩をつかんで体を回転させて！」

　タフィーは、二百年におよぶ囚われの身に別れを告げるために立ち上がった。でくのぼうジョンが大きな鉄の鍵で錠前を開けるのを何度も見ていたので、錠前を開けるためには、ジェニファー・Tの体を自分のほうから見て右にまわさなければならないのはわかっていた。タフィーはいわれたとおり、ジェニファー・Tの肩をつかんでねじった。

「ううう！」

　タフィーは、すぐさま手を離した。

「大丈夫よ！」と、ジェニファー・Tがいった。「つづけて。さあ、はやく！」

　タフィーは、親指の長い毛むくじゃらの手でふたたびジェニファー・Tの肩をつかむと、時計の針と同じ方向へまわした。ジェニファー・Tも、ありったけの力をこめてピンを押した。しばらくすると、鍵穴の筒がうめくような音をたてながらもどかしいほどゆっくりまわって掛け金がはずれ、列車の車輪がたてるようなキーッという音がして重い鉄の扉が開いた。いうまでもなく、ジェニファー・Tはあお向けになったまま鍵穴のなかに入っていたので、扉が開くと頭が廊下のほうに向いてしまい、タフィーが自由を手にして檻から出る瞬間を見ることはできなかった。

　そのとき、地響きのような大きな音がとどろきわたって、部屋の壁がガタガタと揺れた。それと同時に石のかたまりやかけらが降ってきて、毛皮を敷いた床の上に落ちた。

「巨人だ！」と、ジェニファー・Tがいった。「わたしを引っぱり出して」

　タフィーはジェニファー・Tの足をつかんで扉を閉めた。タフィーはすでに檻の外に出ていたので、ジェニファー・Tを鍵穴から出すには、もう一度右にまわせばいい。鍵穴の筒は開けるときより閉めるときのほうがまわりやすく、タフィーはすぐさま錠をかけ直してジェニファー・Tを引っぱり出すことができた。タフィーはジェニファー・Tをいったん床におろしてから、やわらかい毛でおおわれたたくましい腕で抱き上げた。タフィーがぎゅっと抱きしめたので、ジェニファー・Tの肺は空気が抜けてぺしゃんこになってしまった。タフィーも強烈なにおいがしたが、そんなにいやなにおいではなく、犬を海で泳がせたあとのにおいに似ていた。

「ありがとう！」と、タフィーが礼をいった。「ほんとうにありがとう！」

ジェニファー・Tの頭のまんなかに黒く光る波が打ち寄せてきて、勢いよくくだけた。生まれてこのかたずっと、いっときも休まず息をしてきたのに、息をするのがどんなに大事か、いままで気づかなかったとは、おかしな話だ。「お願いだから……わたしを……」

ジェニファー・Tが意識を取り戻したのは、揺れたり震えたり傾いたりするスキッドの後部座席の上だった。小さな穴から硬貨を取り出そうとして貯金箱を振っているような音がするのは、車に乗っている者や荷物が、飛びはねたりころがったりしているからだ。頭がなにかかたいものにぶつかったと思ったら、トールの頭だった。

「ライドアウト運転士が目をさましたぞ、船長」と、トールが叫んだ。

イーサンが振り向いてジェニファー・Tを見た。イーサンは運転席に、シンクフォイルは目を閉じて静かに助手席に座っていた。

「ぼんやりしてちゃだめだぞ、ジェニファー・T」と、イーサンがいった。「巨人がぼくたちを投げ飛ばそうとしてるんだから」

イーサンのいうとおり、右側の窓から外を眺めても、巨人の手しか見えなかった。左側の窓は、黒い爪を長く伸ばした巨人の親指にふさがれている。でくのぼうジョンはスキーズブラズニルの底をつまんで、紙飛行機のように投げ飛ばそうとしているのだ。

「タフィーは――」ジェニファー・Tはあわてて体を起こした。

「シーッ」イーサンが車のうしろを指さした。ジェニファー・Tが振り向くと、うしろの窓の上のほうに、足のような形をした黒い毛のかたまりが見えた。後部座席の右の窓の上にも、左の窓の上にも、黒い毛が見える。つづいて、イーサンがシンクフォイルを指さした。シンクフォイルの額には、またもやキラキラ光る汗がふき出している。ジェニファー・Tはそれを見て、はたと気づいた。タフィーは車の屋根にしがみついているのだ――おそらく、ガス袋と車をつなぐロープをつかんで。シンクフォイルが青ざめた額に汗を浮かべ、しかも、目を閉じてじっとしているのは、でくのぼうジョンがタフィーに気づかないよう、ありったけの力を振りしぼって魔法をかけているからだ。

「さあ、行くぞ」でくのぼうジョンの声が車をさらに揺らした。その声には、いじめっ子が服を着たままの友だちをプールに突き落とすときのような、ゆがんだ満足感がこもっていた。

イーサンたちは、スウェーデン製の丈夫なシートベルトをぎゅっとにぎりしめた。

「なにかにおうぞ」と、でくのぼうジョンが叫んだ。「タフィーのにおいだ！」

でくのぼうジョンは鼻をひくつかせて、ブツブツとひとりごとをいっている。シンクフォイルは低いうめき声をもらしたが、魔法はまだとけていないようだ。でくのぼうジョンがいきなり腕を持ち上げたので、イーサンたちは座席にたたきつけられた。ガス袋をつないであるロープも、大きな音をたてて揺れた。車のなかには突風が吹きこんできて、乗っていた者はみんな巨大なギターの弦のようにブルルンと震え、ジェニファー・Tはうしろに投げ飛ばされた。スキーズブラズニルはキーキーときしんではげしく震えながらも、風を切って進んでいく。ジェニファー・Tが振り向くと、でくのぼうジョンがどんどんうしろへ遠ざかっていくのが見えた。でくのぼうジョンはお腹をさすりながら、ごちそうが空のかなたへ消えていくのを悔しそうに眺めていた。

「いやはや、おまえさんたちもはじめて魔力に打ち勝ったわけだ」青々とした森がはてしなくつづく万里の森の上を三十分ほど飛んだあとで、シンクフォイルがいった。シンクフォイルは、このまま銀嶺山脈を越えて大河を渡り、リンゴの園と緑野を経て恵みの泉へたどり着けるようにと願っていた。

「魔力？」と、イーサンが聞いた。

「人間をサマーランズから追い出そうとする魔力よ」と、タフィーが車の屋根の上から返事をした。

「いや、ちょっとちがう」と、シンクフォイルがいった。「サマーランズへの思いが強けりゃ、追い出されることはないんだ。一応、入れてはくれるはずだ。しかし、先へは進めない。魔力に押さえつけられてしまうから」

「それで、どうなるの?」イーサンは、魔力が服にからみついていないかどうか確かめるかのように、全身を眺めまわした。

「さまざまな伝説が生まれるのさ」と、シンクフォイルがいった。「武勇伝や、はたまた失敗に終わった冒険談が。たとえ、魔力に支配された場所のひとつをなんとか通り抜けたとしても、その先は、二、三キロ進むのに百年かかる。軍隊を引き連れてきたところで、軍記や戦記のネタにされちまうだけだ。うそだと思うのなら、ためしてみるといい。けど、ここまで来ればもう大丈夫だ。さあ、先を急ごう。残された時間はわずかだ」

イーサンが腕時計に目をやると、日付表示画面の右下の1がいつの間にか2に変わり、その横の三角の矢印は上を向いていた。

「なるほど」と、シンクフォイルがいった。

「えっ?」

「その数字の2と三角の矢印のことだ。巨人の家で見たときは数字が1で、矢印は下を向いてただろ?」

ジェニファー・Tは、イーサンの腕をつかんで自分のほうへ引きよせた。

「イニングの表示ね。いまは二回の表ってことよ」

「二回の表?」と、イーサンがくり返した。「何の二回の表なの?」

だが、イーサンもすでにわかっていた。モー・ライドアウトのだみ声が聞こえるような気さえした。〝ラッグド・ロックというのは、世界の最後の日のことだ。最後の年の最後の日。九回の裏のスリーアウト〟と話す声が。

「二回の表ってことは、あと七・五イニングあるんだね」と、イーサンがいった。

そのとき、ガス袋と車をつなぐロープが、低い音を響きわたらせていっせいに震えだした。ふと、あたりに目をやると、真っ青だった空が黒い雲におおいつくされているのが見えた。

「あらあら」タフィーはそういいながら、深く息を吸いこんだ。巨人のもとを逃げ出してから、タフィーがサマーランズの新鮮な空気を胸いっぱいに吸い込むのはこれが十度目だった。「嵐が来そうだわ」

「じゃあ、もうこれ以上先へは進めないわけ？」と、イーサンが聞いた。「つまり、なんの伝説も生まれないってこと？　それじゃ、父さんを探し出すのは無理だよね。だって、父さんを探し出すのもロッジポールの木を守るのも、伝説になるようなことだもの――ただし、つくり話じゃないけど」

「伝説はつくり話じゃない。すべて現実のできごとだ」と、シンクフォイルがいった。

「うちのアルバートがいつも口にしてるせりふに似てるわ」と、ジェニファー・Tがいった。

「心配しなくても、なにか起きそうよ、イーサン」

ジェニファー・Tがそういって空を指さすと、急に突風が吹いてきて飛行船のガス袋がブルブルと揺れ、気がついたときには、とてつもなく大きい二枚の羽の影に包みこまれていた。

10章　ウィンターランズのフェルド氏

世界がちがえば時間のたちかたもちがうのだが、どんなに頭のいい人でも、そのことを説明するのはむずかしい。たとえば、ある男性がウィンターランズに来て、命の危険におびえながらひと月過ごしたとしよう――ひと月は四十三日で、その間、まっ黒なあられが降りつづいていたかもしれないのだが。その男性がミドルランドへ戻ると、ひ孫が五十年前に死んでしまったと聞かされることになるかもしれない。あるいは、サマーランズで楽しい人生を過ごしたある女性が、腰のまがった老婆となってミドルランドへ戻ったら、夫と子どもが、たった数分前に出ていった彼女を夕飯を食べずに待っているかもしれない。どうしてそういうことになるのかわからないが、スキーズブラズニルがサマーランズの遠野の上空を飛んでいるときに、大人数の一団が、ウィンターランズの氷雪地帯にある、ベティーの骨塚と呼ばれている分かれ道をめざしていたのはまぎれもない事実である。ちなみに、ウィンターランズの氷雪地帯は影のできない土地だ。

のちにイーサンは、コヨーテに捕らえられた父親が、底知れぬ恐怖におびえながらどのようにしてウィンターランズを旅したのか考えて、コヨーテの子分がハマグリ島からウィンターランズへ向かうのに使ったと思われるルートは直通なら少なくとも六つあり、横道も入れれば三十七あることに気がついた。しかし、コヨーテたちがベティーの骨塚に向かっている理由はもちろんのこと、氷雪地帯にいる理由もわからなかった――恵みの泉に行くのであれば、ずいぶん遠まわりになるからだ。けれども、コヨーテたちはけっして直通ルートを選ばないし、いちばん近い道も選ばない。それどころか、古い神話や伝説によると、コヨーテは昔から行き先すら決めずに旅をしていたようだ――文字どおり、風の向くまま、気の向くままに。コヨーテとともに旅をしている、騒々しくて荒っぽくて、うそつきでずる賢くて、コヨーテの命令とあらばどんなことでもする、羽黒小鬼に灰色小鬼、洞窟の精に働き者の妖精、怠け者の妖精、火の精、それに、人とマスや人とハエのあいだに生まれた生き物など、赤と黒の鎧を身につけた種々雑多な大勢の子分も、翌日以降の予定を知らない場合が多いという。

　これは、ロビン・パッドフットがフェルド氏に何度も説明したことなのだが、コヨーテの子分は、自分たちがほんとうにコヨーテといっしょに旅をしているのかどうかさえ知らないことが多いらしい。だから、ロビン・パッドフットはフェルド氏をコヨーテのもとへ連れて行くことも、逃がしてくれというフェルド氏の要求をコヨーテに伝えることもできずにいた。

「コヨーテは――ヒッヒッヒ――いま、ここにいないんだ」と、パッドフットがいった。「それに、たとえいたとしても――ヒッヒッヒ――あんたを連れて行くわけにはいかない。あんたはボスがここへ来るのを待つしかないんだ」

フェルド氏は暗い気持ちでうなずいた。この二十三時間九分のあいだ、フェルド氏は目隠しをされて両手をうしろにしばられた状態で、カビ臭いマットレスの上に寝かされていた。ヤギの毛皮のようなにおいのする毛布をかけてもらってはいたものの、想像を絶するきびしい寒さを防ぐ役には立たなかった。十分おきに腕時計をチェックしていたので、自分が震えながらどのぐらいの時間マットレスの上に横たわっていたかはわかっていた。普通、目隠しをされたら時間を知ることはできないが、フェルド氏の場合はちがっていた。フェルド氏の腕時計は自分でつくったもので、イーサンの腕時計と同じように、機能ボタンにつづいて2＊1と押せば、声で時間を教えてくれるのだ。ただし、ふしぎなことに、時計はイギリス人のような歯切れのいいしゃべりかたで時間を告げた。十分おきに時間を教えてもらったところで状況が好転するわけではないが、イギリス人の召使い頭を思わせる落ちつきはらった声を聞くと、なぜかほっとした。

粗末なベッドもさることながら、それ以上に耐えがたいのは、部屋が普通の部屋のようにじっとしているわけではなく、揺れたり傾いたりきしんだりすることだった。ときおりキーッというおぞましい音もして、そのたびに毛が逆立ち、歯がガチガチと音を立てた。しかし、最大の苦痛は、自分がどこにいるのか、なぜ誘拐されたのか、それに、敵の目的はなんなのか、まったくわからないことだった。

パッドフットが、雪解け水だという飲み物とトナカイのハムだという食べ物を持ってくるたびに、フェルド氏はあれこれと質問した。ときには怒りをあらわに、ときにはすがるように、そして、ときにはあきらめながら質問した。自分には息子がいるが、まだおさないし、母親が死んでしまったので、自分が面倒を見なければならないのだと訴えもした。うっかり口をすべらすのを期待して誘導尋問まがいの質問もぶつけてみたが、パッドフットはかすれた声でせせら笑いながら、こんなうそをくり返すだけだった。

1. フェルド氏は〝蒸気で動くそり〟に乗っている。
2. そのそりは、犬ぞりやそのほかの雪上移動手段とともに大部隊を編成して、ある土地を征服しに行くところである。
3. 千個の稲妻を発する雷雲、〝かみなり牛〟を引きつれて来ているので、乗り物もほかの機械類も、そこから動力を得ている。
4. 自分たちの任務は、霜の巨人の砦がある氷の丘を征服することだ。
5. その丘のふもとのひっそりとした草地に、恵みの泉がある。泉のそばには、世界がスモモのようにぶら下がっている〝はてしなく大きな木〟があって、恵みの泉はその木に水を与えている。
6. 自分たちのリーダーはコヨーテと名乗る男で、恵みの泉に毒を入れてその木を枯らそうとしているのだが、なぜそんなことをしようとしているのかはパッドフットも知らない。

7. もしその木が枯れれば、生き物はすべて死にたえる。

「頼む」と、フェルド氏がパッドフットにいった。「わたしはきみが何者か知らないし、なぜわたしをこんな目にあわせるのかもわからない。もし、わたしがきみを傷つけたり怒らせたりしたのなら、いまここで謝ってつぐないをする」

「そんなに疑い太いとためにならないぜ、フェルド。ヒッヒッヒ」と、パッドフットがいらだたしげにいった。パッドフットのしゃべりかたはマクドゥーガル球場の近くで会ったときより乱暴で、言葉づかいもまちがっていた。ただし、枯れ葉を手のひらでにぎりつぶすようなかすれた声でヒッヒッヒと笑うのは、このあいだと同じだった。「おれは百パーセントほんとのことを話してるのに、どうして信じないんだ？」

「きみの話はあまりに非現実的じゃないか」と、フェルド氏は手首を動かしながらいった。縄をほどくのはとうの昔にあきらめたが、ときどき動かさないと手がしびれるのだ。「とにかく、自分の目で見るまでは信じられない。見たところで、信じられるかどうかわからないが」

「信じるとも」と、パッドフットがいった。フェルド氏には、部屋を横切って近づいてくるパッドフットの足音が聞こえた。その足音から、パッドフットの靴の底が革で、床はかたくて、表面がザラザラしているのがわかった。「自分の目で見たことを否定する人間には、いまだにお目にかかったことがないからな」

「わたしはエンジニアだから、ものの本質が見かけとちがうのを知ってるんだ。たとえば、遠心力だって——」

フェルド氏の目隠しがとつぜんはずされ、目の前に金色の光と影の縞模様があらわれた。目が光に慣れるにつれて、得体の知れない生き物が自分を見下ろしてにたにたと笑っているのがわかった。先のとがった牙のような歯をむき出しにして笑っているその生き物の顔は毛におおわれ、鼻はしし鼻で、しょっちゅうまばたきをしている小さい目は縁が赤く、眼光はそれほどするどくないものの、貪欲そうな光が宿っている。フェルド氏は悲鳴をもらしながらマットレスの上に四つん這いになって、体をかばうように両手を上げた。最初はとてつもなく大きく見えたその生き物も、よく見ると、十一、二歳の子どもぐらいの大きさなのがわかった。だが、胸板は厚くて、首は馬のように太い。腕も太く、ひざのあたりまであって、まげたひじからだらりと垂れ下がっている。全身、ふさふさとした白っぽい金色の毛におおわれ、服は着ていないが、赤茶色の革のロングブーツをはいていて、腰に巻いた革のベルトに小さなバッグを吊るしている。これまでになかったあらたなタイプの気球を開発している会社の社員だといってハマグリ島のマクドゥーガル球場の近くで話しかけてきた髪の長い男とは、似ても似つかない。

「どうした？　ロビン・パッドフットのハンサムな顔を忘れたのか？」得体の知れない生き物は幅の広い舌で片手をなめて、頭の毛をうしろに撫でつけた。「どうだ？」

「いや――まさか――」その生き物があのパッドフットのわけがないと思ったものの、ほかの可能性は思い浮かばないので――というか、考えられないので――フェルド氏も認めるしかなかった。「ふむ」

「これでも信じられないか?」得体の知れない生き物が薄暗い部屋のなかで牙をむき出しにしてにやりと笑うと、ふたたびパッドフットの顔に変わった。

「見せてくれ」と、フェルド氏がいった。

「さっき話してた、蒸気で動くそりと雷雲のかみなり牛を。自分の目で確かめたいんだ」

パッドフットが困ったような顔をするのを見て、なるほど、とフェルド氏は思った。蒸気で動くそりも、世界がスモモのようにぶら下がっているという木も、やはりでたらめだったのだ。

「そういわれてもな」と、パッドフットがしぶった。「あんたの石頭から人間特有のくだらない考えを取りのぞいてやりたいのはやまやまなんだが、おれの一存では——なんだ——？」

フェルド氏は体を起こして身を乗り出すと、パッドフットの胸の毛を眺めた。そのあとで体をねじって、しばられた両手をパッドフットのほうに向け、毛をつかんで思いきり引っぱった。

「いてっ！」パッドフットは前足の甲でフェルド氏の手を払いのけた。「なにをするんだ、このハゲザル」

「その衣装はなかなかよくできてるな」フェルド氏は思ったことをそのまま口にした。

「しょうがない」とパッドフットはいい、フェルド氏の襟首をつかんで立ち上がらせると、太い腕に力を入れて、フェルド氏のつま先がかろうじて床をこするあたりの高さまで持ち上げた。

「わずかに残ってるあんたの正気を完全に失わせてやるから、覚悟しとけよ、フェルド」

パッドフットは、臭いうんちをした赤ん坊をおむつを替えに連れていくときのように、腕を目いっぱい伸ばしてフェルド氏を持ち上げたまま、静かに部屋を出た。フェルド氏は、その部屋の床も天井も壁も、たったいま通り抜けた楕円形の立派なドアも、鉄でできているのに気がついた。ドアの外の狭い廊下にも、先ほどの部屋と同様に、頑丈そうなとめ金でつなぎ合わせた青みがかった灰色の鉄の板が張ってある。まるで、第二次世界大戦を描いた古い映画に出てくる潜水艦の内部のようだ。フェルド氏は何度か壁に頭をぶつけたが、パッドフットはいっこうに気にしていないようだった。廊下は換気が悪くて、マッチをすったあとのようなにおいがした。が、急ならせん階段をのぼっていくと――フェルド氏は、一段のぼるたびに階段に頭をぶつけるという試練に耐えなければならなかったのだが――マッチのにおいは消えて空気がきれいになり、それと同時に、震え上がるほど寒くなった。

　階段をのぼりきると、同じく鉄の板をとめ金でつなぎ合わせた、天井の低い円形の部屋があった。壁には、計器やレバーや表示器や、革を巻いたハンドルが並んでいる。なにを操作するためのものなのかわからなかったが、できればそばに行ってよく見てみたかった。鉄と真鍮におおわれたその部屋には灰色の動物がいっぱいいて、最初は大きなネズミのように見えたが、もしかすると、ヌートリアかフクロネズミかもしれないとも思った。そのうち、部屋中をせわしなく動きまわっているその動物が英語でペチャクチャしゃべっているような気がして、気味が悪くなった。しかも、その奇妙な動物は、なにか目的を持って動いているように見える――強い使命感に駆られてなにかをしているように。やがて、フェルド氏はドスンと床におろされたが、そのとたん、やわらかくて重くて、ヤギのようなにおいのするものを頭にかぶせられたので、なにも見えなくなった。

「それを着ろ」と、パッドフットがいった。「ヒッヒッヒ。外はやたらと寒いからな」

　パッドフットの笑い声には、依然として人をからかっているような響きがこもっていた。パッドフットがフェルド氏の頭にかぶせたのは、胸が悪くなるようなにおいのする茶色い毛皮のガウンで、フードとベルトがついているが、床まで届くほど丈が長い。うしろは腰のベルトのすぐ下まで切れ目が入っていて、それを脚に巻きつけると、毛皮のズボンになる。パッドフットも同じようなガウンを着て、脚に毛皮を巻きつけた。

「どうした?」パッドフットは、フェルド氏がぼうっと突っ立っているのを見てたずねた。

「手が使えないんだ」と、フェルド氏がいった。

パッドフットはフェルド氏の手を複雑な結びかたでしばってあったひもをスルスルとほどいて、臭いガウンを着るのを手伝った。ガウンには毛皮の手袋もついていた。

「これはなんの毛皮だ?」フェルド氏は、鼻にしわを寄せて手袋のにおいを嗅いだ。

「マンモスの毛皮に決まってるだろ」と、パッドフットはあきれたような口調でいった。

パッドフットの話はすべてでたらめだと――それになにより、これは現実の出来事ではないと――思っていたフェルド氏の心に、ビールのグラスの底からプクプクと小さな泡がわいてくるように、ある感覚が芽生えた。物理学にもくわしいエンジニアのフェルド氏には、その感覚がなんなのかよくわかっていた。やがて、雄大な宇宙のメカニズムを解き明かす窓が開いて、その窓をのぞき見ることになるのだと。

「さあ、あのはしごをのぼれ」と、パッドフットが命令した。「ほかの連中がボスの機嫌をそこねてしまう前に会いに行かないと」

パッドフットがのぼれといったはしごは狭く、床に固定してあって、丸い天井のまんなかについている小さな扉へとつづいている。だぶだぶの毛皮のガウンを着てはしごをのぼるのはむずかしいし、どうやって天井の扉を開けるのかもわからない。ところが、いちばん上の段までのぼると、ウィーンとなにかがうなり、カメラのシャッターが下りたときのようなカシャッという音がして扉が開いた。とつぜん冷気とまぶしい光に襲われたフェルド氏は、悲鳴をあげてあとずさった。が、だれかに背中を押されて、というか、押し上げられて——もちろん、パッドフットにだが——扉を抜けた。外はすさまじい寒さで、鉄がぶつかり合うような大きな音と、それに負けないぐらい大きい犬の鳴き声のような音が、あちこちから聞こえてきた。閉じ込められているあいだ中、悩まされつづけていた、鉄と鉄がすれ合うおぞましい音も聞こえた。

「助けてくれ」と、フェルド氏が叫んだ。「まぶしくて——目が——」

「ほら、これをかけろ」と、パッドフットがぶっきらぼうにいった。「もっといいのを持ってたんだが、あんたの住んでた辺鄙な島へ行ったときになくしたんだ」

渡されたものをフェルド氏が手袋をはめた手でさわると、まずは、それがかたい素材とやわらかい素材でできているのがわかり、やがて、ごわごわした布と毛皮に分厚いレンズをはめこんだゴーグルだとわかった。それをかけるとなにもかも黄色く見えたが、まぶしい光はさえぎってくれた。やがて、そこが物見やぐらか、あるいは見張り台だというのもわかった。パッドフットも扉の上に顔を出して、周囲に張りめぐらされた低い真鍮の手すりに、手袋をはめた前足をのせている。フェルド氏は手すりをつかんでパッドフットを引き上げてやった。手すりがあるのはありがたかった。気がついたときには、パッドフットが蒸気そりだといったその乗り物がでこぼこの地面を猛スピードで突っ走っていたので、手すりがなければころんでいたはずだ。フェルド氏は、パッドフットに貸してもらったゴーグルのせいで黄色く見える地面がじつはかたくて、陶器のような光を放っているのにも気がついた。

「氷のようだが」と、フェルド氏がいった。わかりきったことなので、いったとたんに恥ずかしくなった。

「もちろん、氷だ。ここは、ウィンターランズの氷雪地帯なんだから。氷に決まってるじゃないか」

もはや、フェルド氏の疑念は完全に消えた。自分が乗っている乗り物を――スノーモービルのようでもあり戦車のようでもある、高性能の真っ黒な乗り物を――まぼろしだと思うことはできなかった。エンジンのピストンが動くカシャッカシャッという小さな音も、白く光るかたい氷をけずりながら走るほかのそりの低いうなりも、空耳ではない。数えきれないほどの台数の犬ぞりも、はげしく揺れながら全速力であとをついてくる。ただし、けたたましい声で鳴きながらそりを引いている小柄な獣は犬ではなかった――オオカミ男だ。体に太い引き綱を巻きつけられたオオカミ男は、たくましい前足とうしろ足で氷を蹴って走ってくる。それに、雷雲のかみなり牛がゴロゴロとうなりながら稲妻を光らせて空を引き裂くのを見たときは、めったなことでは驚かないフェルド氏もただただ圧倒された。雷雲は十五、六キロ近くたなびいて、空を真っ黒に染めている。

「おお」と、フェルド氏はいい、ほかにいうことが思い浮かばなかったのか、また「おお」とくり返した。

「コヨーテはあんたに会いたくなったらやって来るんだ。ヒッヒッヒ」そういって、パッドフットが笑った。

　すると、まるでパッドフットのヒッヒッヒという笑い声が合図だったかのように、フェルド氏たちの乗ったそりの規則正しいエンジン音が小さくなって、やがてとまった。いっしょに走っていたほかの蒸気そりもとまった。オオカミ男も走るのをやめた。オオカミ男の手綱をにぎっていた者たちは氷の上に降り立って毛皮のフードを脱ぎ、黒いあごひげを長く伸ばした、ほっそりとしたするどい顔をあらわにした。

「あれはそり小鬼だ」と、パッドフットがいった。「オオカミ男はそり小鬼のいうことしか聞かないんだよ」

　そり小鬼は大きな袋を破り、にやっと笑いながら袋の中身を氷の上にぶちまけた。袋のなかに入っていたのは凍った生肉で、つるつると氷の上をすべってあたりに散らばった。オオカミ男は、人間の笑い声にそっくりな声で吠えながら肉にかぶりついた。そのあいだ、そり小鬼は黒い鞭をピシッピシッと振り下ろして調子はずれの歌をうたっていた。あっという間に肉を平らげたオオカミ男は、氷の上にごろんと寝ころがったり、たがいの体をつつき合ったり、馬跳びをしたり、ふざけてのどを噛み合ったりした。が、だれかがサッカーをはじめると、みんな目を輝かせて氷の上を走りまわった。

雷雲が追いついてきてあたりが暗くなると、氷が身もだえるようにくねくねと動いた。が、フェルド氏はしばらく眺めているうちに、動いたのは氷ではなく、おびただしい数の小さな白ネズミだと気づいた。

それを見て、パッドフットがゲラゲラ笑った。「あいつらは、夜になったと思ってるんだ！氷雪地帯の白ネズミは影を見たことがないからな！」

オオカミ男たちはサッカーをするのをやめてネズミを追いかけ、両手ですくったネズミをピーナッツのように高く放り上げて口のなかに入れた。

先ほどからずっと気になっていたある考えが――いや、たいしたことではないのだが――フェルド氏の脳味噌をかき分けて、ようやく口まで達した。

「ここはどこだ？」

「おれたちは分かれ道にいるんだ。ベティーの骨塚と呼ばれてる大きな分かれ道に。なにかいいことが起きるかもしれないぞ、ヒッヒッヒ！　コヨーテは分かれ道が大好きだからな。なかでも、この分かれ道が。ヒッ！」パッドフットはボスに会えるのを楽しみにしているようだった。

フェルド氏はゴーグルの黄色いレンズの奥でまばたきして、目を細めた。彼は、分かれ道という言葉を聞いてはじめて、自分たちが道の上を走っていたことに気がついた。道といっても、人間が住む町の端から端までぐらいの幅があるとてつもなく広い道で、陽があたるとダイヤモンドのようにきらめき、雷雲におおわれると、真珠のように上品に光る。ほんの少し前方の、先頭のそりがとまっているあたりが分かれ道で、そこからはべつの道が六本伸びている。太い道もあれば細い道もあり、七本の光を放ついびつな星のような形をしている。

ウィンターランズの分かれ道はどこもそうだが、ここ、ベティーの骨塚もひっそりとしていた。あたりには木も生えていないし、標識も立っていない。旅人はみんな、こういう場所で危険な目にあうのだ。それはともかく、そのいびつな星のまんなかには、これまたいびつな穴が開いていて、骨が埋まっていた。そりの上に立っていたので、いやでも見えたのだ。骨は風雨にさらされて灰色に変色していて、頭蓋骨も――枝角やとがった鼻の骨や、するどい牙が突き出したあごの骨も――まじっていた。その穴がかなり深いのは、ちらっと見ただけでわかった。何者かが――あるいは、なんらかの動物が――長い歳月をかけて大量の獣を食べたのだろう。

「怒りんぼベティーは大食らいだったからな」と、パッドフットがいった。「おれのおやじも、若いころ彼女に食われそうになったらしい。ヒッヒッヒ」

遅れていたそりも、一台、また一台と追いついてきてとまった。とまったあとも、しばらくは蒸気エンジンがうなりをあげていたが、そのうち、シューっというため息のような音をたてて静かになった。すると、内側からパカッと扉が開き、勢いよくふき出す蒸気とともに灰色小鬼たちが姿をあらわして、両手で小石をすくって放り投げたように、勢いよく氷の上に飛び下りた。やがて、灰色小鬼が分かれ道のほうへ向かって駆けだすと、そり小鬼もあとにつづいた。そり小鬼が手綱をにぎるそりは毛皮でおおわれていて、その下から姿をあらわした種々雑多の小さな生き物も、遠吠えに似た鳴き声をあげながらちょこちょこと分かれ道のほうへ走っていく。バグパイプを吹いたりタンバリンをたたいたりしている者もいれば、黒い小さな刀で鉄の盾をたたいている者もいる。まさにお祭り騒ぎだ。フェルド氏が子ども時代を過ごしたフィラデルフィアの家では、古めかしい鉄製のヒーターが、ひと晩中カンカン、ポンポン、キーキーと音をたてていた。その不気味な音に夢をかき乱されてドキドキしながら夜中に目をさますと、九つあるヒーターがぜんぶ、同じような音をたてているのだった。そういうわけで、コヨーテの子分たちが奏でる、不気味で、かつにぎやかな音は、フェルド氏に自分が育った家のヒーターを思い出させた。

「彼らはなぜあんなに浮かれてるんだ？」と、フェルド氏が聞いた。

が、パッドフットは返事をしなかった。毛むくじゃらの獣は（それがパッドフットの本来の姿なのだが）そりの手すりをまたごうとしている。フェルド氏が静かに眺めていると、パッドフットは氷の上に降りて、灰色小鬼やそり小鬼や、名前のわからないそのほかの奇妙な生き物を押し倒しながら、のそのそと分かれ道へ駆けていった。パッドフットが四つん這いになって駆けていくのを見るのは、なぜか悲しかった。

「パッドフット！」と、フェルド氏が呼びかけた。「どこへ行くんだ？　なにがあったんだ？」

「分かれ道へ行ったんだよ」すぐそばで、人をバカにしたような小さな声がした。

フェルド氏が振り向くと、強い風にあおられて羽を逆立てたワタリガラスがそりの手すりにとまっていた。ワタリガラスの目は黒く、くちばしは鉛色で、うろこにおおわれたような足と鉤爪は、ヒマラヤスギの削りくずに似た赤みがかった茶色だ。すきのない狡猾そうな表情を浮かべているが、ワタリガラスはみなそうで、そうすることによって、なにを考えているか知られないようにしているのかもしれない。「コヨーテはいつも分かれ道に姿をあらわすんだ」

「いまもあそこにいるのか？」フェルド氏は、鏡のようにキラキラ光る氷の上をのそのそと駆けていくパッドフットにちらっと目をやりながら、この際、自分が鳥と話をしていることは深く考えないようにしてワタリガラスにたずねた。分かれ道のまんなかにある、骨の埋まった穴のまわりに群がる灰色小鬼やそり小鬼の向こうにコヨーテの姿が見えはしないかと、ゴーグルのくもりを拭いて探しもした。「コヨーテと話をしたいんだ」視線を戻すと、ワタリガラスは片方の羽の下にくちばしを突っ込んでいた。その仕草は餌を探しているかのようだった。「あんたはコヨーテの居場所を知ってるのか？」

「もちろん」と、ワタリガラスが答えた。「おれたちワタリガラスには、つねにコヨーテの居場所がわかるんだ。生まれながらの才能だよ。じつは、コヨーテがおれたちにその才能をさずけてくれたんだ。彼が世界を変えたときに」

「コヨーテはここにいるのか？　大事な話があるんだ」

「落ちつけ」と、ワタリガラスがいった。「コヨーテもあんたと話をしたがってるようだ。あんたの噂を耳にしたらしい」

灰色小鬼たちがそりに乗り、子どものような無邪気な笑みを浮かべて、歓声をあげながら坂をすべり下りてきた。

「そのようだな」と、フェルド氏がいった。「コヨーテがパッドフットを使いによこしたんだ――飛行船のガス袋の設計図を手に入れるために」

ワタリガラスは低い声で品よく笑った。先ほどとはちがって、人を見下したような傲慢な響きはこもっていなかった。ワタリガラスに向き直ったとたん、フェルド氏は驚きのあまり飛び上がり、あやうくそりからころげ落ちそうになった。いまのいままでワタリガラスがとまっていたそりの手すりに男が立っていたのだ。痩せた男で、背はフェルド氏より三、四センチ低い。金色の糸を織り込んだ真っ赤な短い上着には、襟とフードと袖口にふさふさとした黒い毛皮がついていて、フードの下から赤い髪がのぞいている。人の顔を言葉で説明するのは苦労するが、この男の場合も、赤い髪の下の顔を説明するのはむずかしかった。ハンサムなことはハンサムなのだが、鼻も頬もあごも骨ばっていて、一見、若々しい感じがするのに、肌にはしみやしわがあり、陽気なようでいて目はするどい光を宿し、頭がよさそうなのに、分厚い真っ赤なくちびるを半開きにして残忍そうなうすら笑いを浮かべている。みずからの楽しみのためには人を困らせてもなんとも思わない男のようで、しかも、生まれてこのかた、さんざん人を困らせてきたものの、もうずいぶん長いあいだ楽しい思いはしていないような印象を受けた。

「我輩がほしいのは、おまえがつくったあのガス袋じゃない」と、男がいった。「あのガス袋をつくったもとの物質がほしいんだ」

フェルド氏が、この謎の男はもしかして……と思いはじめたとたん（フェルド氏の推測は正しかったのだが）、これまで耳にしたことがないほど甲高く、かつ、おぞましいわめき声が聞こえてきた。声がしたほうに目をやると、大勢が分かれ道のまんなかにある骨の埋まった穴のまわりに集まって、バグパイプのもの悲しい音に合わせて踊っているのが見えた。灰色小鬼たちは、先頭の蒸気そりと骨の埋まった穴のあいだにジグザグに並び、ボール遊びをするような感じで小さな毛皮のかたまりを放り投げながらとなりの者に渡している。その毛皮はあざやかなオレンジ色で、白い氷の上でまぶしく光っていたが、わめいているのは、その毛皮だった。

ただし、フェルド氏には、それが何語なのかわからなかった（実際はキツネ語だったのだが）。けれども、そのわめき声があまりにはげしく、あまりに荒々しかったので、知らない言葉なのに意味がわかるような気がした。灰色小鬼はもともとカビやバクテリアなどと同じ下等な生物と見なされていて、汚いとか気持ちが悪いといったひどいそしりを受けているが、灰色小鬼はそんなふうにいわれるのをよろこんでいるようだった。もちろん、いまもじつに楽しそうだ。もはやフェルド氏にも、彼らが放り投げている毛皮のかたまりに、ふさふさとした赤いしっぽがついているのが見えていた。灰色小鬼たちは、そのしっぽのついた毛皮のかたまりを放り投げて、骨の埋まった穴のほうへ運んでいる。

こんなバカなことはただちにやめないと、そのうちありとあらゆる病いに見舞われて孫の代まで苦しむことになるはずだと、その毛皮は灰色小鬼たちにいって聞かせた。けがをしたり、肌がただれたり、はれ物ができたり、手足がまがったり内臓が腐ったりするかもしれないと。けれども、灰色小鬼はまったく耳を貸さなかった。やがて、穴のすぐそばに立っていた灰色小鬼がしっぽのついた毛皮のかたまりを両手でつかみ、全員の「ほーい」という声にうながされてふたたび放り投げた。毛皮のかたまりは、黒い小さな手足をばたつかせながら放物線を描いて寒々とした空に高く上がったのち、グシャッという音をたてて骨の穴に落ちた。大きな音がしたのは、頭がなにか、かたいものに当たったからだ。かわいそうに、その小さな生き物は、ピクリとも動かずにじっと横たわっている。キツネなのか、サルなのか――

「ブッシュベビーだ！」と、フェルド氏が叫んだ。

「いや、キツネ男だ」と、若いのか年寄りなのかわからない赤毛の男が、咳払いをしながらいった。「ブッシュベビーはもっと小さい」

　フェルド氏はキツネ男を気の毒に思うのと同時に、ふしぎな現象の存在を否定して、科学的に証明できないことはいっさい信じようとしなかった自分のおろかさに気づいた。そんな父親に育てられたイーサンをいまさらながらあわれに思いつつ目をそむけ、二度と会えないかもしれない息子がハマグリ島のハイウェイで目ざとく見つけて、車の下敷きになる寸前に助けてやった、なんの罪もないキツネ男をあのようなむごい目にあわせたことに抗議しようとした。ところが、赤毛の男に向き直ったとたん頭のなかがぼうっとして、なにを考えていたのかわからなくなった。

まるで男が目に見えない光を発していて、脳の奥にある動物的な部分がその光に反応したために、ほかの部分がかすんでしまったかのようだった。

「あのキツネ男をどうするつもりだ？」フェルド氏は、やっとの思いで男に問いただした。

「おまえには関係のないことだ。やつはもう用済みなんだ。あの老いぼれカトベリーは。やつには、ありがたく思えといってやった。最後に我輩のリープの案内役をつとめることができたんだから」男は、ひとつの世界からべつの世界へリープするときと同じぐらいのすばやさで分かれ道でのお祭り騒ぎに視線を向けると、ふたたびフェルド氏を見た。「バカなやつらだ」と、男はおだやかな声でいい、毛皮におおわれたフェルド氏のお腹から耳の縁までぽかぽかとあたたかくなるような、にこやかな笑みを浮かべた。「しばらく楽しませておこう。そのあいだに、じっくり話をしようじゃないか、フェルド」

あっという間の出来事だった。音も聞こえなかったし、なにかが動いた気配もなかった。なのに、一面の銀世界も、バグパイプやタンバリンの音も、オオカミ男たちの歓声も蒸気エンジンの音も、黒い雷雲におおわれた不気味な空も一瞬のうちに消えて、気がつくと、フェルド氏はふかふかとした大きな椅子に座っていた。石造りの暖炉では、明々と火が燃えている。その部屋の壁は黒くて、洒落た感じがした。ランプは、ほのぼのとしたのどかな光を投げかけている。フェルド氏は、自分の好みどおりミルクを入れずに砂糖だけ入れたコーヒーのカップを片手に持ち、もう片方の手でチキン・サンドウィッチをつまんでいた。トウモロコシの粉でつくったパンにマヨネーズを塗って、塩を多めに振った熱々の鶏肉をトマトと一緒にはさんだ、大好物のチキン・サンドウィッチを。フェルド氏はおいしいサンドウィッチをひと口かじり、湯気の立つ、これまたおいしいコーヒーをひと口飲んだ。

赤毛の男は、飛びはねるサルを刺繍した中国風のパジャマを着て、向かいに置かれたさらに大きな椅子に座っていた。男も、湯気の立つコーヒーカップをほっそりとした両手で包み込むようにして持って、フェルド氏と同様に、ゆったりとくつろいでいるように見えた。だが、フェルド氏はだまされなかった。これから、なにかいやな仕事を命じられるのはわかっていた。

「おまえには分別がある」と、男はいらだたしげなため息をつきながらいって、にやっと笑った。「分別のある者と取引をするのはいつだって骨が折れるんだ。だが、ありがたいことに、分別のある者はそう多くない。おろかな人間は、そのことにさえ気づいてないんだ。おい、どうした？　くつろいでるよな？　コーヒーはおいしいか？　それは、ペルーで有機栽培されたコーヒーだ。お気に入りなんだろ？　そのサンドウィッチをつくるのに使った塩は、フランスの海辺でとれたものだ。自然塩と精製塩は味がちがうんだろ？　いつもそういってるんじゃないのか？」

「あんたがボスなのか？　コヨーテなのか？」

「ああ、そう呼ばれてもいる。チェンジャーと呼ぶ者もいれば、サルとかワタリガラスとか、イタチ、ヘビ、火の神ロキ、旅の神ヘルメス、門の神レグバ、善い神グルースキャップ、プロメテウス、シャイターンと呼ぶ者もいる」

「シャイターンというのは、もしかして――

――？」

「ああ、サタン、つまり、悪魔の別名だ。しかし、我輩を悪魔と呼ぶのはまちがいだ」と、コヨーテはうんざりした様子でいった。「いくらなんでも、ひどすぎる。たしかに、かつて何度か人間をだましもした。いや、まあ、かなりひどいことをしたのは認めよう。だが、それがすべてじゃない。おまえの好きなものをひとつ挙げろ。なんでもいい。荒廃しきった世界に住むおまえたち人間は、たぶん我輩の恩恵を受けてるはずだ。さあ、好きなものをなにかひとつ挙げてみろ」

「ピザ」と、フェルド氏がいった。

「火は我輩がつくりだしたんだ」と、コヨーテがすかさずいった。「火がなければ、ピザを焼くことはできないだろ？」

「ほんとうにあんたが火をつくりだしたのか？」と、フェルド氏は半信半疑で聞いた。

「いや、ミドルランドに住むバカな人間をだまして火打ち石を盗んだんだが、すんなりとはことが運ばずに、ずいぶん時間がかかったし、汚い手も使わざるをえなくなって、多くの血が流れた」思い出すと当時のよろこびがよみがえったのか、コヨーテは全身から炎のような光を発しているかに見えた。「ほかにはないか？」

「物理学」と、フェルド氏がいった。

「じゃあ、たずねよう。ひとつの箱に入っている猫が死んでいるのと同時に生きているということは、物理学的に考えて可能か？」

「シュレーディンガーの猫のことだな」と、フェルド氏が答えた。「なにごとも、自分の目で確かめるまではどちかに決めることができないんだ。だから、理論的には可能だ。蓋を開けてなかをのぞいて見るまでは、猫が死んでいる可能性も生きている可能性もあるわけだから」

「物理学を人間に教えてやったのも我輩だ。だが、物理学の話はいい。ほかにもあるだろ？　おまえがミドルランドの暮らしでおおいに気に入っていることが」

コヨーテはヒントを与えるかのように口笛を吹いた。それは、《私を野球につれてって》という歌だった。

「野球か？」と、フェルド氏が察しよくいった。

「おまえはシャイターンの話を聞いたことがないのか？」

「あんたが野球を考案したのか？」

「ああ。もうずいぶん昔の話だが、あるよく晴れた夏の日に、緑野で」

「世界に死をもたらすのもあんたか？」フェルド氏は、椅子の横の小さなテーブルにコーヒーカップを置いた。「息子がインディアンの民話の本を持ってるんだ。そこに載ってたコヨーテの話を読んで聞かせてやったのを覚えてる。そこには、コヨーテが世界に死をもたらすと書いてあった。そのことについて、息子のイーサンと話し合ったのも覚えてる」

「そうそう、イーサンって名前だったよな」と、コヨーテがいった。「なかなか勇ましい子どもだ。みんなはじめは勇ましいんだよ、ミドルランドのヒーローは。だが、きまって痛ましい最期を迎えることになる。半人半馬の怪物、ケンタウロスの毒におかされたり、大蛇にしめ殺されたり、ニカラグアへ救援物資を運ぶ途中で飛行機がカリブ海に墜落したりして（注7）」

フェルド氏が立ち上がった。うそかほんとうかわからないコヨーテの話にこれ以上耳を傾ける気はなかった。丸一日以上寝てないうえに、満腹になったのと、ぽかぽかとあたたかいせいで、また頭がぼうっとしてきた。

「おまえを無理やりここに引き止めておくつもりはない」と、コヨーテがいった。「帰りたければ、いつでも帰っていいんだぞ」

フェルド氏はドアを探した。だが、見あたらない。部屋の隅に大きな布がかけてあったので、つまんでのぞいた。そこにもドアはない。ほかの三隅にも目をやった。床や天井に扉がついていないかどうかも調べた。

「この部屋には出入口がないのか？」

コヨーテがため息をついた。

「ああ」

「帰りたければ帰ってもいいといったじゃないか」

「うそをついたんだ」

フェルド氏は抗議をしようとして、はたと思い出した。「そりゃそうだ。うそに決まってるよな。あんたは大うそつきなんだから」

「もし、我輩が大うそつきじゃないとしたら、おまえはいまどこにいる？」コヨーテはそういってにたにた笑った。「そして、かりに大うそつきだとしたら、ここはどこだ？」

フェルド氏は悲しげにくるりとうしろを向いて、ふたたび椅子に座った。だが、もはやのんびりくつろぐことはできなかった。はやく家に帰りたかったし、イーサンにも会いたかった。

「あんたの望みはなんだ？」と、フェルド氏が聞いた。

「おまえの頭脳だ」と、コヨーテは答えた。「おまえの頭脳とおまえの手と、おまえの目がほしい。我輩がいま手がけている仕事のために」

（注7）メジャーリーグで強肩の持ち主といわれたロベルト・クレメンティは一九七二年、大地震の起きたニカラグアへ向かう途中カリブ海に墜落して亡くなった。これにちなむロベルト・クレメンティ賞は、態度が尊敬に値する選手に贈られている

「なるほど。あんたがなにをしようとしてるかはわかってるんだ。あんたはすでにわたしの飛行船を盗んだんだからな。あんたの子分のあの灰色の小鬼は頭がいいから、わたしがいなくても、ピコファイバーのつくりかたを突き止めるはずだ」

「じつは、連中はすでに作業に取りかかってるんだ。で、ひとつ断わっておかねばならないことがある」コヨーテはそういって顔をしかめた。「連中はおまえのあの立派な飛行船を切り刻んで、台なしにしてしまったんだ。まったく、しょうがないやつらだ」

フェルド氏は思わずうめき声をもらした。ヴィクトリア・ジーンは、彼の熱意と努力の結晶だったのに。

「ほんとうにすまないことをした」と、コヨーテが謝った。「あの飛行船がおまえにとってかけがえのないものだったのはわかっている。だが、しかたなかったんだ」コヨーテは心の底から謝っているように見えた。「とにかく、聞いてくれ。人間にはなかなかわかってもらえないんだが——いや、わかってもらおうと努力はしたんだが——おまえも、もう知ってるように、我輩は世界に終わりをもたらそうとしてるんだ。だが、我輩のやりかたでは、いつまでたってもらちがあかない。魔力と、その魔力によってつむぎ出される伝説がロッジポールの木のからみ合った枝をつたってあちこちの世界を行ったり来たりしているかぎり、いつまでたってもすべてを破壊して世界に終わりをもたらすことなどできないと気づいたのは、三、四千年前のことだ。それ以来、我輩は、世界と世界をつなぐ、くそいまいましいこぶをつぶすことに決めた。だが、めっぽう時間がかかるうえに、つぶしてもつぶしても、あらたなこぶができる。だから、ずいぶん前から、もっと効率的な方法はないかと考えていた。

そんなある日、サマーランドという土地に通じる小さなこぶがあるという噂を聞いて、うちのやつらに見に行かせたところ、そこに住んでる、これまたくそいまいましいフェリシャーの部族が我輩がやって来るのを予測して、準備を進めているのがわかった。連中は、我輩をやっつけることのできる勇敢な戦士を探しているという話だった。もちろん、まだ見つけることができずにいたんだが、まったく、バカな連中だ。そのうち、連中はとうとう勇敢な戦士を見つけ出したものの、なんと、その勇敢な戦士とは——気を悪くしないでほしいんだが——なんの取り柄もない少年だった。

しかし、その少年の父親は、なかなか興味深い人物だった。研究に研究を重ねて、おもしろいものを開発したというんだ。丈夫で、いかなる物質に対しても化学反応を起こさないが、どんな形にでも加工できる合成繊維を開発したと。それなら、その、なんというか、危険な物質を入れて運ぶのにぴったりだと思ったんだ。毒キノコより有害で、反吐より気味が悪く、酸より強力な、危険であつかいにくい物質を入れて運ぶのに。我輩がいま話しているその物質は、世界を完全に破壊してしまうほど危険なものなんだ」

「わたしの専門は航空工学だ」と、フェルド氏がいった。コヨーテの話を信用することはできなかったが、でたらめだと決めつけることもできなかった。「そういうことなら、化学者を探したほうがいい」

「合成繊維に関するおまえの知識は化学者並みだ」と、コヨーテがほめた。「本物の化学者とのちがいは、化学の知識を独学で学んだという点だけじゃないか。おまえは、優秀な頭脳と旺盛な好奇心と、強い意志の持ち主だ。それをちょこっと盗ませてほしい。一度だけ、ちょこっとな。我輩は、交流モーターを開発したテスラや、世界初の液体燃料ロケットを打ち上げたゴダードや、天文学者のブラーエの頭脳も盗んだんだ」フェルド氏は、たまたまその三人をもっとも尊敬していた。ほかに、アテネの名工ダイダロスや、大型ロケットを開発したウェルナー・フォン・ブラウン、それに、理論物理学者のオッペンハイマーなども偉大な業績を残しているが、コヨーテは彼らの名前を口にしなかった。「ミドルランドの人間にピザと物理学と野球をさずけた者たちからも、ちょこっと盗ませてもらったんだが」

「もし断わったら?」と、フェルド氏が聞いた。

「その場合は、自分でなんとかする。もちろん、時間はかかるだろう。だが、ずいぶん長いあいだ待ったんだから、少しぐらい遅れたところで、たいしたちがいはない」コヨーテはまたもや陽気で楽しげで、かつ、残忍さのにじんだ笑みを浮かべた。「だが、おまえは二度と息子に会えなくなるはずだ。その点は我輩が保証する。いわなくてもわかると思うが、おまえが息子と再会をはたす前に世界が終わりを告げるんだから」

「なるほど」と、フェルド氏がいった。「わかった。そういうことなら、選択の余地はなさそうだ」

「いやいや、よく考えて決めてくれ」と、コヨーテがいった。「好きなようにすればいいんだぞ」

「しかし、ひとりじゃ無理だ」と、フェルド氏がいった。「助手がいる」

「よかろう。頭のよさそうなのを集めて――」

「いや、灰色小鬼じゃだめなんだ」


翌朝、ベティーの骨塚のある分かれ道の上に陽が昇ると、一万個の木の実がとてつもなく大きなブーツのかかとで一気に踏みつぶされたような、ギシギシッ、バリバリッ、という音があたりに響きわたった。氷が、凍てついた巨大な獣の毛皮のようにバリバリッと裂けたのだ。つぎの瞬間、大きな鐘に何千個ものワイングラスがつぎからつぎへと投げつけられてガシャガシャと割れるような、高くするどい音がした。凍っていたコヨーテの子分たちが動きだしたらしい。彼らは夜どおし白ネズミを追いかけて胃が悲鳴をあげるまでむさぼり食い、甘い酒でのどのかわきをいやしながら、コヨーテが分かれ道に姿をあらわすのを待っていたのだ。だが、白ネズミを追いかけるのに熱中し、酔いがまわってきたこともあって、コヨーテのことなどすっかり忘れてしまった。

そのうち、長い歳月を経ているうちにますますきびしさを増したウィンターランズのすさまじい寒さが麻薬のように彼らの体をむしばんで徐々に動きがにぶくなり、凶暴さも消えうせて、話し声も歓声もたんなる雑音にすぎなくなった。そして、夜が明ける一時間ほど前には、みんな銅像のようにカチカチになってドサッと倒れた。斜面や坂で凍りついてしまった者は、氷の上をころころとすべり落ちて、なかには、数十キロ向こうへ行ってしまった者もいた。

太陽が昇って凍っていた体が溶けだすと、たちまち飢えたオオカミの群れに襲われた者もいたが、運よく難をのがれた者は、そりと仲間の待つ分かれ道へ大急ぎで戻ってきた。あごをアザラシやトナカイの脂で光らせたそり小鬼も、月長石のかけらに穴をあけてつくった笛を吹きながらのそのそと戻ってきた。上空をおおっていた雷雲も、雲ひとつなく晴れわたった空のかなたへ消えた。分かれ道の穴のなかにキツネ男の姿がないことに気づいた者は、オオカミがやって来て食べてしまったのだと思ったようだった。

パッドフットはほかの者たちが出発してずいぶんたってからようやく目をさましたが、まだ頭がズキズキ痛み、前の晩に発酵酒を角の杯に何杯も飲んだせいで、のどがカラカラにかわいていた。パッドフットは朝食もとらずに氷の上を三十キロ近く走り、ようやく総司令官用のパニック号に追いついて乗りこんだ。二日酔いで頭が痛く、走ったせいで息が切れ、それになにより、仲間に置いてけぼりにされずにすんだ安堵感に満たされていたために、パニック号の総司令官室がフェルド氏に占領されているのに気づいても、それほど驚かなかった。フェルド氏はそこで、ゴムのように自由自在に形を変え、かつ、ダイヤモンドのようにかたい、ピコファイバーというふしぎな物質の加工実験をしていた。

「ロッジポールの木の根もとに毒を流しこむノズルをつくってるんだな」と、つららをしゃぶりながらパッドフットがいった。

「そのとおりじゃ！　完成したら、きさまのその生っ白い顔にかけてやる！」

「助手を紹介するよ」と、フェルド氏がうっすらと笑みを浮かべていった。「いや、カトベリー氏とは初対面じゃないよな」

11章　警告

「嵐が来るわ！」ガス袋と車をつなぐロープがビュンビュンうなる、見晴らしのいい屋根の上でタフィーが叫んだ。「身の毛がよだつほど恐ろしくて、しかもはげしい、稲妻をともなったサマーランズ名物の嵐が！」

「嵐はもうぼくたちの真上に来てるみたいだ」と、トールがいった。トールがおびえているときはますますロボットっぽいしゃべり方をすることに、ジェニファー・Tは気づいた。トールのいうとおり、嵐はすでにスキーズブラズニルの真上に達していて、さてどうしようかと思案しているかのように、しばし動きを止めた。

「でも、きれい！」と、タフィーがいった。湿気を含んだ空気を、なつかしそうに胸いっぱいに吸いこむ音も聞こえた。「ああ、いいにおい！」

たしかにきれいだ、とジェニファー・Tは思った。サマーランズの嵐は鉤爪を稲妻のように光らせ、体をおおう羽毛で雨を降らせ、目で空中の静電気をとらえて火花を散らしている。嵐だと思ったのは、稲妻から生まれたといわれている真っ黒な鳥だった。

「夢だといっておくれ」と、タフィーがささやいた。けれども、タフィーは夢じゃないのを知っていた。

「夢じゃないさ」と、シンクフォイルがいった。

「かみなり鳥！」と、タフィーが呼びかけた。「ねえ、かみなり鳥！」屋根の上でドスンドスンという音がして車がゆらゆら揺れたので、ジェニファー・Tはトールにしがみついた。大きなタフィーが、みんなの迷惑も考えずに飛びはねているのだ。二百年も檻のなかに閉じこめられていたのだから、無理もないのだが。「ハーイ！　ヤッホー！」

「静かにしろよ、毛むくじゃらの大足女！」と、シンクフォイルが注意した。「かみなり鳥の羽に払いのけられても、この頼りない飛行船が落っこちずに持ちこたえられると思ってるのか？」

タフィーは飛びはねるのをやめたが、やはり遅すぎた。かみなり鳥はすでに気づいていたらしく、スキーズブラズニルをにらみつけながら七、八百メートル上空を旋回している。

「あの鳥はどうしてぼくらを落っことそうとするの？」と、イーサンが聞いた。「コヨーテの子分なの？」

「いや、たぶんそうじゃない」と、シンクフォイルがいった。「コヨーテはかみなり鳥から嵐を起こす力を盗んだんだ。ワシから魚を捕まえる力を盗み、アリから戦闘能力を盗み、老いた森の主から火を盗んだのと同じように」

「ちょっと待って」と、ジェニファー・Tがいった。生まれてはじめてべつの世界へ移動したとき以来きょうまでジェニファー・Tが体験したことは、おばあちゃんたちから聞いた話とよく似ていた。もちろん、チェンジャーという別名を持つコヨーテのことも聞いていた。けれども、かみなり鳥のことは知らなかった。「もしかして、ここはインディアンの国なの？」と、ジェニファー・Tが聞いた。

「ああ、かつてはサマーランズでも大勢のインディアンを見かけたもんだ。勇敢な戦士にまじない師、手品師、ペテン師、老婆に若い娘と、いろいろな。インディアンはサマーランズでふしぎな体験をして、家へ帰ったときにみんなにその話をしてたようだが、最近はとんと見かけなくなった」シンクフォイルはまぶたの垂れ下がった目でジェニファー・Tを見た。「彼らの身になにか起きたのかも」

ジェニファー・Tは、シンクフォイルに心のなかを見すかされているような気がした。彼女にはずいぶん前から腹立たしく思っていることがあって、父親のアルバートはそれを、〝インディアンの血〟のせいだといっていた。昔話が大好きなジェニファー・Tは、土地も言葉も伝説も完全に失ってしまった自分の先祖に、押さえようのない怒りと失望を感じていたのだ。先祖を責めるのがまちがいだというのはよくわかっていた。スクォミッシュ族もセイリッシュ族もヌックサック族も、白人が推し進めた迫害政策や、白人がもたらした近代文明やウイルスの犠牲者だ。

それでも、ジェニファー・Tは自分の先祖以外に怒りをぶつける相手を知らず、彼らが天然痘やはしかの抗体を持っていなかったことさえ責めた。けれども、インディアンの昔話は、ジェニファー・Tの頭のなかか心の奥か、とにかく、どこかにきちんとしまいこまれている。考えようによっては、彼女がいまここにいるのも先祖のおかげだ。インディアンは完全にほろびたわけではない。

「わたしはインディアンの代表としてここへ来たのよ」と、ジェニファー・Tがいった。

「ああ、そうだとも」

ジェニファー・Tが車の窓を開けると、すがすがしい風とともに、ワイヤーが燃えているようなにおいが車内に流れこんできた。かみなり鳥がすぐそばまで来ていることに気づいたジェニファー・Tは、急に力がみなぎってくるのを感じた。

「ヘイ！　かみなり鳥！」ジェニファー・Tは、窓から頭と肩を突き出した。「コヨーテの下働きをするなんて、恥ずかしいと思わないの？　すぐ間近に迫ってるのよ、世界の——ああ」思わず車のドアから手が離れて、ジェニファー・Tの上半身が窓の外に出た。はるか下のほうに見えていた森が近くに迫ってくる。

「ライドアウト運転士！」

トールはロボットっぽい甲高い声で叫ぶなり、大きな手でジェニファー・Tの右足のくるぶしをつかんだ。が、支えきれずに手を離してしまい、ジェニファー・Tは車から落っこちた。物理学の法則はサマーランズでも同じらしく、ジェニファー・Tは一秒間に九・七五メートルというかなりの速度で落下していった。森は、ジェニファー・Tを死の世界へいざなうかのように、すさまじい勢いで近づいてくる。そのうち頭がぼうっとしてきて、風船から空気が抜けるように、少しずつ意識が薄らいでいった。だれかにくるぶしをつかまれてグイッと引き上げられたときも、いったいなにがどうなったのか、よくわからなかった。最初は、トールがふたたび足首をつかんでくれたのだと思った。トールが車の窓から身を乗り出して、入れ子式になったチタン製の腕をカシャッカシャッカシャッと伸ばして助けてくれたのだと。

　ところが、目を開けたときに見えたのは、かみなり鳥の真っ黒な胸と、彼女のくるぶしをつかむキラキラ光る鉤爪だった。風の音があまりに強く、自分の心のつぶやきすら聞こえないほどだった。だが、轟音をたてながら耳をかすめていった風は、徐々に、小さいつむじ風のようなヒューヒューという音に変わった。ジェニファー・Tの髪は、鳥の羽が降らす雨でびしょ濡れになって額に垂れ、頬に張りつき、目をおおっていたが、かみなり鳥の体から電気が流れてきたとたんに、ピンと突っ立った。くるぶしには強烈なしびれと痛みが走り、焼けているのではないかと思うほど熱くなった。それでもジェニファー・Tは、車のなかでいいかけたことのつづきをかみなり鳥に向かって叫んだ。

「――終わりが！」

　つぎの瞬間、とてもふしぎなことが起きた。かみなり鳥が二枚の羽でジェニファー・Tの声をすくい上げ、羽の内側をころころところがしてから前へ飛ばして、世界中に広めてくれたのだ。ジェニファー・Tの警告に耳をすますようにと、かみなり鳥が巨人のでくのぼうジョンと同じぐらい大きな、ただし、目に見えない手をジェニファー・Tの口にあてて拡声器をつくってくれたも同然だった。ジェニファー・Tの警告は、ほかの音を押しのけながら飛んでいき、こだまや、こだまのそのまたこだまが下界に達したときには、あたりが完全な静けさに包まれた。風はやみ、川や滝は流れをゆるめ、しぶきを上げたり岩にぶつかったりするのをやめた。サマーランズ中の鳥たちが、大好きな歌をうたうのをやめた。巨人の国からカメの住むタートル・オーシャン、それに、雪を頂く銀嶺山脈にいたるまで、ジェニファー・Tの声がとどろきわたった。世界の終わりが間近に迫っているという知らせは、そうやって遠野の隅々にまで伝わった。

やがて、その知らせに答えるかのようにはるかかなたから聞こえてきた声は、ジェニファー・Tの心を引き裂いた。聞こえてきたのは女性の泣き声だった。その女性は鼻をすすり上げながら、うめくような声で泣いている。笑い声のようにも聞こえるが、けっして楽しくて笑っているのではない。わが身の孤独を憂い、なりふりかまわずに、声をふりしぼって悲しみをぶちまけているような声だ。

ほんのうっすらとではあったが、ジェニファー・Tの目にも熱い涙がにじみ、その女性に対する同情心が芽生えた。世界が終わりを告げようとしているのも、自分が逆さづり状態になって髪の毛を顔に張りつかせ、ポケットに入っていた一セント硬貨と五セント硬貨が、ひとつ、またひとつと落ちていくのも、すっかり忘れてしまった。森のなかから聞こえてくるその気の毒な女性の泣き声はしばらくあたりに響きわたっていたが、そのうち小さくなって、やがて消えた。鳥はふたたびさえずりだし、リスもペチャクチャとおしゃべりをはじめ、ビーバーは巣づくりに精を出し、蝶はひらひらと羽を動かしてふわふわと舞い、静けさも、泣き声も、世界の終わりが間近に迫っているという警告も、長いあいだつづいてきたサマーランズの日常の営みのなかに埋もれた。

かみなり鳥は森の上を低く旋回しながら、銀嶺山脈のふもとの丘陵地帯の、木がまばらになったところへ飛んでいった。ジェニファー・Tが地上に目をやると、灰色の土が見えた。逆さ吊りになっていたので、はっきりとはわからなかったが、かなり広範囲にわたって木が切り倒されたかなぎ倒されたか、あるいは焼けたかしたようだった。草におおわれたその土地のまんなかはほんの少し盛り上がっていて、タンポポの花が咲いていた。まわりの殺風景な風景と色あざやかなタンポポの花のコントラストは、灰色の海に緑色の島が浮かんでいるのと同じぐらい強烈だった。

かみなり鳥がさらに高度を下げると、灰色の土の上に白線が引いてあるのが見えた。テニスコートだ。それとはべつに、円や格子や平行四辺形が描いてあるのも見えた。円はおはじき玉遊びのために、格子はボール遊びのために描いたものだとわかったが、平行四辺形はなにをするためのものなのかわからなかった。そこではフェリシャーたちが楽しそうに遊んでいたのだが、いまはみんな、ラケットや木槌や革のボールをにぎりしめたまま、空から逆さにぶら下がっているジェニファー・Tを見上げている。仲間たちより背が高くて体も大きいフェリシャーのひとりが、ここへ降りてきちゃだめだと伝えるためか、あるいは、あいさつのつもりか、とにかく片手を上げた。かみなり鳥がジェニファー・Tを落っことしたのはそのときだった。

フェリシャーたちのいるところとは反対側の丘の斜面に落ちて、ころころとふもとまでころがっていったジェニファー・Tは、体を起こして足をさすった。かみなり鳥がつかんでいたくるぶしは赤紫色になって、ズキズキとうずいている。ジェニファー・Tがころがり落ちた丘のふもとの土はひんやりとしていて、かたいのに弾力があった。粘土か、あるいはかわいた泥かもしれず、炭を燃やしたときのような、鼻につくにおいがする。もしかすると獣の革かもしれないと思うと、気味が悪くなったので、草とタンポポの花におおわれた丘の斜面に戻ろうとしたが、フェリシャーたちが古代ファティディック語で興奮気味にしゃべりながら駆けてきてジェニファー・Tを抱き起こし、ジーンズについた泥や草をはらってくれた。ジェニファー・Tが英語でお礼をいうだけの時間はあったが、フェリシャーたちはそのあとすぐに縄を持ってきて、ジェニファー・Tの両腕を体にしばりつけた。腕を動かす余裕はあったものの、縄の結び目はかたかった。

「なにすんのよ！」と、ジェニファー・Tが抗議した。

そのとき、フェリシャーの女たちが丘の上に姿をあらわした。女たちは背中にかついでいた長い弓をかまえ、黒い切っ先と真っ赤な鳥の羽のついた矢をつがえて、空にねらいを定めた。ジェニファー・Tは最初、かみなり鳥を打ち落とすつもりなのだと思ったが、かみなり鳥はふたたび空高く舞い上がって銀嶺山脈のほうへ飛んでいったので、すでに的としては小さすぎるし、さらにどんどん遠ざかっていく。フェリシャーたちは、かみなり鳥ではなくもっと近くてもっと大きい的をねらっているのだ。

「だめ！」と叫んだが、遅すぎた。矢は、ヒューッと音を立てて空に向かって飛んでいった。ジェニファー・Tは自分をつかまえているフェリシャーたちを振り払って体の向きを変え、矢が大きな弧を描きながらスキーズブラズニルに近づいていくのを眺めた。そのうちの三本はスキーズブラズニルのガス袋をかすめたが、丈夫なピコファイバーはびくともしなかった。四本目も五本目も命中しなかったのを見て、ジェニファー・Tは小躍りしてよろこんだ。「すごい！　さすが、イーサンのお父さん！　ピコファイバーは岩より頑丈ってわけね！」六本目の矢は、タフィーが真っ黒な毛におおわれた手をさっと伸ばしてつかみ取り、ポキンとふたつに折って地上に投げ返した。「ナイスキャッチ！」と、ジェニファー・Tが叫んだ。「ハハハ、小人がどんなにがんばったって――あっ」

七本目の矢は助手席の窓のなかへ入っていった。悲鳴をあげたのはたぶんシンクフォイルで、つぎの瞬間、シンクフォイルがガス袋にかけた魔法がとけてスキーズブラズニルがぐらっと傾き、ゆらゆら揺れながら最初はゆっくりと、そして、しだいに速度を増して落ちてきた。

12章　裏切り者の王女

捕らえられた者たちは、フェリシャーの丘の――塚といったほうがいいほど小さな丘の――地下にある、壁に水しっくいを塗って土の上にイグサを敷いた、清潔であたたかい部屋に閉じこめられた。部屋には木の枝を編んでつくったかごがふたつ置いてあって、片方のかごには、木の実とドライフルーツをすりつぶした煉瓦のようにかたいお菓子が入っていた。そのお菓子は塩っぱくて、甘くて、パサパサしていて、噛むと、歯のすき間にはさまった。もうひとつのかごにはゆでた野菜が入っていた。ジャガイモに似たその野菜はナツメグのような味がして、包んである葉っぱごと食べることができた。取っ手にひしゃくをくくりつけた大きな瓶には冷たい飲み水が入っていて、捕らえた者をどうするかフェリシャーたちがえんえんと話し合っているあいだも、なぜかずっと冷たいままだった。捕らえられたのは、イーサンとジェニファー・Tと、トールとタフィーとシンクフォイルの五人だが、その部屋には先客がひとりいた。フェリシャーの赤毛の女

で、そでなしの丈の短い緑色の上着を着て、だぼっとしたシカ革のズボンをはいている。女は、スパイダー＝ローズだと自己紹介した。

　イーサンたちを射落としたタンポポの丘族の一員らしい。フェリシャーの年齢はよくわからないが、どうやらシンクフォイルより若いらしく、軽い足どりでせかせかと部屋のなかを歩きまわっている。スパイダー＝ローズは人形を持っていたが、カモシカの革に、髪の毛に見立てた黒い毛糸をくっつけただけのみすぼらしい人形で、イーサンには、その人形に顔があるのかどうかさえわからなかった。

　煉瓦のようにかたいお菓子はダルパンで、ジャガイモに似た野菜はグアパトゥーだと、スパイダー＝ローズが教えてくれた。ただし、人間が食べればまちがいなくお腹を壊すという。

じゃあ、どうしてそんなものを食べさせるんだとたずねると、「みんなを恨んじゃだめよ」と、スパイダー＝ローズがいった。「最近、食べるものがなくて困ってるの。最近というのは――」スパイダー＝ローズは声を詰まらせ、人形をにぎりしめて頬ずりした。「野球場がなくなってからってことだけど」

「野球場がなくなった？」と、イーサンが聞き返した。広い空き地のまんなかの土がほんの少し土が盛り上がっているのはイーサンたちも気づいていて、おやっと思っていた。「なぜなくなったの？」

スパイダー＝ローズは返事をせず、人形をにぎりしめた手にさらに力を入れて顔をそむけた。

「ここの人たちは、わたしたちをどうするつもりなの？」と、ジェニファー・Tがたずねた。「知ってるのなら教えて。どうしてもここから逃げ出さないといけないの。わたしたちには、やらなきゃならないことがあるんだから」

「あなたたちをどうするかは、いま話し合ってるわ。みんなであれこれとね。たぶん、何日も話し合うはずよ。でも、一週間話し合ったところで、結論は同じでしょうね。フェリシャーの丘に許可なく入り込んだ者には、ええっと、そうそう、無能化とかいう罰を与えることになってるの」と、スパイダー＝ローズは同情のこもった声でいった。「つまり、あなたたち人間は脳味噌をグジャグジャにされてミドルランドへ送り返され、だれも信じないようなおろかな話をするはめになるってこと。あの大女は魔法をかけられて、永遠にここの調理場で働かされることになるはずよ」

「シンクフォイルは？」イーサンは、瓶のそばに置かれた粗末なベッドに意識を失ったまま横たわっているフェリシャーの長を心配そうに眺めた。

「シンクフォイルって、あのイノシシの牙岬族のリーダーのこと？　ホームラン王のこと？　そこに寝てる人がそうなの？」スパイダー＝ローズはベッドのそばへ歩いていって、シンクフォイルを見下ろした。「信じられないわ。かわいそうだけど、彼の体はどんどんむしばまれていくはずよ。あの矢の先は鉄なんだもの」

「フェリシャーは鉄に弱いんだ」と、イーサンが記憶を呼びさましながらいった。シンクフォイルの右手には包帯が巻いてある——矢が手の甲から手のひらへ貫き抜けたのだ。幸い骨には当たらなかったようだが、シンクフォイルはピクリとも動かず、そばに座ってよく見ると、ますます体が小さくなったように——頬がこけて、胸がへこんだように——思えた。似たような話が出てくるおとぎ話をやっと思い出したのに、そのことを伝えようとしても、シンクフォイルには聞こえない。

「そう！　鉄は恐ろしいわ！」スパイダー＝ローズはブルッと体を震わせ、また人形に頬ずりをした。「だから、わたしたちは手を触れさえしないんだけど、弓の射手は子どものころから特別な訓練を受けてるのよ。鉄の靴をはき、首に鉄でできたネックレスをぶら下げて、少しずつ鉄に対するアレルギーをなくしていくの。わたしたちはそれを〝鉄慣らし〟と呼んでるんだけど、もし、鉄がフェリシャーの体のなかに入ってしまったら、どうすることもできないわ。豆をむしり取ったさやのようにしなびてしまうの。鉄慣らしをしてたって、だめなのよ。魂はそのまま体のなかに残るんだけど、二度と目をさまさないの。彼も、おそらくもうだめね」

「じゃあ、なぜ矢の先に鉄をつけるわけ？」と、ジェニファー・Tが聞いた。「あなたたちは、ほかのフェリシャーの部族をほろぼそうとしてるの？」

「鉄は、フェリシャー以外の無断侵入者に対しても威力を発揮するからよ。灰色小鬼や羽黒小鬼や人間に対しても。だって、遠野には迷惑な客が大勢やって来るんだもの。みんな、ミドルランドで境目を見つけて、そこからサマーランズへ来ようとするのよね——そこにあるこぶを通り抜けて。いずれにせよ、用心に越したことはないから」

イーサンは、〝土地整備会社〟と書かれたトラックやブルドーザーが何台もホテル・ビーチにやって来てシラカバの木を切り倒していたのを思い出した。コヨーテはイノシシの牙岬族がかけた魔法をといて世界と世界の境目のこぶを通り抜け、大昔から夏には雨が一滴も降ったことのないあの土地に雨を降らせたのだ。

「その迷惑な客はここの野球場にも来たの？」と、イーサンが聞いた。「コヨーテの一味が野球場を壊したの？」

スパイダー＝ローズはすぐには返事をしなかったが、部屋を歩きまわるのをやめて、人形を持つ手をわきへ下ろした。

「ある意味ではね」スパイダー＝ローズは、緑色のスリッパをはいた小さな足に視線を落とした。「厳密には少しちがうんだけど」

「ねえ、どうなの、タフィー？」ジェニファー・Tがタフィーのほうへ向き直った。「シンクフォイルはしなびて死んでしまうの？」

タフィーはかぶりを振った。「死にはしないわ。死ぬのは、灰色のしわだらけになったときだけだそうだから。でも、そうとう苦しい思いをしているのはたしかじゃないかしら」

「なにか、わたしたちにできることはないの？」

スパイダー＝ローズがかぶりを振った。「わたしはあきあきするほど長いこと生きてるけど、名案は浮かばないわ」スパイダー＝ローズの声はとても若々しい。若いフェリシャーなどいるのかどうかわからないが、イーサンには、スパイダー＝ローズがまだ十代のように思えてならなかった。「昔は、森の奥へ行けばロッジポールの木の枝がいくらでも落ちてたの。世界のまんなかに生えてる、古いトネリコの木の枝が。トネリコの枝を傷の上で何度か振れば、体のなかに入った鉄の毒が取りのぞかれて、ついでに傷も治ったの」スパイダー＝ローズはそこでいったん言葉を切って、かぶりを振りながらため息をついた。「でも、ロッジポールの枝はもうずいぶん前から見つからなくなったわ。コヨーテがぜんぶ持ち去ったのよ」

とつぜんイーサンが勢いよく立ち上がった。

「ぼく、持ってる！」イーサンは大きな声で叫んだ。「いや、持ってたんだ。シンクフォイルが、まちがいなくロッジポールの枝だと教えてくれたんだよ。サマーランズのイノシシの牙岬で見つけたんだ。でも、そういうことなら、もうきみの仲間に奪われてしまったかもしれない——車が墜落したときに。後部座席の床にころがしておいたんだけど……あの枝にふしぎな力があるのは、ぼくも気づいてたんだ。手にするとわかるんだよ。ぼくは、あの枝で羽黒小鬼の頭をぶっ飛ばしたんだ」イーサンはバットをにぎる真似をして、ボールを打つときのように大きくスウィングした。すると、かたくてひんやりとした木の感触が手のひらによみがえった。フェリシャーたちから攻撃を受けて墜落し、おまけに囚われの身になったことで、あの枝のことをすっかり忘れていた自分が情けなかった。あの枝をフェリシャーたちの手に渡してはいけなかったのだ。「取り戻さなくちゃ！」

イーサンは戸口に走っていって、両手でドアをたたいた。

「ヘイ！　おまえたち！　聞こえるか？　ぼくの棒を返してくれ！」

ジェニファー・Tも駆け寄って、いっしょにドアをたたいた。けれども、そのドアは——見たところ、カシの木の板のようだが——どんなに強くたたいてもクッションのように音を吸収してしまうから、空気をたたいているのと同じだった。タフィーがそばに来たので、イーサンとジェニファー・Tはわきへよけた。タフィーはわずかに背を丸め——彼女の頭は天井すれすれのところにあるので——知性のにじむおだやかな目で一瞬ドアをにらみつけた。つぎの瞬間、タフィーは右足を上げてひざをまげ、足の裏をドアのほうに向けてブルブルと震わせた。

「さあ！　ひと蹴りお見舞いしてやるわ！」

ところが、タフィーはイグサを敷いた床の上にドスンと倒れて、痛そうに大きな足をさすった。

「そのドアには魔法がかかってるのよ」と、スパイダー＝ローズがかぶりを振りながらいった。

「カシの木でつくったドアには、いろんな魔法をかけることができるの。だから、蹴っても、呪文を唱えても、錠を壊しても開かないわ。うそだと思うんなら、ずっと蹴りつづけてなさいよ。ドアが開くより先に世界の終わりがおとずれるはずよ。世界の終わりはすぐそこまで迫ってきてるんだから。わたしたちはみんな死んじゃうのよ」スパイダー＝ローズはため息をつき、意識を失って横たわっているシンクフォイルのかたわらにひざまずいた。「この人はほんとうにシンクフォイルなの？　かわいそうに。でも、彼ってハンサムね」

「ぼくがやってみる」と、トールがいった。

その部屋に閉じこめられて以来、トールは体も口もほとんど動かさずに、うつろな目をして部屋の隅に座っていた。ときおり左のこめかみを押さえてひとりごとをつぶやくだけで、ジェニファー・Tが心配してそばへ行っても、手を振って追い払った。ところが、トールはとつぜん立ち上がってカシの木のドアの前へ歩いていくと、片手でそっとドアをなでてから、楽器を奏でるように軽く指ではじいた。

「きみが力持ちなのは認めるよ、トール」と、イーサンがいった。「けど、タフィーより力が強いわけないだろ」

「いや、ちょっと聞いてくれ。きみはたしか、キツネ男のカトベリーはロッジポールの木の枝のあるところならどこへでも行けるっていったよね。べつの世界へ行くだけじゃなくて、いまいる世界のべつの場所へも行けるって。それに、ロッジポールの枝はどこにでも伸びてるんだろ？　きっと、ここにもあるんだよ。ぼくにはわかるんだ」トールは言葉を選びながら、ゆっくりと説明した。いつもの、機械のようなしゃべりかたではなかった。「ぼくは、ひとつの世界からべつの世界へ飛び移ることができたんだぞ。魔法のかかったドアぐらい、簡単に通り抜けられると思わないか？」

そういうなり、トールはドアに顔と胸とお腹を押しつけ、目を閉じてなにやらブツブツつぶやいた。すると、頑丈なドアが、カーテンが風にそよぐようにかすかに揺れた。だが、ほんの一瞬揺れただけで、すぐにもとに戻った。ただし、トールの姿は消えていた。トールはドアを抜けたのだ。

「あの子はどこかちがうと思ってたのよね」と、スパイダー＝ローズがいった。

「トールはシャドーテールなんだ」イーサンはトールが戻ってくるような気がして、じっとドアを見つめながらいった。どこにあるのかわからないあの流木の枝をトールがひとりで探しに行ったとは思いたくなかった。「シンクフォイルはトールのことを――」

「あの子は取りかえっ子なのよ」タフィーは背筋を伸ばして、足にけがをしていないか調べた。

「ああ、痛い。あたしはひと目でわかったわ」

「取りかえられた？」と、イーサンが聞き返した。「ということは――トールはフェリシャーなの？」

「だとしたら、いろんな謎がとけるわ」と、ジェニファー・Tがいった。

「でも、トールは背が高いじゃないか」イーサンの頭のなかでは、いくつかの謎がとけるのと同時に、いくつかのあらたな謎が芽生えた。「それに、彼の血は赤いんだ。ぼく、見たことある」

「きっと、人間のお乳を飲んだからよ」と、タフィーがいった。「育ての母親のお乳を。でも、その場合は――」

「あの子はフェリシャーでも人間でもないってことよね」と、スパイダー＝ローズがあとをつづけ、また部屋のなかを行ったり来たりしはじめた。「だから、強力な魔法のかかったドアを抜けることができたんだわ。あの子は取りかえっ子のシャドーテールなのよ」そういいながら、顔をしかめてかぶりを振った。「あなたたちも、いっしょにいるなら気をつけたほうがいいかも」

「気をつけるって、なにに？」いきなりトールの声がした。トールはふたたび部屋に戻ってきて、ゆっくりと深呼吸しながらはずんだ息を整えている。

ドアの向こうから戻ってきただけなのに、みんなは生き返った死人を見るような目でトールを見つめた。イーサンは、どうすればいいのか教えてもらおうと思ってタフィーを見た。タフィーはあごの毛を引っぱりながらしばらく考えこんでいたが、やがてトールのそばへ行って、トールの肩に大きくてやわらかい手をのせた。

「あたしをドアの向こうへ連れていける？」と、タフィーが聞いた。

トールはこくりとうなずいた。「うん、たぶん」

「じゃあ、ロッジポールの枝を探しに行きましょう」

タフィーはトールをドアの前に立たせ、自分はそのうしろに立って頭を下げた。トールはドアのほうへ手を伸ばした。

「だめだ」と、イーサンが止めた。

タフィーは、けげんそうな顔をして振り向いた。イーサンの声は、本人も驚くほどけわしかった。べつに怒っているわけではなく、〝待ってくれ〟というつもりで〝だめだ〟といっただけなのだが。

「あの枝はぼくのだから」と、イーサンはきまりが悪そうにいった。「フェリシャーたちに奪われたのはぼくの責任だ。しっかりにぎりしめてろって、シンクフォイルにいわれてたのに。それに、あんたは大きすぎるよ、タフィー。サスクワッチなんだからしょうがないけど、とにかく、あんたが小人たちの丘のなかを歩きまわるのは無理だ」

「わたしたちはここを小山と呼んでるんだけど、いずれにしても、わたしなら行かないわ」と、スパイダー＝ローズがいった。「見つかるに決まってるもの」

「きみはずいぶん悲観的な性格なんだね」と、イーサンがいった。

タフィーは、あごに生えた銀色の毛を引っぱりながら、静かにイーサンを見つめてうなずいた。

「じゃあ、あなたたちだけで行きなさい。この女の子とあたしはここに残って、シンクフォイルの面倒を見ることにするわ。シンクフォイルを置いてはいけないし、動かすわけにもいかないし」

「えっ？」ジェニファー・Tが勢いよく立ち上がった。「そんなのいやよ。イーサンとトールが行くなら、わたしも行くわ」

「三人より二人のほうが目立ちにくいでしょ」と、タフィーがさとした。「聞き分けのないことをいうもんじゃないわ。ただし、もしなかなか戻ってこなかったら、あたしたちも行きましょう。そのときは、あたしが壁をぶち破るから」

「この部屋の壁はとっても厚いのよ」と、人形の頭にキスをしながらスパイダー＝ローズがいった。「ぶち破れるもんですか」

「静かにして」と、ジェニファー・Tがいった。置いてけぼりをくうことになって怒っているのは、イーサンも気づいていた。「なぜだかわからないけど、あなたを見てるといらいらするのよね。あなたもいっしょに行ったらどう？　その変な人形を抱いて。うまくいけば、逃げられるかもしれないじゃない」

「それぐらいわかってるわ」と、スパイダー＝ローズがいい返した。「母は、いずれ私が逃げ出すはずだと思ってるのよね。ぜひ、そうしてほしいと」スパイダー＝ローズは歩きまわるのをやめて、短い腕と足を組んで座った。「でも、母は、世界がほろびるまでここにいればいいっていったの。だから、わたしはそうするつもりよ」

ジェニファー・Tは肩をすくめてイーサンのそばへ行った。

「はやく戻ってきてね」ジェニファー・T自身はこっそり耳打ちしたつもりのようだが、ずいぶん大きな声だった。「でないと、あの生意気な小人がどうなっても知らないわよ」

スパイダー＝ローズが舌を突き出した。

「わかった」とイーサンはいって、トールの肩に手をのせた。トールの肩はがっしりしていて頼もしい。

「さあ、ロッジポールの枝を取り戻しに行こう」と、イーサンがささやくようにいった。

すると、ふたたびドアが波打って、イーサンとトールの姿がドアの向こうに消えた。


それから数時間が過ぎた。タフィーとジェニファー・Tは、かわるがわるシンクフォイルの枕もとに座り、瓶の水で額を冷やしてやった。シンクフォイルの右手には、深緑色のあざがインクのしみのように広がっていたが、そのことはなるべく考えないようにした。最初、スパイダー＝ローズは、タフィーとジェニファー・Tがシンクフォイルの看病をするのを眺めていたが、そのうち、また部屋のなかをうろつきだした。スパイダー＝ローズが感情を爆発させたのは、ジェニファー・Tがスパイダー＝ローズのことをすっかり忘れたころだった。

「こんなところにいるのは、もう、うんざり！　さっき、あの子たちといっしょに出て行けばよかったわ！　どうして出て行かなかったかわかる？」

「お母さんをよろこばせたくなかったからでしょ」と、タフィーが勘を働かせて図星をついた。

「そのとおりよ」と、スパイダー＝ローズが認めた。

「あなたのお母さんってどんな人なの？」と、ジェニファー・Tが聞いた。「どうして、世界がほろびるまでここにいればいいっていったの？」

「どんな人かですって？　わたしの母は、ここに住んでるタンポポの丘族の女王、フィラリーよ！」スパイダー＝ローズは立ち上がって胸を張った。スパイダー＝ローズの頭はジェニファー・Tのひざのあたりにあって、頭かざりにつけた小さな羽がかすかに揺れていた。頭かざりはクモの巣のようにからみ合ったバラの蔓でできていて、ビーズがついている。「だから、わたしは王女なの」

タフィーとジェニファー・Tは顔を見合わせた。ジェニファー・Tは、なぜかそれほど驚かずにうなずいた。タフィーもうなずいた。

「女王はなぜあなたをここへ閉じこめたの、王女様？」と、ジェニファー・Tが聞いた。

「それは、母がトチの実の殻のように頑固な心の持ち主だからよ！」と、スパイダー＝ローズはきっぱりいった。「おまけに、想像力のかけらもない石頭の家来に囲まれてるんだもの」

「あなたは彼らになにを想像してほしいわけ？」と、タフィーがたずねた。

「それに、あなたはなにをしたの？」と、ジェニファー・Tもついでにたずねた。

「わたしがなにをしたかですって？　わたしがなにをしたか知りたいの？　わたしはみんなにアイデアをさずけたのよ。ここでの暮らしをよりよいものにする、簡単だけど、とってもすばらしいアイデアをね。みんなもいいアイデアだと思ってくれたわ。少なくとも、最初のうちは。でも、そのうち、まずいことになってしまって」

「いったいどんなアイデアなの？」と、ジェニファー・Tが説明を求めた。

「もちろん、野球に関することよ」

スパイダー＝ローズは立ち上がってふたたびあたりを歩きまわり、みすぼらしい人形を振りまわしながら話をつづけた。「じつをいうと、もともとはわたしのアイデアじゃなかったの。わたしはもとのアイデアに脚色を加えたのよ。というか、改良したのよね。でも、わたしが思いついたアイデアじゃなかったの」

ジェイファー・Tはすぐにピンと来た。「コヨーテのアイデアだったのね」

「そうよ。そもそも野球を考案したのはコヨーテなの。普通だったら、どんどん改良してもっといいものにしたいと思うはずでしょ？　なんてったって、コヨーテは自分の姿を変えたり人の姿を変えたりするのが大好きなんだから。それに、森ではじめて会ったときに、彼はわたしにいったのよ。問題点をよく理解して、よく考えて、いろいろ調べればいいって。その結果、わたしは気づいちゃいけないことに気づいてしまったの。彼が考案した野球は――」スパイダー＝ローズは急に歩きまわるのをやめた。なぜだか知らないが、それまでの横柄な態度が消えて、声も小さくなった。「ひどく退屈だってことに」

　ジェニファー・Tは顔をしかめた。スパイダー＝ローズのことは最初からなんとなく好きになれなかったが、やっとその理由がわかった。

「すべてが退屈なわけじゃないんだけど」スパイダー＝ローズはジェニファー・Tが恐ろしい目つきをしているのに気づいて、あわてていい添えた。「ところどころ、退屈なところがあったのよ。ひとつ例を挙げるわ。これは、コヨーテがわたしに気づかせてくれたことなんだけど。野球で、ピッチャーが打席に立つのを見るのはひどく退屈でしょ？　ピッチャーは、打順がまわってきてもバットを肩にのせて突っ立ってるか、蛾を追い払うみたいに、二、三度、軽くバットを振るだけで、みんな、わずか三球か四球でアウトになるんだもの。コヨーテは、ピッチャーが打席に立つ必要がどこにあるんだと、わたしにいったの。わたしもそのとおりだと思ったわ。そういうことよ。そこでわたしは、ピッチャーの代わりに、ほかの人を打席に送ればいいと考えたの。足を痛めて走れなくなったベテラン選手とか、あるいは、足が遅くて守備も下手だけど、ボールがつぶれてしまうほど強烈なあたりを放つ天才的なバッターとか――」

「指名打者制のことね」ジェニファー・Tはそういってかぶりを振ると、床に敷いてあるイグサを瓶の水に浸してシンクフォイルの額にのせた。「それでここへ閉じこめられることになったのなら、自業自得よ」

　スパイダー＝ローズは床に座ってひざの上に人形をのせ、目も鼻も口もない人形のしわだらけの顔を、黙って悲しげに見つめた。

「わかってるわ」と、スパイダー＝ローズがいった。「でも、それだけじゃないの」

「ほかになにがあったの？」ジェニファー・Tは、意地悪ないいかたをしてしまったことをちょっぴり後悔しながら聞いた。

「わたしがバカだったのよ」と、スパイダー＝ローズがいった。「わたしは野球をよりよくしたかっただけなんだけど、コヨーテの言葉を信じちゃいけなかったのよね。でも、コヨーテはほうびをやるっていったの。指名打者制を部族に広めたら、わたしがほしがってるものをやるって」

「それはなんだったの？」と、ジェニファー・Tが聞いた。

「心から願ってたものよね」と、タフィーがいった。

「そうなの。たぶん、あなたにはわからないでしょうね――いいえ、だれにもわからないと思うわ――こんなに荒廃しきった時代にフェリシャーとして生まれてくることのつらさなんて。わたしは、このタンポポの丘で数百年ぶりに生まれた子どもだったの。きょうだいも同じ年ごろの友だちもいないのは、つらいものよ。たとえ王女であろうとね。部族のあいだに指名打者制を広めたら願いをかなえてやるとコヨーテがいうから、わたしはひとりずつ説得したの。すぐに賛成してくれた者もいれば、何年も説得をつづけて、やっと賛成してくれた者もいたわ。母は最後までうんといわなかったけど、それでもついに賛成したの。そしたら、つぎの日に子どもをさずかったのよ。男の子を」

「あなたの弟ね」ジェニファー・Tは、自分の弟のダークとダリンのことと、自分自身は、弟なんてできませんようにと祈っていたことを思い出しながらいった。「あなたは弟がほしかったのね」

スパイダー＝ローズは無言のままうなずいた。キラキラ光る涙がポタポタと床に落ちた。

「弟が生まれたときは、これまでの人生でいちばんうれしかったわ」と、しばらくしてからスパイダー＝ローズがいった。「でも、すぐに気がついたの……生まれてきた弟は……なにかおかしいと……つまり、彼にはなにかが欠けてると。弟はまったく声をあげず、驚いたように目を見開いてあたりを見まわすだけだったの。まるで、こんなところに生まれてくるんじゃなかったといいたげに」

「そのうえ、野球場があんなふうになってしまったのよね」と、タフィーがそっと先をうながした。

「最初は気づかなかったの」と、スパイダー＝ローズが話をつづけた。「でも、ルールを変えたら、わたしたちがこの丘で暮らしてきた何万年ものあいだずっと外野に青々と芝生を茂らせ、内野の土を平らにして白線をまっすぐに保っていた魔法がとつぜんとけてしまったの。それがコヨーテのねらいだったんだわ。これはあとで知ったことなんだけど、サマーランズのほかの部族のところでも、コヨーテにそそのかされて指名打者制を採用したとたん、グラウンドが荒れだしたんですって。もちろん、わたしたちは指名打者制をやめて、もとのやりかたに戻したわ。でも、手遅れだったの。グラウンドは芝生が枯れて白線が消え、荒れ放題に荒れて、ある天気のいい日の朝にみんなで野球をしに行ったら、いまのあの状態になってたの。がらんとした、ただの空き地に。祈ったり魔法をかけ直したりしたけど、だめだったわ。弟が生まれたのは、そのあくる日だったの。わたしはありったけの愛情をそそいで弟をかわいがったわ。コヨーテが願いをかなえてくれたんだと思って。でも、結局は、ずる賢いコヨーテの悪だくみのひとつだったのよ」

　スパイダー＝ローズはそういってみすぼらしい人形に目をやり、また抱きしめて、ごわごわした毛糸をくっつけただけの頭のてっぺんにキスをすると、あおむけに寝ころんで顔を壁のほうに向けた。

　ジェニファー・Tはタフィーを見て肩をすくめた。タフィーは、〝なにかいっておあげ〟と、無言でジェニファー・Tに合図を送っているようだった。

「それは、その、ずいぶんひどい話ね」と、ジェニファー・Tがいった。

　ほんとうは、部族と野球に対する裏切り行為を働いたスパイダー＝ローズに同情などしたくなかった。けれども、スパイダー＝ローズの小さな背中を見ているとかわいそうでならず、部屋の隅に落ちていた四角いフェルトの切れ端を拾ってきて、もじゃもじゃ頭の人形の、のっぺりとした顔の上にのせてやった。

13章　タンポポの丘の探索

妖精の丘の内部はどこも渦巻き構造になっているのだと、トールがイーサンに説明した。なかでも、アイルランドや、アーサー王伝説に登場する円卓の騎士のトリスタンの生まれ故郷であるイギリスのライオネス地方やシベリアのエヴェンの野に住む偉大な部族の館は、どこもいくつもの丘に分かれていて、それぞれの渦が複雑にからみ合って巨大な迷路のようになっているという。けれども、タンポポの丘族の女王、フィラリーの館は、ごく普通の質素なものだった。タンポポの丘族のことは、この物語をべつにすればどの民話や歴史書でも触れられていないし、裏切り者の王女、スパイダー＝ローズがここに登場する以外は、この部族から人々の注目を浴びるような人物は出ていない。

そのせいか、タンポポの丘族の館は小さく、おかげで、イーサンとトールは迷わずにすんだ。イーサンたちが閉じこめられていた部屋は渦のいちばん下にあって、それより下にはなにもなく、部屋の前にはトンネルが伸びていた。ゆるやかにカーブするそのトンネルをのぼっていくと、しだいに幅が狭くなった。トンネルをのぼりきったところには会議室があるらしい。妖精の館はどこでもいちばん上に会議室があるのだと、トールがいった。囚われの身となって、フェリシャーたちに奪われたロッジポールの枝を取り戻すためにうねうねとカーブするトンネルをのぼっていきながらも、イーサンが唯一の救いを感じたのは、トールがあれこれと教えてくれることだった。

トールの声は小さくて聞き取りにくく、もしかすると気のせいかもしれないが、トールがこれまで人型ロボットＴＷ０３として地下火山の話や、人間を数式にしてグラフ上の座標であらわすことができるといった話をしていたときの、人を見下したような口調が影をひそめて――あるいは、完全に消えて――いた。ただし、トールの声は相変わらず低く、イーサンはなぜかそれが妙に悲しかった。もちろん、〝船長〟と呼ばれることや、座標がどうだのイオン放出がどうだのといった話を聞かされるのにはうんざりしていたが、トールが普通の人間のように振るまおうと努力しているのは偉いと思っていた。けっして、だれにでもできることではない。ついさっきタフィーに聞かされた話は――トールがほんとうはフェリシャーだという話は――あまりに衝撃的で、いまのイーサンには受け入れることができなかった。

トンネルの途中にはフェリシャーたちの住まいが並んでいて、入口の小さなドアには、蔓や炎の模様や、魔法の呪文らしき文字が彫りこまれていた。どこもドアは閉まってなくて、大きく開いているところもあった。なかをのぞくと、台所と食堂と寝室と、居間と娯楽室と廊下が見えたが、みんなあわてて会議室へ行ったようで、だれもいなかった。小さな窓がいくつもあって、午後の陽が射し込んでいたが、外から見たときは、丘の斜面に窓はなかった。

「魔法の窓だよ」窓から斜めに射し込んで細かいほこりを浮かび上がらせている光に手をかざしながら、トールがいった。

「フェリシャーたちもそう呼んでるの？　それとも、きみが名づけたの？」

トールは真剣に考えたあとで、首をかしげた。

「さあ、どうだったか」

イーサンとトールは四つん這いになってそっと部屋に入り、きょろきょろとあたりを見まわしながら、小さなベッドの下やトランプをするときに使うテーブルの下やカーテンの裏を探した。けれども、どこにもロッジポールの枝がないのがわかると、いったん休憩して、部屋にもうずたかく盛ってあったチーズやカボチャの種や木イチゴや、色とりどりのキャンディーを勝手に食べた。フェリシャーは甘いものが好きなので、キャンディーはいろんな種類があった。雪のように白くてふんわりしたのや、星や太陽や月の形をしたのや、ロシアの教会のドーム型の屋根のように縞模様の入ったのもあった。ふたりは口のまわりをベトベトにしながらお腹いっぱいになるまで食べると、残りをポケットに詰め込んだ。

そのあとで、クローゼットやタンスの引き出しを調べた。テーブルの上に乗って、つくりつけの棚に並べてある、ほこりの積もった本の裏側も調べた。けれども、ロッジポールの枝はどこにもなかった。ひとつずつ部屋を調べながら、どんどん狭くなるトンネルをのぼっていくと、そのうち、丘のてっぺんからフェリシャーたちの話し声や怒鳴り声がかすかに聞こえてきた。

やがて、ふたりは自分たちの背丈と同じぐらいの高さのドアを見つけた。節だらけのそのドアは、ほかの部屋のドアとちがって閉まっていたが、掛け金も取っ手もついていない。イーサンは、もしかするとそこが会議室かもしれないと思って一歩うしろに下がり、ふたたび静かに近づいてドアに耳を押しつけた。が、なかは静かだ。フェリシャーたちの話し声や怒鳴り声は、依然として上のほうから聞こえてくる。押してもドアは開かないので、イーサンはしかたなくしゃがみこんで力をためて、肩から体当たりした。

「ここは宝の蔵だよ」トールはそういって、またこめかみを押さえた。「だから、そのドアには強力な魔法がかけてあるんだ」

イーサンがトールを見た。トールは知っていることを教えてくれているだけのようだが、そのたびに頭が痛くなるらしい。

「このドアを通り抜けるのは――」すでにトールがドアに体を押しつけていたので、イーサンは話すのを途中でやめて、トールのジーンズのウエストの部分をつかみ、つららのようにカチカチに体を凍らせて分厚いドアを通り抜けた。

宝の蔵と聞けば、だれだって金貨や金の燭台や、エメラルドやダイヤモンドの詰まった宝石箱を連想するはずだ。けれども、フェリシャーはそういったものに興味がなく、まったくべつのものを宝物にしているようで、タンポポの丘族の館のなかでいちばん天井の高い——タフィーでも立って歩けるほど高い——その部屋に入ったイーサンとトールが目にしたのは、つぎのようなものだった。単四の電池。壁に取りつけて絵を掛けるフック、ゴム製のドア押さえ、靴ひも、ネクタイ、水泳パンツのゴム。腕時計のベルトとぜんまいとガラスのカバーと、針と文字盤。ワイヤー、麻ひも、荷造り用のひも、バンジージャンプ用のゴムの綱、登山用のザイル、ビニールやゴムや布を巻きつけた電線、骨やプラスティックや木や貝殻でつくったボタン。ラジオの修理屋か荒物屋かガレージからくすねてきたらしいタイヤ、車の変速装置、点火コイル、ラジオのスピーカーにかぶせる網目のカバー。クリスマスの飾り、爆竹、ころころところがっていったら二度と見つからない、復活祭の飾り用のたまご、数えたら二百五十個はあると思われる、錫やアルミ箔や金色の葉っぱやポリエステルや色つきセロファンでくるんだ小さなボール。画家から盗んだカンヴァス、手先の器用な婦人から盗んだレース編み。ハンカチ、バンダナ、スカーフ、ギンガムチェックの布、毛織物、コーデュロイ、デニム、タオル地。家の鍵、車の鍵、モーテルの鍵、金庫の鍵。だれもが少女のころにいろんな秘密を書いて、そのまま忘れてしまう日記の鍵。ヘアブラシ、ヘアピン、髪留め。模造ダイヤのブローチ、イミテーションの真珠のイヤリング、虫歯に詰めるセメントでつくったような安っぽい指輪。まだはけるのに片方しかないひし形模様のソックス、猫が大好きなハッカを詰めたボール、色あせたフリスビー、投げ矢遊びの的、犬にしゃぶらせるゴム製のポークチョップ、数えきれないほどのグライダーなど、どれもこれも、たとえなくなったところで、ひし形模様のソックスのように、片方だけぶら下げて寝室のまんなかに立って（べつに寝室でなくてもいいのだが）、〝いったいどこへ行ったんだろう？〟とつぶやくだけの、どうでもいいものだった。

「あの枝は見つかりっこないよ」と、イーサンは沈んだ声でいった。「これじゃ、百年かけて探したって無理かもしれない。もしここにあるのなら、このあたりかもしれないけど」ドアのわきに、男物のブレザーについているような真鍮のボタンが山積みになっていたので、イーサンはそれをつま先でつついた。「でも、どこか奥のほうに隠してあるのかも……」イーサンは先をいいよどみ、ありとあらゆる種類と大きさのがらくたの山に唖然としながら、しばらく立ちつくしていた。このままでは、スパイダー＝ローズがいっていたように、シンクフォイルは二度と目をさまさないだろう。フェリシャーの長の道案内がなければ、父親を見つけることはできない。

父親のことを心配しながら、イーサンはまた例のサングラスをかけた。だが、驚いたことに、イーサンの目に映ったのは、これまで何度も見た光景ではなかった――薄暗い部屋に敷かれた灰色のマットレスの上で体を丸めている父親の姿ではなかった。自分があらたに目にしたその気味の悪いものがいったいなんなのか、すぐにはわからなかった。最初は、旗かシーツが風に揺れているのだと思った。が、しばらくすると、カーペットかなにかの上を水が流れているのだと思った。そしてついに、何千匹、いや、何万匹ものネズミが死にものぐるいで逃げまわっているのだと気がついた。サングラスのレンズの下のほうから手袋がふたつあらわれて、逃げまどうネズミをすくい上げるのも見えた。そうやってつかまえたネズミをだれかが食べているらしく、その人物が頭を揺すっておいしそうにガブッとネズミにかぶりつくたびに、イーサンの見ている光景が上下左右に揺れた。

　イーサンは、ブルッと身震いしながらサングラスをはずして、ポケットにしまった。もう、いままでのように気軽にサングラスをかけることはできなくなってしまった。きょろきょろとあたりを見まわしてトールの姿を見つけたときは、ほっとした。トールは書類ばさみかノートの山の上にちょこんと腰かけて、折りたたまれた紙の表に目をやったり裏に目をやったり、広げたりたたんだりしている。

「それはなに？」と、イーサンが聞いた。が、新聞を広げたぐらいの大きさの紙を見つめていたトールは、返事をしなかった。ふたりがハマグリ島にいて、しかも、これが数日前の出来事だったら、イーサンも、トールが紙に書いてある情報をスキャンして頭のなかのデータベースに記憶させているのだと思ったにちがいない。「トール？」

　イーサンは、下のほうの、小さな出っぱりに足をかけて書類の山の上にのぼった。書類ばさみかノートだと思ったのは、アドレス帳だった。ビニールのカバーがついているのも、革のカバーがついているのも、ハンドバッグに入るのもポケットに入るのも、ブリーフケースにしか入らないのもあるが、ぜんぶ合わせると数千人以上の名前と住所と電話番号が載っているはずだ。

　イーサンは、母親が検査のために入院する前日にアドレス帳をなくして、〝今週は最悪だわ〟

といっていたのを思いだした――もちろん、ほんとうに最悪な週はそのあとおとずれることになるのだが。もしかして、母さんのアドレス帳もここにあるんじゃないだろうかと、イーサンはとりとめもなく考えた。それはそうと、母さんのアドレス帳にはだれの名前と住所と電話番号が書いてあったんだろう？　もし、いま電話をかけたら、その人たちはなんていうだろう？　それに、ここには、母さんの名前と古い住所と、もうつながらない電話番号を書いたアドレス帳もあるんだろうか？

トールのそばへ行こうとしたイーサンは、トールが熱心に眺めているものは大きな地図だということに気がついた。その地図は、何度もぞんざいに広げたりたたんだりしたために、折り目が破れている。スキーズブラズニルの小物入れにも、知らない人が見たらパズルか紙製のルービックキューブではないかと思うような、もはや広げることさえできないほど――イーサンの父親の言葉を借りれば――〝いかれてしまった〟地図が入っている。何度もまちがった折りかたをしているうちに、折り目が破れてばらばらになってしまったのだ。そっと開いてなかをのぞくことはできるが、アリゾナ州のフェニックスの町の中心部に太平洋が迫っているといった、場所がぐちゃぐちゃに入れ替わった奇妙な地図で通りやハイウェイを探さなければならないはめになる。トールは地図でどこかを探しているのではなく、色のちがう長方形が描かれた紙を並べ替えていた。白と緑と茶色の長方形の上には小さな黒い字と波打つ灰色の線が書いてあるが、青い長方形には字も線も書かれてない。

「それはなんの地図なの？」と、イーサンがとなりに座ってトールに聞いた。そのとたん、すぐそばで地すべりが起きて、アドレス帳の山がくずれた。気にせずに、イーサンが地図をのぞき込むと、地図を印刷してある紙がかなり古く、黄ばんで端がぼろぼろになっているのがわかった。さらに顔を近づけると、地図に書いてある字がくねくねとまがった変な形をしているのがわかった。ハマグリの予言者、ジョニー・スピークウォーターが、水を飛ばしてお告げを下した巻き紙の字と同じだ。「読めるの？　知ってる土地の名前はある？　記号も書いてあるの？　方角を示すマークは？」

トールは返事をせずに、紙の順番を入れ替えて地図を半分にたたみ、もう一度半分にたたんで広げ直す作業をくり返している。

「行こう」と、イーサンがうながした。「そんなことをしてる暇はないよ。ロッジポールの枝を探さなきゃならないんだから」けれども、トールはなおも返事をせずに地図をたたみ直して、字も線も書かれていない青い長方形を表に持ってきてから、またひと折りずつ広げはじめた。

「トール」と、イーサンがすがるようにいった。「行こうよ、トール。ぼくたちには――ヘイ。すごいじゃないか」

トールはついに地図をもとどおりにして大きく広げ、腕を伸ばしてイーサンにも見えるようにしてくれた。ふたりが目にしたのは、空の一部を切り取ったような青い大きな長方形で、その大きな長方形のなかには小さな長方形が縦に六つ、横に九つ並んでいた。

「これはなんの地図なの？　なにをあらわしてるの？　裏も見せてよ」

地図の裏には、重なり合う緑色の斑点が描かれていた。大きさはまちまちだが、とんがった楕円形をしたその緑色の斑点は何千個もあって、立体感を出すために、輪郭も影もていねいに描いてある。顔を近づけてよく見ると、楕円形の斑点だと思ったのは葉っぱで、葉っぱと葉っぱをつないでいる、まがったりねじれたりからみ合ったりしている灰色の線は木の枝だとわかった。それぞれの葉っぱには、普通の地図で使われているのと同じ、川や山や湖や丘や町や、そのほかの場所をあらわす小さな記号と、イーサンには読めないフェリシャーのアルファベットが書いてある。おそらく、その川や山や湖や丘や町の名前が書いてあるのだろう。

「さっきの茶色い部分はどうなったの？」と、イーサンが聞いた。「それに、白い部分は？」

トールは地図から目を上げてイーサンを見た。ちらっと見ただけだったが、イーサンはいまもそのときのトールの目つきを覚えている。イーサンはそれまでもしょっちゅうトールにいろんなことを教えてもらったり、身の上話やわけのわからない理論を聞かされたりしていた。けれども、トールの――いや、トールにかぎらず――あんなに悟りきった目つきを見るのは、はじめてだった。人間の世界で人間の子どもとして育ち、背が高くて、体に赤い血が流れていて、見た目は普通の人間の子どもと同じでも、頭のなかだけはちがっていたのだ。

ミドルランドにいるときのトールは、よく話に聞く、空から降ってきて海の底に落ちた隕石と同じだったのかもしれない。海の底に落ちた隕石の下半分は泥に埋まり、上半分はプランクトンや貝におおわれて、海底にあいた穴から出てくる熱にあたためられながら、さまざまな種類の魚にねぐらを提供しているが、隕石には、宇宙にしか存在しない化学物質や元素などのまかふしぎなものが詰まっているという。トールが無言のまま手際よく地図をたたむと、表に緑色の長方形がひとつあらわれた。イーサンはそれを見て、波打つ黒い線は海だと気づいた。トールがふたたび地図を広げて裏返すと、そこには茶色い葉っぱが描かれていてて、先ほどと同じように、灰色の太い枝やら細い枝が葉っぱと葉っぱをつないでいた。イーサンは口を開いたものの、丸一分間ほど言葉が出てこずに、ようやく、「白い部分は？」とだけいった。

　トールはうなずくと、手品師のような慣れた手つきで地図をたたんで茶色い長方形ひとつにし、すぐに広げてふたたび茶色い葉っぱを出した。その裏には、青みがかった薄い灰色で縁取られた白い葉っぱがぎっしりと描いてあって、葉っぱと葉っぱのあいだから灰色の枝がのぞいている。

「全部で四面あるんだね」と、イーサンがいった。「これは四つの世界の地図なんだ！　世界のまんなかに生えてる木を描いたものなんだ！」

「うん」と、トールが相槌を打った。「白いのはウィンターランズで、緑色はサマーランズ、茶色はミドルランドだ。青いのは――」

「青いのはグリーミングだ。ただ色が塗ってあるだけなのは、グリーミングがどうなったかわからないからだよ。どうやってグリーミングへ行けばいいのかも、だれが住んでるのかも」

「グリーミングには老いた森の主が住んでるんだ」と、トールがいった。「それに、老いた森の主のきょうだいも。たしか、ジェニファー・Tの家のモー大おじさんは、彼らのことをタマナウィスと呼んでたはずだ。タマナウィスとは、神とか神霊とかいう意味で、タマナウィスはみんなそこに住んでるんだ。グリーミングに。閉じこめられてるんだよ。うん、そうにちがいない。たぶん、コヨーテが閉じこめたんだ。このことは歌とか詩になってるみたいだけど、ぼくにはよく……」トールがかぶりを振った。「コヨーテは彼らをだましてグリーミングに閉じこめて、門を閉めたんだ。それ以来、門はずっと閉まったままだ。だからみんな——老いた森の主でさえ——外に出られないんだ。ぼくがこんなことを知ってるのは……新しいデータが注入されたからだ……ぼくたちがサマーランズへ来てから」

「トール？　きみは——自分がロボットじゃないのを知ってるんだね。ほんとうはロボットじゃないのを」

「うん」と、トールが認めた。

「でも、きみは——普通の人間でもないんだよね」

「うん。それはずっと前からわかってたんだ」トールはそういって肩をすくめた。「でも、自分のことをどう説明すればいいのかわからなくて、人型ロボットだといったんだよ」

「きみは平気なの？　なんともないの？　自分が取りかえっ子でもいいの？」

「たぶんね」と、トールが答えた。「だって、しかたないもん。ただ——ひとつ気になることがあるんだ。たいしたことじゃないんだけど。この部屋を見ても、フェリシャーたちが長年のあいだに人間の世界からいろんなものを持ってきたのは明らかだろ？　持ってきたといっても、落ちてるものを拾ってきたんじゃない。盗んできたんだ」

「それで？」と、イーサンが先をうながした。「なんなの？　気になることって？」

「イノシシの牙岬族のことなんだけど、もし、ぼくを人間の世界へ連れてきたのが、あのフェリシャーたちなら、そのとき……」

「そのとき？」

「そのとき、彼らが盗んだ人間の赤ん坊はどうなったんだろうと思って」

イーサンは、できることならトールの疑問の答えを知らずにいたかった。

「行こう」と、イーサンがせかした。「その地図はたたんで持ってったほうがいい。役に立つかもしれないから。さあ、ロッジポールの枝を探しに行こう」

どうしてもっと早く教えてくれなかったのだと叱られるかもしれないが、とにかく話しておく。フェリシャーたちの宝物と、ドラゴンやドワーフやノーム（注8）の宝物とはまたちがうが、ひとつだけ共通点がある。それは、彼らが宝物を手放すときは、譲りわたす相手を用心深く慎重に選び、つねに——ひとつの例外もなく——まちがった選択をして、痩せた短気な者に渡してしまうことだ。

「木の枝を探してるんだろ？」イーサンたちのうしろで、冷ややかにささやく声がした。

（注8）ドワーフもノームも小人の妖精

早川書房の児童書〈ハリネズミの本箱〉

サマーランドの冒険（ぼうけん）

〔上〕

二〇〇三年八月二十日　初版印刷
二〇〇三年八月三十一日　初版発行

著　者　マイケル・シェイボン
訳　者　奥村章子（おくむらあきこ）
発行者　早川　浩
発行所　株式会社早川書房
東京都千代田区神田多町二ノ二
電話　〇三 - 三二五二 - 三一一一（大代表）
振替　〇〇一六〇 - 三 - 四七七九九
http://www.hayakawa-online.co.jp
印刷所　株式会社精興社
製本所　大口製本印刷株式会社
乱丁・落丁本は小社制作部宛お送り下さい。
送料小社負担にてお取りかえいたします。

Printed and bound in Japan
ISBN4-15-250011-5　C8097
JASRAC　出 0310267-301

早川書房の児童書〈ハリネズミの本箱〉

川の少年

ティム・ボウラー
入江真佐子訳／伊勢英子絵
46判上製

不思議な少年がくれた贈り物

ジェスが15才の夏、大好きなおじいちゃんが倒れた。最後の願いをかなえるため、家族で訪れた故郷の川で、ジェスは不思議な少年と出会う。この少年が、ジェスとおじいちゃんの運命を変えていく。カーネギー賞受賞の感動作